Matthias Bürgel

Dunkler Hass

Über den Autor

Matthias Bürgel studierte an der Fachhochschule der Polizei Rechts- und Verwaltungswissenschaften. Als Kriminalhauptkommissar arbeitet er beim Kriminaldauerdienst des Polizeipräsidiums Konstanz. Trotz der menschlichen Abgründe, die er in seiner täglichen Arbeit erfährt, liebt er seit 28 Jahren seinen Beruf. Seine langjährigen Erfahrungen inspirierten ihn zu seinem Psychothriller »Dunkler Hass«, dem ersten Fall mit dem Profiler Falk Hagedorn.

Matthias Bürgel

Dunkler Hass

Fallanalytiker Falk Hagedorn

Thriller

lübbe

Die Bastei Lübbe AG verfolgt eine nachhaltige Buchproduktion. Wir verwenden Papiere aus nachhaltiger Forstwirtschaft und verzichten darauf, Bücher einzeln in Folie zu verpacken. Wir stellen unsere Bücher in Deutschland und Europa (EU) her und arbeiten mit den Druckereien kontinuierlich an einer positiven Ökobilanz.

Dieser Titel ist auch als E-Book erschienen

Vollständige Taschenbuchausgabe
der bei Bastei Lübbe erschienenen E-Book-Ausgabe

Umschlaggestaltung: Guter Punkt, München unter Verwendung
von Illustrationen von © iStock: Mathias_swede j aga7ta j soleg;
© Getty Images: javarman3
Satz: 3w+p GmbH, Rimpar (www.3wplusp.de)
Gesetzt aus der Palatino
Druck und Verarbeitung: Book on Demand GmbH, Norderstedt
Printed in Germany
ISBN 978-3-404-18084-4

Sie finden uns im Internet unter luebbe.de
Bitte beachten Sie auch: lesejury.de

FSC
www.fsc.org
MIX
Papier aus verantwortungsvollen Quellen
Paper from responsible sources
FSC® C105338

»Die Grenze zwischen Gut und Böse verläuft durch das Herz eines jeden Menschen.«

– *Alexander Solschenizyn*

Prolog

Zärtlich strichen seine Fingerspitzen über ihre samtene, blasse Haut. Zeichneten unendlich langsam die Konturen ihres weichen Körpers nach. Wie jedes Mal erfüllte ihn freudige Erregung, die seine Hände zittern ließ. Gewiss, sie hatten nicht unbegrenzt Zeit miteinander, dennoch zwang er sich zur Ruhe. Zu rar waren diese Augenblicke, als dass er den Zauber leichtfertig mit ungeduldigen oder ungestümen Handlungen brechen wollte.

Sie war jung und schön, blondes langes Haar umrahmte das engelsgleiche Gesicht. Die Augen geschlossen, die Lippen leicht geöffnet. Zweifellos genoss sie seine Berührungen ebenso wie er. Mit dem kleinen Finger strich er ihr eine Haarsträhne aus der Stirn und ließ seinen Blick über ihren makellosen Köper schweifen. Kleine, feste Brüste mit rosigen Nippeln, die zu liebkosen er kaum erwarten konnte. Er mochte keine großen Brüste. Konnte sie nicht leiden. Noch weniger mochte er große Warzenhöfe, aber ihre waren … perfekt!

Ein Piercing blitzte in ihrem Bauchnabel. Sanft strich er ihr über den Bauch, eine sanfte Wölbung nur, hinab zu dem Dreieck. Noch hatte sie die Beine geschlossen. Sie würde sie ihm bereitwillig öffnen, aber er gemahnte sich zur Geduld.

Regungslos, die Augen geschlossen, sehnte sie sich danach, an den intimsten Stellen berührt und liebkost zu werden.

Nur zu gerne würde er ihr den Gefallen tun. Langsam, sanft, unendlich zärtlich. Seine Erregung schien jedes Maß des Erträglichen überschritten zu haben. Schnell entledigte er sich seiner Kleidung und legte sich behutsam neben sie.

Die Kälte störte ihn nicht, er spürte sie kaum. Er umfing sie mit seinem Arm und küsste sie zärtlich auf die Lippen. So lange hatte er auf sie gewartet und sie auf ihn.

Diese Nacht würde magisch sein.

1. Kapitel

In der Nähe von Konstanz

Die Federung ächzte verdrießlich, als der vierzehn Jahre alte Toyota schaukelnd und quietschend über den Feldweg holperte. Grasnaben streiften schabend den Unterboden, was Marius Bannert unanständige Flüche entlockte. Eine abgerissene Kraftstoffleitung oder eine perforierte Ölwanne hätten ihm gerade noch gefehlt. Warum war er auch nicht zuerst zum Präsidium gefahren, um einen Dienstwagen zu holen? Pure Bequemlichkeit, die sich irgendwann rächen würde.

Raureif lag über dem Ried, und Nebelschwaden waberten über den Wiesen und Feldern. Es hätte ein traumhafter Anblick sein können, wäre es nicht so diesig und wären die Umstände, die ihn hierhertrieben, bessere gewesen.

Der Nebel hielt sich schon seit Tagen hartnäckig, kein Sonnenstrahl vermochte ihn zu durchdringen. Der aktuelle Wetterbericht orakelte, dass sich das in absehbarer Zeit auch nicht wesentlich ändern würde.

Ihm schlug das regelmäßig aufs Gemüt. Zumindest war kein Regen angesagt, was die Spurensicherung wesentlich vereinfachen würde. Obwohl die feuchte, neblige Luft vergänglichen Spuren ebenso zusetzen konnte.

Karsten Kieferle, der leitende Kriminaltechniker der Sonderkommission, hatte ihn gegen sechs Uhr mit einer Hiobsbotschaft geweckt.

Ein weiteres Opfer. Bereits das fünfte innerhalb der

letzten sechs Monate, und die Abstände wurden immer kürzer.

Langsam näherte er sich dem Ende des Feldweges. Ein rot-weißes Flatterband mit der Aufschrift *Polizei* und ein quer zum Weg abgestellter Streifenwagen lieferten die einzigen Hinweise, dass hier irgendetwas vorgefallen war.

Das Flatterband war so dilettantisch an Schilfhalmen befestigt worden, dass es schon wieder komisch anmutete.

Aus seiner Sicht hätte man darauf verzichten können, da er sich beim besten Willen nicht vorstellen konnte, wer sich hier um diese Uhrzeit herumtreiben sollte.

Aber irgendjemand musste ja schon hier gewesen sein, sonst wäre die Leiche vermutlich nie entdeckt worden. Ein Spaziergänger? Ein Vogelkundler? Ein Hundehalter, der seinen Vierbeiner ausführte? Wobei Letzteres nicht gerne gesehen war im Ried, diente das ausgewiesene Naturschutzgebiet doch zahlreichen bedrohten Vogelarten als Brut- und Nistplatz.

Ausgekuppelt ließ Bannert den Wagen noch einige Meter ausrollen, ehe er den Motor abstellte, den Kragen seines Parkas aufschlug und ausstieg. Erst jetzt erkannte er den weißen VW-Bus der Zentralen Kriminaltechnik. Daneben standen zwei Kollegen in Uniform, deren Namen ihm entfallen waren, und Karsten Kieferle in einem weißen Einweg-Overall.

»Guten Morgen«, brummte Bannert und reichte den Uniformierten die Hand. Der säuerlich riechende Atem und der ockerfarbene Fleck auf dem Anorak des jüngeren Beamten waren ihm nicht entgangen.

»So schlimm?«, fragte Bannert an den Jüngeren gewandt. Der nickte verlegen, während Karsten ein abgebrüht gleichgültiges Schulterzucken andeutete.

Bannert wandte sich dem Kriminaltechniker zu. »Morgen, Karsten! Dass *dir* das nichts ausmacht, ist mir schon klar«, begrüßte er ihn. »Also, lass mal hören!«

Kieferle nickte und schielte verstohlen zum jüngeren der beiden Streifenpolizisten.

»Lass uns ein paar Schritte gehen, Marius.«

Die Hände tief in den Taschen seiner warmen Jacke vergraben, folgte Bannert Kieferle einen mittlerweile schon ausgetretenen Pfad entlang, der beidseitig mit Pflöcken und Trassenband markiert war.

»Ich bin mir sicher«, begann Kieferle, »dass die Tote auf das Konto unseres Killers geht. Es ist haargenau dieselbe Vorgehensweise, derselbe Opfertypus, dieselben Verstümmelungen.«

»Irgendwelche Spuren?«

»Kann ich jetzt noch nicht sagen. Aber große Hoffnungen brauchen wir uns keine zu machen. Wir arbeiten uns gerade von außen nach innen hin zur Leiche vor. In einem Radius von zehn Metern haben wir begonnen, die oberste Laubschicht abzutragen, einzutüten und zu asservieren. So auf den ersten Blick war noch nichts Brauchbares dabei. Möglicherweise müssen wir die Suche um die Leiche ausweiten. Das Erdreich unmittelbar um die Tote herum ist etwas fester als in den umliegenden Bereichen.

Möglich, dass wir dort Schuhabdrücke finden. Irgendwie muss der Täter die Leiche ja hierhergebracht haben. Sag mal, wo ist eigentlich der Chef?«, fragte Kieferle und blieb abrupt stehen.

»Verhindert«, brummte Bannert.

»Aha, wird wohl seinen Hintern nicht aus dem Bett bekommen haben«, kommentierte Kieferle.

»Keine Ahnung! Ist mir aber auch egal. Dann steht er uns wenigstens nicht im Weg!«

Kieferle grinste.

Bannert roch den Tod, noch bevor er die Leiche erblickte. Der Hauptkommissar wusste, dass nach Eintritt des Todes ein natürlicher biochemischer Prozess in Gang trat. Gase wie Schwefelwasserstoff, Putrescin, Cadaverin und Ammoniak wurden freigesetzt und waren für den bestialischen Gestank verantwortlich. Wer einmal den untrüglichen, süßlichen Gestank in der Nase hatte, vergaß ihn nie wieder. Und doch musste Bannert jedes Mal würgen, wenn er ihn roch.

»Puh, die scheint schon länger hier zu liegen«, murmelte er gedämpft hinter vorgehaltener Hand.

Mit der üblichen Mischung aus Ekel und Faszination ließ er den Blick über den nackten weiblichen Leichnam gleiten, der auf dem Rücken im morastigen Boden des Rieds lag. Arme und Beine waren unnatürlich vom Körper gespreizt. Aufgedunsen, der Kopf schwarz verfärbt, die Körpermitte mit Grünfäule durchzogen, schlug deutlich sichtbar das Venennetz durch. An manchen Stellen warf die Haut eitrig-wässrige Blasen, die zum Bersten prall waren.

Unterleib und Beine bedeckte ein dichter Madenteppich, der sich schmatzend und kauend wie eine kompakte lebende Masse bewegte.

So nah bei der Toten stieg ihm der Gestank noch penetranter in die Nase. Es kostete ihn alle Mühe, sich nicht zu übergeben. Der Würgereiz, gegen den er ankämpfte, trieb ihm die Tränen in die Augen.

»Was ist mit dem Gesicht und den Fingern?«, fragte er an Kieferle gewandt.

»Tierfraß, würde ich vermuten. Kann ich dir aber noch nicht genau sagen, da wir, wie gesagt, noch nicht an der Leiche dran waren. Wir warten noch auf den Gerichtsmediziner.«

»Habt ihr schon eine Ahnung, wer sie war?«

Kieferle schüttelte wortlos den Kopf.

»Leichendaktyloskopie können wir vergessen. Ihre Fingerabdrücke bringen uns hier nicht weiter, weil keine auswertbaren Papillarleisten mehr vorhanden sind. Wir müssen warten, bis wir den Zahnstatus und eine DNA-Auswertung haben.«

»Gibst du mir eine grobe Einschätzung der Liegezeit?«

»Hm …« Kieferle fuhr sich schabend über die Bartstoppeln. »Acht bis zwölf Wochen. Ist aber eine sehr grobe Schätzung.«

»Danke dir. Ich werde zwei Leute die Vermisstenfahndungen der letzten sechs Monate durchgehen lassen.«

Kieferle stimmte brummend zu.

»Ich denke, der Zeitraum sollte weit genug gefasst sein.«

Fröstelnd und mit hochgezogenen Schultern starrte Bannert auf die verfaulenden menschlichen Überreste.

»Und hat er ihr …?«

»Ja, hat er«, unterbrach ihn Kieferle. »Das erklärt die massive Leichenfauna. Ich habe lange keine Leiche mehr gesehen, die derart von Speckkäfern und Käsefliegenlarven übersät war.«

Bannert würgte schwer den säuerlichen Kloß im Hals hinunter.

»Wir müssen den Mörder endlich zur Strecke bringen. Bevor das Schwein ein nächstes Mal zuschlägt!«

2. Kapitel

Vor siebenunddreißig Jahren

Ob sie sie schon vermisst, schießt es ihm durch den Kopf.

Dann hätte sie besser auf sie aufpassen und sie nicht auf der Schaukel liegen lassen sollen. Selbst schuld! Geschieht ihr ganz recht. Jetzt gehört sie ihm. Ihm ganz allein.

Vorsichtig zupft er das Puppenkleidchen zurecht. Nicht, dass er eine Ahnung davon hat, aber das Kleidchen sieht keineswegs gekauft aus. Vielmehr scheint es, dass es jemand in mühevoller Arbeit filigran hergestellt und vernäht hat. Himmelblau mit weißen Rüschen an den Ärmelchen und am Saum, die Taille gerafft und mit einem Gummibund durchwirkt. Ein weißer, feiner Kragen aus Spitze, der nicht mehr ganz sauber ist, ihm aber dennoch gefällt.

Er springt auf und will zur Tür eilen, als er plötzlich innehält, kehrtmacht und die Puppe behutsam unter sein Kopfkissen legt. Irgendwo im Badezimmer, so glaubt er sich zu erinnern, hat er vor einiger Zeit eine kleine grüne Plastikbürste gesehen, die weder er noch seine Eltern je benutzen. Niemand würde sie vermissen.

Er legt das Ohr an seine Zimmertür und lauscht, bevor er es wagt, sie einen Spaltbreit zu öffnen. Auf Zehenspitzen schleicht er ins Badezimmer am Ende des Flurs und beginnt sich darin umzuschauen.

Wo ist sie bloß? Wochenlang hat das blöde Ding doch auf der Waschmaschine gelegen, und jetzt ist es nicht mehr da!

Angespannt kaut er auf der Unterlippe und dreht sich hilflos im Kreis, bis sein Blick an einem Körbchen auf der marmornen Ablage hängen bleibt, in dem seine Mutter Haargummis und Spangen zu horten pflegt.

Wann hat sie sich zuletzt einen Zopf geflochten oder die Haare zu einem Pferdeschwanz gebunden? Er kann sich nicht erinnern.

Vorsichtig, um keine Spuren zu hinterlassen, beginnt er darin zu kramen und findet schließlich, wonach er sucht.

Sie wird die kleine Bürste nicht vermissen! Oder doch? Nein, ganz bestimmt nicht!

Er stopft sie sich in den Hosenbund und legt sorgfältig sein T-Shirt darüber. Obwohl er für sein Alter nicht klein ist, muss er sich auf die Zehenspitzen stellen, um im Spiegel zu überprüfen, ob man auch wirklich nichts sieht.

Er drückt die Toilettenspülung und klappert geräuschvoll mit der Klobürste, ehe er die Badezimmertür öffnet und in sein Zimmer zurückeilt.

Nicht rennen, gemahnt er sich. *Papa sitzt im Wohnzimmer, und du willst doch nicht, dass er dich hört?*

Die Nachmittagssonne fällt grell und flach in sein Zimmer. Staub tanzt in den Strahlen, die sich in der trüben Fensterscheibe brechen. Wieder und wieder bürstet er verträumt, auf seinem Bett sitzend, ihr langes blondes Haar. Sie ist wunderschön.

Nur ab und zu keimt in ihm ein schlechtes Gewissen auf. Sicherlich würde das Mädchen, dem sie gehörte, traurig sein und weinen, weil ihre Puppe nicht mehr da ist.

Na und, wenn schon. Ist doch nicht meine Schuld, wenn die so blöd ist und ihre Puppe liegen lässt. Wenn ich sie nicht mitgenommen hätte, dann hätte sie ein anderes Kind mitgenommen.

Mit zusammengekniffenen Augen versucht er sich zu erinnern, wann er jemals etwas so Schönes besessen hat. Sein Vater schenkt ihm gelegentlich Fahrzeuge aus Lego-Technik. Lkws, Rennautos oder Geländewagen. Letzte Weihnachten bekam er sogar einen großen *Fischer-Technikbaukasten,* zu Ostern einen ferngesteuerten Panzer. Es ist ein Modell eines Leopard-Panzers im Maßstab 1:35, mit dem er noch weniger anzufangen weiß als mit dem Fischer-Technikbaukasten, obwohl der, wie sein Vater das Geschenk angepriesen hat, geländegängig ist und solche »Piu-piu-piu-Schießgeräusche« von sich gibt. Da er sich nichts anmerken lassen wollte, hat er Begeisterung geheuchelt und war seinem Vater überschwänglich um den Hals gefallen. Die Batterien des Gefährts sind schnell zur Neige gegangen, und so steht das Teil nun seit Ostermontag im Regal und staubt nutzlos vor sich hin.

Sein Vater ist Berufssoldat und Major in der 10. Panzerdivision in Veitshöchheim. Er ist nur selten zu Hause, deshalb fällt es ihm auch nicht auf, dass er nie mit dem Panzer spielt.

Verstohlen wirft er einen Blick hinüber ins Regal und überlegt, ob er den Panzer zusammen mit einigen seiner Lego-Technik-Modelle auf dem Flohmarkt verhökern soll.

Für das Geld könnte er sich vielleicht ein neues Kleidchen für die Puppe oder sogar eine zweite Puppe leisten. Sogleich empfindet er eine kribbelnde Vorfreude.

Genau! Das mache ich! Nächste Woche ist der große Herbstmarkt, und da werde ich den Kram verkaufen.

»Was machst du denn da?«

Erschrocken fährt er zusammen und hätte beinahe die Puppe fallen lassen.

»Was ist das? Woher hast du die?«, poltert sein Vater.

»Die habe ich …, die habe ich …«, versucht er stotternd zu erklären. Wütend durchquert sein Vater den Raum, entreißt ihm die Puppe und gibt ihm eine schallende Ohrfeige, dass ihm Hören und Sehen vergeht.

Noch Tage später sieht man die Striemen auf seiner Wange, die perfekt die Konturen der großen Hand seines Vaters abbilden.

»Bist du ein Mädchen, oder was? Ein Junge spielt nicht mit Puppen. Das ist Weiberkram«, schimpft er. »Nur Schwuchteln spielen mit Puppen! Bist du etwa eine Schwuchtel? Deine Mutter verhätschelt dich wohl zu sehr.«

Es ist nicht so sehr, was er sagt oder wie er es sagt, sondern die Verachtung in seinem Blick, die ihn so verletzt. Er weiß es nicht recht zu deuten. Hass? Ekel?

Erst als sein Vater mit der Puppe aus dem Zimmer stürmt, brechen sich seine Tränen Bahn. Seine Wange glüht und fühlt sich geschwollen an, aber den körperlichen Schmerz bemerkt er kaum. Irgendetwas scheint sein Vater unten zu brüllen. Wahrscheinlich, so mutmaßt er, würde er seine Mutter für ihr Versagen zur Verantwortung ziehen. Doch obwohl er angestrengt lauscht, kann er nicht verstehen, was er sagt. Was ist denn so schlimm daran, wenn er mit einer Puppe spielt? Ihm liegt halt nichts an den üblichen Jungenspielsachen. Die findet er öde und langweilig.

Als die Haustür krachend ins Schloss fällt, springt er vom Bett auf und schaut durch das Fenster auf den Hof hinunter.

Verächtlich und mit spitzen Fingern, wie etwas Hochansteckendes, lässt sein Vater die Puppe in die Mülltonne fallen, stopft eine Mülltüte hinterher und knallt geräuschvoll den Deckel zu.

In dieser Sekunde fasst er einen Entschluss. Nur welche Konsequenzen der nach sich ziehen wird, ahnt er nicht.

3. Kapitel

Radolfzell

»Wer bitte klaut denn eine Leiche?«, fragte Polizeioberkommissar Wassmeier kopfschüttelnd, während sein jüngerer Kollege die Aufbruchspuren an der Tür zur Aussegnungshalle begutachtete.

»... natürlich glaube ich Ihnen, Herr Diestl. Nur ist mir so etwas in vierzig Dienstjahren noch nie untergekommen.«

»Es ist so, wie ich Ihnen sage, ich schwöre es Ihnen«, beteuerte der Bestatter. Mit einem akkurat gebügelten Stofftaschentuch wischte er sich die Schweißperlen von der Stirn. Panik stand ihm ins Gesicht geschrieben. Wie nur sollte er das den Angehörigen erklären?

»In der sechzigjährigen Geschichte des Bestattungshauses Diestl ist so etwas noch nie passiert. Was soll ich denn den Eltern erzählen?« Die Stimme des feisten Bestatters drohte sich zu überschlagen.

»Jetzt mal eins nach dem anderen. Wer war denn der Verstorbene?«, fragte Wassmeier und gab sich vergeblich Mühe, professionell zu wirken.

»*Die* Verstorbene! Eine junge Frau. Samantha Zabric| ^. Das arme Ding wurde nur neunzehn Jahre alt. Inoperabler Gehirntumor. Ist am Samstag im Kreise ihrer Lieben verschieden.«

Wassmeier kratzte sich mit dem Kugelschreiber die Stirn unterhalb der Hutkrempe, was eine Reihe blauer Striche hinterließ.

»Das ist ein Fall für die Kripo. Ganz klar! Lassen Sie mich mal eben telefonieren.«

Wassmeier entfernte sich einige Schritte und tippte die Nummer in sein Handy.

»Ja, Wassmeier hier. Aus der Aussegnungshalle des Waldfriedhofs in Radolfzell wurde der Leichnam einer Neunzehnjährigen gestohlen. Ich denke, das ist ein Fall für das K1.«

»Sag mal, tickt ihr noch richtig?«, drang es lautstark an sein Ohr. »Seit wann ist das Morddezernat für Leichendiebstähle verantwortlich? Mensch, Wassmeier, hast du gepennt auf der Polizeischule? Schau mal ins Strafgesetzbuch und lies dir den Paragrafen 168 durch. Dafür sind wir nicht zuständig!«

Mit fast hörbarem, verständnislosem Kopfschütteln beendete der Angerufene das Gespräch.

Betreten kehrte Wassmeier zum Bestatter zurück.

»Die Kripo ist gerade völlig überlastet, weshalb wir den Fall übernehmen. Gerald«, rief er seinem jüngeren Kollegen zu, »mach du ein paar Aufnahmen und die Spurensicherung an der Tür, ich kümmere mich um die Vernehmung des Herrn Diestl.«

»Was für ein Schlamassel!«, stöhnte der Bestatter.

4. Kapitel

Stuttgart

»Gottverdammt!«, fluchte er herzhaft. »Wer diese Tür geplant und eingebaut hat, gehört geteert, gefedert und durch die Stadt getrieben.«

Die Verkäuferinnen hinter der langen Theke schienen seine Tiraden schon gewohnt zu sein, weshalb sie ihm keine weitere Beachtung schenkten. Einige Kunden sahen sich jedoch verwundert nach dem lauthals schimpfenden Kerl um.

Erst im dritten Anlauf gelang es ihm, den Rollstuhl durch die gläserne Schiebetür zu manövrieren. Ein kleines blondes Mädchen hatte sich schutzsuchend hinter die Beine ihrer Mutter verkrochen, als sie ihn erblickt hatte. Er schenkte dem Mädchen ein schiefes Grinsen, was es noch mehr zu verängstigen schien.

Trotz seines Handicaps war er eine imposante Erscheinung und hätte einige der anwesenden Kunden um mehr als einen Kopf überragt. Stehend hätte er fast zwei Meter gemessen. Die streichholzdünnen Beine standen in einem bizarren Widerspruch zu dem breiten Brustkorb und den muskulösen Armen. Als er noch Kraftsport betrieb, hatte er Beine wie steinerne Stelen, die ihm beim Reißen von annähernd zweihundert Kilo einen sicheren Stand verliehen hatten. Auf den breiten Schultern thronte ein gewaltiger Schädel, umrahmt von schulterlangen, schwarz-grau melierten Haaren, die ihm nun nass und strähnig ins unrasierte Gesicht fielen.

Die Beine steckten in einer viel zu weit gewordenen, speckigen grauen Jogginghose, klettbandfixiert und nutzlos in den Beinstützen seines Rollstuhls. Unter dem abgewetzten Bundeswehr-Parka trug er ein rot-blau kariertes Holzfällerhemd aus wärmendem Flanell, das sich über seinem runden Bauch spannte.

Der Anblick des vor Nässe triefenden Rollstuhlfahrers war grotesk. Seine hünenhafte, zerlumpte Erscheinung stand in krassem Kontrast zu dem Hightech-Rollstuhl, in dem er saß. Ohne das elektrisch betriebene Ungetüm hätten ihn die anwesenden Personen zweifellos abschätzig und naserümpfend dem Pennermilieu zugeordnet. Stattdessen erntete er mitleidige Blicke. Und gerade die mochte er leiden wie ein Furunkel am Arsch.

»Was ist?«, blaffte er eine Frau mittleren Alters an, die ihn genau mit jenem Blick bedachte. »Es pisst in Strömen. Leider gibt es kein Hard-Top zu meinem schnittigen Cabrio.«

Betreten wandte sie den Blick von ihm ab.

»Buongiorno!«, trällerte ihm die Stimme einer schwarzhaarigen Verkäuferin entgegen.

»Buongiorno, Francesca. Come stai?«

»Abbastanza bene, grazie!«

»Ach Gott, hervorragend! Die Sonne scheint mir aus dem Hintern. Danke!« Ein kehliges Lachen ertönte.

»Dasselbe wie immer, Herr Hagedorn?«

»Ja bitte, Francesca. Kannst du es mir in die Tüte packen?«

Behände fing sie den Nylonbeutel auf, den er ihr zuwarf, und begann mehrere Körnerbrötchen und Laugengebäcke darin zu verstauen.

»Ach, Francesca, sei doch so gut und mach mir einen

Cappuccino und bring mir bitte eine *Süddeutsche* dazu, ja?«

»Si, certo«, entgegnete sie lächelnd, während der Rollstuhl sich summend in Bewegung setzte und auf einen der drei freien Tische im hinteren Bereich der Bäckerei zuhielt.

Mühelos, als bestünde er nur aus Balsaholz, hob er den schweren Holzstuhl zur Seite, um mit seinem Gefährt am Tisch Platz zu finden. Er drückte einen der unzähligen Knöpfe auf dem Panel seiner Armstütze, und leise zischend senkte sich sein Sitz um wenige Zentimeter, sodass nun auch seine Beine unter dem Tisch verschwanden, als er den Rollstuhl geschickt vorwärtsmanövrierte.

Gedankenverloren rührte er in der Tasse und überflog die Schlagzeilen der Zeitung, die Francesca ihm zusammen mit dem verlangten Cappuccino gebracht hatte.

Erneut Frauenleiche aufgefunden

Kreis Konstanz

Gestern wurde erneut die Leiche einer jungen Frau aufgefunden. Wie das Polizeipräsidium und die Konstanzer Staatsanwaltschaft in einer gemeinsamen Presseerklärung verlautbarten, wird der Leichnam zur Klärung der Todesursache und der Identität heute gerichtsmedizinisch untersucht. Laut dem Leitenden Oberstaatsanwalt könne ein Gewaltverbrechen nicht ausgeschlossen werden. Die Kriminalpolizei ermittle in alle Richtungen, hieß es. Polizei und Staatsanwaltschaft waren zu einer Stellungnahme, ob der Tod der Frau im Zusammenhang mit den anderen vier Frauenleichen steht, bislang nicht bereit.

Aufmerksam las er den Artikel ein weiteres Mal. Als er zum Ende kam, tippte sein Zeigefinger nervös auf die letzten Lettern der Meldung.

»Natürlich besteht ein Zusammenhang!«, brummte er missmutig. Sorgfältig faltete er die Zeitung zusammen und legte sie auf den Stuhl neben sich, ehe er Zucker in seinen Cappuccino zu schaufeln begann.

»Sei froh, dass du damit nichts mehr zu tun hast«, murmelte er monoton. Er führte die Tasse zum Mund und schlürfte den Milchschaum, den Francesca liebevoll mit einem Kakaopulverherz verziert hatte.

Die Befürchtung, die ihn umtrieb, war nicht, *ob* sie ihn konsultieren würden, sondern *wann*, und die Vorstellung behagte ihm gar nicht.

5. Kapitel

Konstanz – Polizeipräsidium

Bannert stand mit verschränkten Armen vor den Tafeln und studierte die Tatortfotos, Spuren und Hinweise, die sie zusammengetragen hatten. Die Obduktion würde klären, ob das jüngste Opfer der Serie zuzuordnen war oder nicht. Bannert hegte jedoch keine Zweifel daran. Alle vier bisherigen Opfer hatten sie identifizieren können. Und obwohl sie Familien hatten, schienen weder Angehörige noch Freunde oder Kollegen sie in den wenigen Tagen und Wochen bis zu ihrem Auffinden wirklich vermisst zu haben. Verdammt! Warum gab es keine Verbindung zwischen den Opfern! Oder konnte er sie einfach nicht erkennen? Die Opfer waren sich nicht einmal sehr ähnlich.

»Und?!«, schreckte ihn eine Stimme auf.

Sein Chef hatte grußlos, still und leise den Soko-Raum betreten. Eine Unart von ihm, die Bannert als sehr störend empfand. Kriminaldirektor Burger schlich oftmals wie ein Geist durch die Flure, bestrebt, Gespräche zu belauschen. Er befürchtete, man würde über ihn tuscheln. Viele Kollegen schienen es ähnlich wie Bannert zu empfinden, da Gespräche, selbst wenn sie banaler Natur waren, schlagartig verstummten, wenn Burger auftauchte. Für seine Position ungewohnt, kleidete sich der schlanke, gut aussehende Mittfünfziger sehr leger.

Auch heute trug er eine Bluejeans, ein auffälliges

Hemd von Camp David und schwarze Slipper. Offenbar glaubte er, dadurch mehr Akzeptanz bei seiner Mannschaft zu bekommen. Ein Irrtum!

»Gibt es schon irgendwelche Erkenntnisse?«

»Guten Morgen, Herr Burger! Nein, leider nicht. Die Obduktion ist noch nicht abgeschlossen. Ein vorläufiges Gutachten sollten wir im Laufe des Morgens bekommen.«

»Wer begleitet die Obduktion?«, erkundigte sich Burger.

»Karsten Kieferle und Nathalia Buday.«

»Wieso wurde die Obduktion gestern nicht mehr durchgeführt?«

Bannert verdrehte im Geiste die Augen.

Weil keine zeitliche Dringlichkeit vorlag, du Kasper, dachte Bannert. Laut sagte er, »Professor Strasser wollte die Leichenöffnung selbst vornehmen.«

Professor Dr. Dr. Stephan Strasser war eine absolute Koryphäe und *der* führende Gerichtsmediziner in Deutschland. In herausragenden und bedeutsamen oder rätselhaften Fällen ließ er es sich nicht nehmen, die Sektionen selbst durchzuführen oder zu überwachen. In mehr als einem Dutzend Fällen hatte er gerichtsmedizinisch den gewaltsamen Tod eines Menschen nachgewiesen, obwohl gestandene Mediziner bei der Leichenschau einen natürlichen Tod bescheinigt hatten. Strasser hatte das Rentenalter schon lange erreicht. Sehr zum Leidwesen seiner Belegschaft hatte er seinen Dienst um weitere zwei Jahre verlängert.

Das aus Österreich stammende Urgestein der forensischen Medizin pflegte seine Untergebenen nämlich in Gutsherrenmanier zu führen. Entsprechend hoch war die Personalfluktuation am Institut.

»Gut. Wann findet die Frühbesprechung statt?«

»Um neun Uhr. Wollen Sie dazukommen?« Bannert hoffte inständig, dass Burger zu dieser Zeit unabkömmlich sein möge.

»Geht leider nicht.«

»Das ist schade«, log er, »ich halte Sie auf jeden Fall auf dem Laufenden.«

»Ich bitte darum, Bannert«, antwortete sein Chef und verließ den Raum so geräuschlos, wie er ihn betreten hatte.

Bannert rieb sich über die Stirn und war erleichtert, dass die Besprechung ohne Burger stattfinden konnte. Er hatte nie darum gebeten, die Leitung der Soko zu übernehmen. Burger hatte sie ihm aufgezwungen. Mit einer Stärke von siebenundzwanzig Beamten war die Soko, in Anbetracht eines in Serie mordenden Psychopathen, ein Witz. Mehrfach hatte Bannert ihn darum gebeten, die Soko personell wenigstens auf das Doppelte aufzustocken. Er müsse mit dem Personal vorliebnehmen, was er ihm zuweisen würde, hatte Burger süffisant auf seine Anfrage geantwortet.

Statt ihm das gewünschte Personal und die erfahrenen Leute zuzuteilen, die er angefordert hatte, hatte Burger stattdessen dafür Sorge getragen, dass das LKA ihm einen Beamten namens Justus Köber schickte. Bannerts Erfahrung nach neigten zumindest einige Kollegen des LKA dazu, großkotzig und besserwisserisch alles infrage zu stellen, was die örtlichen Ermittler taten.

Manches Mal, seit Köber seinem Team zugeordnet worden war, hatte er genau diese Tendenz festgestellt. Köber könnte eine wichtige Schnittstelle zum LKA sein, über die man vieles unkompliziert und ohne große Bürokratie erledigen konnte, weshalb er ihm eine Chance geben wollte.

Nathalia Buday, die junge Kollegin, die Köber im Schlepptau hatte, verhielt sich völlig anders. Sie war interessiert, motiviert, und sie war gelehrig. Aus ihr konnte eine richtig gute Ermittlerin werden. Das war auch der Grund, warum er sie Karsten Kieferle, einem der fähigsten Kriminaltechniker, die er kannte, zugeteilt hatte.

Bannert war in Gedanken mit seiner Tasse den Gang hinuntergegangen, lief unruhig in der Teeküche auf und ab und nuckelte die letzten Reste seine Kaffees daraus. Gerade überlegte er, ob er sich eine weitere Tasse eingießen sollte, da brummte sein Handy nervös in der Hosentasche. »Kieferle«, stand auf dem Display.

»Bannert!«, meldete er sich. »Schieß los, Karsten!«

6. Kapitel

Irgendwo außerhalb von Konstanz

Ihre Zunge fühlte sich taub und pelzig an. Ein fleischiger Klumpen, der fremdartig wirkte und nicht ihrem Körper zu gehören schien. Sie gehorchte ihr genauso wenig wie Finger, Arme und Beine.

Was war geschehen? Wo war sie?

Egal wie sehr sie sich auch bemühte, es gelang ihr nicht einmal, die Augenlider zu öffnen. Sie spürte weder Kälte noch Wärme, sie fühlte gar nichts, und das machte ihr Angst, obwohl es kein unangenehmer Zustand war.

Mit vierzehn hatte man ihren entzündeten Blinddarm operiert. Sie erinnerte sich daran, wie nervös sie war, als man sie in den OP geschoben und die Narkose eingeleitet hatte. So ähnlich fühlte sie sich jetzt. Leicht, dämmerig, beinahe beschwingt.

Ein scharfer, undefinierbarer Geruch stieg ihr in die Nase, und grelles Licht durchdrang ihre geschlossenen Augenlider. War sie in einem Operationssaal? Hatte sie einen Unfall erlitten, an den sie sich nicht erinnern konnte?

»Hallo, hört mich jemand? Was ist passiert? Wo bin ich?«

Die Rufe verhallten ungehört in ihrem Kopf.

»Bin ich im Krankenhaus? Könnte vielleicht mal jemand mit mir reden, verdammt noch mal?!«

Vielleicht bin ich gar nicht mehr am Leben, schoss es ihr schlagartig durch den Kopf.

Nein, Nina. Das ist Quatsch! Warum kannst du sonst das Desinfektionsmittel riechen oder das grelle Licht wahrnehmen? Du bist nicht tot. Du kannst nicht tot sein. Vielleicht liegst du im Koma, aber tot bist du nicht.

Ein metallisches Klappern drang dumpf, wie durch einen dicken Wattepfropf, an ihr Ohr. Es dauerte einen Augenblick bis sie das Geräusch einordnen konnte. Zweifellos das Klappern von OP-Besteck.

Ja, das muss es sein. Operationsbesteck, das in eine Metallschale fällt. Beruhige dich, Nina, alles wird gut! Aber wieso höre ich keine Stimmen?

Aus den unzähligen Arztserien, die sie so sehr liebte, wusste sie, dass während einer Operation ständig geredet wurde, Ärzte Anweisungen gaben, nach dem Skalpell, einer Klammer oder einem anderen medizinischen Gerät verlangten. Und was war mit den Piepgeräuschen, die den Herzschlag markierten?

Ein Ruck ging durch ihren Körper. Sie spürte ein Ziepen auf ihrem Kopf.

»Was war das? Was macht ihr mit mir? Hallo?! Hört mich denn keiner?« Wieder ließ ein Ruck ihren Körper erzittern.

»Verdammt noch mal, was tut ihr mit mir?!«

Die Fingerspitzen ihrer rechten Hand kribbelten, und sie glaubte etwas Kühles, Glattes zu erstasten.

Ich liege auf einem OP-Tisch. Oh Gott, ich muss einen schrecklichen Unfall gehabt haben. Aber wieso kann ich mich nicht erinnern?

Verbissen konzentrierte sie sich auf ihren rechten Zeigefinger.

Yes, triumphierte sie innerlich, als der sich mehrfach auf und ab bewegen ließ.

Oder war es nur ein Reflex? Merkt denn hier niemand, dass ich wach bin?

Nur allmählich glaubte sie, das Gefühl in ihre Finger zurückkehren zu fühlen, aber wenn sie ihnen befahl, sich zu bewegen, blieb es bei einem unkoordinierten Zucken.

Irgendwie musste sie auf sich aufmerksam machen. Ihr schauderte bei der Vorstellung, mitten während der Operation aufzuwachen. Schon öfter hatte sie Berichte gelesen, in denen Patienten plötzlich während der OP erwacht waren und in ihre eigene geöffnete Brust geblickt hatten. Panik ergriff sie.

»Hallo?!«, rief sie, »Ich bin wach, ihr Idioten! Seht ihr das denn nicht?«

Die wohlige Dunkelheit, aus der sie erst vor wenigen Minuten gekrochen war, umfing sie erneut.

Offenbar schien man bemerkt zu haben, dass sie aus der Narkose aufzuwachen drohte, und hatte ihr ein weiteres Narkotikum verabreicht.

Wie lange sie in dem Dämmerzustand lag, wusste sie nicht. Es konnten Sekunden, Minuten oder Stunden gewesen sein. Eine Stimme? Es war eine Stimme, die in ihre Dunkelheit gedrungen war. Eine tiefe Männerstimme. Die Worte konnte sie nicht erfassen, aber sie klang angenehm. Sie begriff allmählich, warum sie ihn nicht verstehen konnte.

Die Stimme sprach nicht, sie summte, summte eine Melodie, die ihr sehr bekannt vorkam, aber sie wusste nicht woher.

Wer sind Sie? Wo bin ich? Sie konnte nicht sprechen, stellte die Fragen nur in Gedanken.

Sagen Sie mir doch einfach, was ich wissen möchte, Sie Scheißkerl.

Ein Ziehen im Unterleib ließ sie zusammenzucken.

Das konnte eigentlich nicht sein. Ihre Periode war erst in zwei Wochen fällig.

Oh Gott, ich muss pinkeln. Ich pisse euch gleich auf den OP-Tisch oder ins Bett oder wohin auch immer ihr mich gebracht habt.

Vergeblich versuchte sie dem Drang zu widerstehen. Ihre Blase entleerte sich schwallartig, als wäre sie mehrere Tage nicht mehr auf der Toilette gewesen.

Etwas Feucht-Warmes benetzte ihre rechte Hand, die immer noch seitlich an ihrem Körper ruhte.

Sie hatte nicht erwartet, überhaupt irgendetwas zu spüren. Bildete sie sich das ein? Eine Nebenwirkung der Narkose vielleicht?

Als würden Gewichte sie beschweren, hob sie mühsam die rechte Hand. Ihren Empfindungen mochte sie nicht trauen, weshalb sie sich vergewissern wollte, ob sie sich eingenässt hatte. Einer Spinne gleich krabbelten ihre Finger über die Haut. Die Spinnenbeine ihrer Hand ertasteten die Hüfte und den Bauchnabel, was ihr unsägliche Mühe und Kraft abverlangte.

Was sie jedoch ertastete, fühlte sich warm und seifig an.

Das ist doch kein Urin, schoss es ihr durch den Kopf.

An der Stelle, wo sich ihre Vulva befinden sollte, ertastete sie ein tiefes, glitschiges Loch.

Was zum Teufel hat man mit mir gemacht?

Panisch wand sie sich und versuchte zu strampeln, aber ihr Körper gehorchte ihr nicht.

»Hey, hey, hey, schschsch, du darfst dich nicht bewegen«, sprach die Stimme ruhig. »Du verdirbst sonst alles und ruinierst meine Arbeit.«

»Sie verdammter Mistkerl. Lassen Sie mich in Ruhe! Neiiiiiiiin!!!!«

7. Kapitel

Konstanz – Polizeipräsidium

Die Stimmung im Soko-Raum war gedrückt, nachdem Bannert mit seinem Bericht über die Obduktion geendet hatte. Es bestanden keine Zweifel, dass auch das fünfte Opfer auf das Konto des Killers ging. Die Vorgehensweise und die Verstümmelungen trugen dieselbe Handschrift. Die Gerichtsmedizin konnte den Todeszeitpunkt nur ungefähr eingrenzen. So lautete die Einschätzung der Liegezeit auf circa sieben bis acht Wochen. Nur über die Todesursache konnte Professor Strasser noch keine definitive Aussage treffen. Äußerlich habe man, abgesehen von den Verstümmelungen, keine Anzeichen von Gewalteinwirkung gefunden, die die Todesursache unmittelbar erklären würde.

Wie die letzten vier Opfer war auch dieses ante mortem verstümmelt worden. Bei den letzten hatte man bei der toxikologischen Untersuchung hohe Dosen eines Barbiturats im Blut nachweisen können. Bannert hoffte inständig, dass auch dieses Opfer sediert gewesen war und die grausame Prozedur nicht bei vollem Bewusstsein ertragen musste. Auch ihr hatte man die Vulva und den Uterus herausgeschnitten. Neben den Brüsten hatte man auch die Haare entfernt. Regelrecht skalpiert. Die gesamte Schädelschwarte war unmittelbar unter dem Haaransatz abgetrennt und entfernt worden.

Bei den anderen Opfern hatte man entweder nur die Brüste, nur die primären Geschlechtsorgane oder nur die

Schädelschwarte entfernt. Sie konnten sich darauf einfach keinen Reim machen.

Verschiedene Theorien wurden in der Soko diskutiert, aber die plausibelste schien Bannert ein unbändiger Hass des Killers auf Frauen zu sein.

Beunruhigend war, dass sie an keiner der Leichen und auch an den Leichenfundorten nicht die geringsten Täterspuren gefunden hatten. Weder DNA oder Fingerabdrücke noch Schuhspuren. Nichts, absolut nichts. Obwohl die Spurensicherung extrem auf die Einhaltung der Spurenhygiene geachtet hatte und überaus sauber vorgegangen war.

Bannert war tags zuvor, gleich nachdem er sich am Leichenfundort einen Eindruck verschafft hatte, zur Dienststelle zurückgefahren und hatte die Soko zusammengerufen. Bis auf zwei Kollegen, die sich krankgemeldet hatten, waren sie vollzählig erschienen. Routiniert hatte er die anstehenden Aufgaben verschiedenen Trupps zugeteilt.

Neben den üblichen Maßnahmen, wie die Beantragung der Funkzellendaten, Nachbarschafts- und Anwohnerbefragungen, Absuche der umliegenden Mülleimer, beauftragte er zwei Kollegen, die Vermisstenfahndungen der vergangenen sechs Monate durchzugehen, wenngleich er sich davon nicht viel versprach. So, wie die letzten Opfer, würde auch das jüngste nicht als vermisst gemeldet sein.

Entscheidend würde sein, dass sie das Opfer schnell identifizierten. Aber so stark wie die Leiche verwest war, konnten sie, selbst wenn man sie hergerichtet hätte, nicht an die Öffentlichkeit gehen. Ausgeschlossen!

Würden sich keine anderen Ansätze ergeben, käme er nicht umhin, ein anthropologisches Institut mit einer Gesichtsrekonstruktion zu beauftragen. Bis dahin musste er sich gedulden und den endgültigen Obduktionsbericht abwarten.

Kieferle hatte während der Obduktion unzählige Bilder geschossen. Bannert nahm sich vor, die Fotos in einer ruhigen Minute zu sichten. Als er den holprigen Feldweg zurückgefahren war, hatte er als Erstes telefonisch einen Helikopter der Hubschrauberstaffel angefordert, um großflächig Luftaufnahmen des Leichenfundortes und der näheren Umgebung zu machen. Bannert hoffte, dass die hochauflösenden Bilder, die die Bordkameras lieferten, vielleicht aus der Vogelperspektive mehr zeigten, als man sonst zu sehen imstande war. Reifenspuren, Veränderungen der Vegetation, abgelegte oder verlorene Gegenstände.

Diese Arbeit hätte auch eine Drohne erledigen können. Doch die Polizei hatte es leider noch immer nicht geschafft, sich den technischen Gegebenheiten des einundzwanzigsten Jahrhunderts anzupassen und für sich zu nutzen. Schon vor einem Jahr hatte er, nach einem Raubüberfall auf ein Juweliergeschäft, vorgeschlagen, für Luftaufnahmen Drohnen einzusetzen. Vergeblich hatte er seinem Chef klarzumachen versucht, dass man allein für die Kosten einer einzigen Flugstunde eines Hubschraubers zwei brauchbare Drohnen würde beschaffen können. Das sei alles nicht so einfach, hatte er zu hören bekommen. Ausschreibungen für die Beschaffung der entsprechenden Fluggeräte müssten erfolgen, Genehmigungen der Luftfahrtbehörde eingeholt und Drohnenpiloten ausgebildet werden. Für Bannert waren das Ausreden, zumal er allein zwei Streifenkollegen kannte, die sich im Nebengewerbe mit Drohnenluftaufnahmen etwas dazuverdienten.

In einem zweiten Anruf bat er das Führungs- und Lagezentrum, einen Vertreter des Sachbereichs Presse- und Öffentlichkeitsarbeit zu verständigen. Der Hubschrauber im Tiefflug würde den Medien nicht entgehen. Sie würden anfangen, lästige Fragen zu stellen. Und dafür hatte er, weiß Gott, keinen Nerv.

Das Gros seines Teams hatte den Soko-Raum bereits verlassen, während einige wenige still und konzentriert an den PCs arbeiteten.

Sechs Monate war es her, seit sie die erste Leiche gefunden hatten, und sie waren seither keinen Schritt weitergekommen. Die Wut, die Bannert empfand, begann einem Gefühl der Frustration und Verzweiflung zu weichen. Früher hätten das LKA oder das BKA Serienmorde dieser Größenordnung übernommen. Nun ja. In gewisser Weise taten sie das auch noch. Aber die »Fallübernahme« beschränkte sich lediglich darauf, zwei, drei oder vier LKA-Mitarbeiter zu entsenden, die vor Ort die *Wichtigen* mimten, die Arbeit auf die örtlichen Kollegen abwälzten und sich im Erfolgsfall den Ruhm auf die Fahne schrieben.

Er musste sich eine andere, eine neue Strategie überlegen, wenn er in dem Fall weiterkommen wollte. Und er hatte auch schon eine Idee.

8. Kapitel

Irgendwo in Stuttgart

Zaghaft legte Bannert die letzten Schritte bis zur Haustür zurück.

Raureif hatte die Vegetation erstarren lassen. Vor seinem Gesicht bildeten sich kleine Dampfwölkchen, wenn er ausatmete. Lange hatte er hin und her überlegt, ob er zuerst anrufen sollte, sich dann aber entschieden, alles auf eine Karte zu setzen. Das Reiheneckhaus war nichts Besonderes. Ein schmaler, langweiliger Würfel, in einer lieblos aneinandergereihten Kette von Häusern, wie man sie in den Achtzigerjahren in jeder Reihenhaussiedlung hatte aus dem Boden sprießen sehen. So spießig hatte Bannert das *Haus gar nicht in Erinnerung.*

HAGEDORN, stand auf dem kleinen, hochglanzpolierten Messingschildchen über dem Klingelknopf. Er betätigte die Klingel, und augenblicklich erklang aus dem Inneren die Tonfolge des Big Ben-Geläuts.

Gott, geht's noch spießiger, schoss es Bannert durch den Kopf. Gerade als er erneut klingeln wollte, hörte er Geräusche und bemerkte jenseits des Milchglaseinsatzes in der Haustür einen Schatten, der sich zu bewegen schien.

»Moment!«, brüllte eine Männerstimme, die wenig Begeisterung über unangekündigten Besuch zum Ausdruck brachte. Entsprechend harsch wurde die Tür nur wenige Sekunden später geöffnet.

»Ja!? Was wollen Sie?«

Bannert musste seinen Blickwinkel nach unten korrigieren, da er das Gesicht des Bewohners auf Augenhöhe wähnte.

»Äh, guten Tag, Kollege Hagedorn! Ich bitte vielmals um Entschuldigung. Ich …«

Hagedorn fiel ihm barsch ins Wort. »Ich bin kein Kollege. Nicht mehr. Verstanden!?«

Der Mann im Rollstuhl blickte an Bannert vorbei, taxierte die Straße dahinter und richtete seinen durchdringenden Blick wieder auf Bannert.

»Aha, Sie sind also ein *Kollege?* Von welcher Dienststelle? Aus Konstanz?«

»Mein Name ist Marius Bannert. Ich bin vom K1 des Polizeipräsidiums Konstanz, aber woher …?« Aus reiner Gewohnheit zückte er seinen Dienstausweis und hielt ihn Hagedorn unter die Nase.

»Schon gut, ich glaub's Ihnen auch so. Hm, da Sie mir wohl kaum einen Höflichkeitsbesuch abstatten, gibt es vermutlich einen dienstlichen Grund.«

»Das ist richtig, Herr Hagedorn. Ich wollte Sie in einer Sache um Rat und um Ihre Mitarbeit bitten.«

Hagedorn stieß ein heiseres Lachen aus. Er hatte es geahnt!

»Ich habe mit eurem Scheißladen nichts mehr zu tun. Und das soll auch so bleiben.«

Hagedorn warf die Haustür krachend ins Schloss.

Bannerts Hoffnung zerplatzte wie eine Seifenblase.

»Kollege Hagedorn, bitte …«

»Verpiss dich und lass mir meine Ruhe«, drang es zornig und dumpf aus dem Hausinneren.

»Herr Hagedorn«, rief Bannert gegen das Türblatt. »Ich bitte Sie inständig, werfen Sie einen Blick auf den Fall, und helfen Sie mir. Wir kommen nicht weiter, wir stecken fest. Und«, Bannert schluckte schwer, »er wird weiter morden, wenn wir ihn nicht schnappen. Kollege, bitte!«

Eine gefühlte Ewigkeit später öffnete sich die Haustür einen Spaltbreit.

»Komm rein!«

Summend setzte sich der Rollstuhl in Bewegung, drehte sich flink auf der Stelle und fuhr den Gang hinunter.

»Kaffee? Tee? Oder etwas Härteres?«, fragte Hagedorn über seine Schulter hinweg. Bannert verblüffte Hagedorns schneller Gesinnungswandel. Er schöpfte neue Hoffnung. Möglicherweise gelang es ihm ja doch, ihn umzustimmen.

Während er die Tür schloss, rief er dem davoneilenden Hagedorn »Kaffee, bitte« hinterher. Langsam ging er den Flur hinunter und hielt auf das Zimmer zu, in dem er Hagedorn hatte verschwinden sehen. Wieso wusste er nichts davon, dass Hagedorn im Rollstuhl saß? Seit wann überhaupt? Und wie war das passiert? Ihre letzte Begegnung lag über zehn Jahre zurück. Und damals war er noch das blühende Leben gewesen. Groß und breitschultrig. Ein Hüne von einem Mann.

Eine Anekdote, die man sich aus Hagedorns aktiver Dienstzeit erzählte, war ihm im Gedächtnis geblieben. Angeblich soll er einen gesuchten Räuber am Hosenbund gepackt und ihn durch die halbe Stuttgarter Innenstadt zum Polizeirevier geschleift haben, während der Eingefangene Zeter und Mordio schrie.

»Komm rein und steh da nicht rum wie bestellt und nicht abgeholt.«

Bannert konnte sich nicht erinnern, ob Hagedorn ihn schon an der Tür geduzt hatte. Da sich Kollegen bis zu einer gewissen Hierarchie-Ebene sowieso alle mit *Du* ansprachen, war es ihm egal.

»Räum dir einen Stuhl frei und setz dich. Wie trinkst du deinen Kaffee?«

»Schwarz mit einem Teelöffel Zucker«, antwortete Bannert. Bannert stand inmitten einer geräumigen Wohnküche, an die sich ein noch größeres Wohnzimmer anschloss. Beinahe alle Sitzmöbel waren über und über von Zeitungen, Magazinen, Prospekten und sonstigem Unrat belagert.

»Haben Sie gearbeitet, oder sind Sie der Sammelwut verfallen?«, kommentierte Bannert das Chaos und deutete grinsend mit dem Kopf auf die Unordnung ringsumher.

»Falk!«

»Wie bitte?«

»Du sollst mich Falk nennen. Wie war doch gleich dein Vorname? Marius, richtig?«

»Ja. Also gut, … Falk.«

Brummend und gurgelnd begann die Pad-Maschine dampfende, braune Flüssigkeit auszuspucken. Erst jetzt bemerkte Bannert, dass ein Großteil der Arbeitsfläche der Küchenzeile nicht unterbaut war. Vermutlich, damit Hagedorn mit dem Rollstuhl besser daran arbeiten konnte.

Hagedorn reichte ihm die gefüllte Kaffeetasse und stellte eine Packung Würfelzucker dazu.

»Bedien dich.«

»Danke dir.«

»Willst du jetzt über meine Sauerei reden, oder kommst du endlich auf den Punkt? Aber eines sag ich dir gleich, mit mir braucht ihr nicht zu rechnen. Ich kann dir vielleicht einen Rat geben, aber das war's dann. Kapiert?«

»Wen meinst du mit *ihr*«, erkundigte sich Bannert irritiert.

»Na den ganzen beschissenen Polizeiapparat. Ich will damit nichts mehr zu tun haben.«

»Warum? Was ist passiert?«, wollte Bannert wissen.

»Das geht dich nichts an.«

Nach einer kurzen Pause fuhr Hagedorn fort: »Ich nehme an, du bist wegen eures Serienkillers gekommen. Habe ich recht?«

»Das ist richtig. Wir stecken in einer Sackgasse.«

Hagedorn deutete auf die schmale Mappe, die Bannert unter denArm geklemmt hatte.

»Lass mich mal einen Blick hineinwerfen.«

Fordernd streckte Hagedorn die Hand danach aus.

»Ich muss nicht erwähnen, dass das alles streng vertraulich ist?!«, merkte Bannert an, als er ihm die Akte reichte.

»Wenn du mich belehren willst, kannst du gleich wieder verschwinden, Marius.«

Hagedorn öffnete den Aktendeckel und überflog stirnrunzelnd die erste Seite.

9. Kapitel

Konstanz – Polizeipräsidium

Seit Stunden schon brütete Bannert über den Aktenstapeln. Versuchte sich jedes noch so kleine Detail ins Gedächtnis zu rufen. Doch er wurde das Gefühl nicht los, etwas Entscheidendes übersehen zu haben. Was war es? Wo war die Gemeinsamkeit zwischen den Opfern? Oder gab es einfach keine? Es war zum Verzweifeln. In den letzten Minuten war er rastlos durch den Soko-Raum gewandert. Manchmal half es ihm beim Denken, in Bewegung zu sein. Bannert fuhr sich mit beiden Händen durch sein langsam schütter werdendes Haar und kickte wütend einen Bürostuhl um, der scheppernd durch den Raum schlitterte.

»Herrgott! Verdammte Scheiße!«, fluchte er. Noch nie während seiner gesamten Laufbahn hatte er sich so ohnmächtig und hilflos gefühlt. Der Druck, unter dem er stand, machte es nicht besser. Burger beobachtete ihn mit Argusaugen und wartete nur darauf, dass ihm ein eklatanter Fehler unterlaufen würde. Lange Zeit war ihm nicht klar gewesen, weshalb sich ihr Verhältnis so verschlechtert hatte. Einige Kollegen hatten ihm schließlich gesteckt, dass Burger es ihm angeblich verübelte, dass Bannert ihn als Mentor zurückgewiesen hatte.

Vier Jahre war es her, dass Burger ihn für die Laufbahn des Höheren Dienstes vorgeschlagen hatte.

Er hatte gelacht und dankend abgelehnt. Nein, das

war nichts für ihn. Er gehörte auf die Straße und nicht in einen Anzug.

Im Dreck zu wühlen war sein Ding.

Dass Burger furchtbar nachtragend sein konnte, wusste er. Aber auch noch vier Jahre später? Seine Frau warf es ihm jedenfalls immer noch vor. Seine Ex-Frau. Grundgütiger – hatte Christine damals getobt. »Du bist ein Schafskopf, ein solches Angebot auszuschlagen!«, hatte sie gezetert.

Na ja. Christine war seit zwei Jahren Geschichte. Die Scheidung war zügig, ohne Trennungsjahr, über die Bühne gegangen. Da sie weder Kinder noch gemeinsame Vermögenswerte besaßen, war die gerichtliche Scheidung in rekordverdächtigen fünfzehn Minuten erledigt gewesen.

Während er sich danach in die Arbeit gestürzt hatte, hatte sie sich ins lokale Nachtleben gestürzt. Eine Zeit lang hatte er sehr unter der Trennung gelitten und ihre Aktivitäten auf Facebook verfolgt, um zu sehen, ob und wie schnell sie wieder liiert sein würde. Doch schon bald verlor er das Interesse daran und auch an ihr.

Sein Magen knurrte und reagierte zudem mit völliger Übersäuerung auf seinen maßlosen Kaffeekonsum. In der Bewegung innehaltend schaute er genervt zur Uhr. Halb acht, und Hagedorn hatte sich noch immer nicht gemeldet, obwohl er ihm fest zugesagt hatte, ihn heute noch anzurufen. Kaum dass er heute Morgen den Aktenhefter aufgeschlagen hatte, komplimentierte er ihn auch schon hinaus. Er wolle allein sein, um in Ruhe lesen zu können. Bannert hatte seinen Wunsch respektiert und war unverzüglich nach Konstanz zurückgefahren. Doch so langsam reichte es ihm mit der Warterei.

Unschlüssig, ob er sich eine Pizza oder etwas vom Inder

ins Büro liefern lassen sollte, studierte er die unzähligen Flyer verschiedener Lieferdienste, die an einer der Magnettafeln im Soko-Raum hingen. Eine normale Begleiterscheinung, wenn sich Kollegen während eines langen Ermittlungsverfahrens die Nächte um die Ohren schlugen. Nicht selten hatten sich in den vergangenen Monaten im Soko-Raum Gerüche verbreitet, die einer olfaktorischen Misshandlung gleichkamen. Dönergeruch mischte sich mit indischem Curry, Burger mit thailändischem Khao Pad. Nichts dergleichen machte ihm Appetit. Er schnappte sich seine Jacke und verließ das Präsidium.

Fünfzehn Minuten später saß er im Brauhaus Albrecht und genoss in großen Schlucken deren leckeres Kupfer-Bier. Erst beim Studieren der Speisekarte spürte er seinen Hunger und bestellte sich ein Rumpsteak und einen gemischten Salat.

Das Brauhaus war für einen Montagabend gut besucht. Erstaunt stellte er fest, dass nur noch wenige Plätze frei waren. Gerne hätte Bannert sich in diesem Augenblick eine nette Gesellschaft gewünscht, die ihn auf andere Gedanken brachte. Seit Monaten kreisten seine Gedanken nur noch um die Serienmorde. Ob er nun Zeitung las, fernsah, ins Kino ging – es gelang ihm einfach nicht abzuschalten. Was sollte er tun, falls Hagedorn ihm eine Abfuhr erteilte, ihm keinen Rat geben konnte oder wollte? Er fühlte jedenfalls, dass er dringend Abstand gewinnen musste, um den Fall wieder klarer und aus der Distanz betrachten zu können. Seit sechs Monaten, seit der Einrichtung der Sonderkommission, hatte er kaum einen Tag freigehabt. Obwohl er peinlich darauf achtete, dass seine Mitarbeiter genügend Ruhephasen hatten, wollte und konnte er sich diesen Luxus nicht zugestehen. Das war nicht allein dem Fall geschuldet, sondern er wollte auch Burger nicht die Genugtuung seines Scheiterns gönnen.

Auf gar keinen Fall! Und wenn er auf Knien rutschend zum Dienst erscheinen müsste.

Und da war noch ein anderes Problem. Wie sollte er seinem Chef die Konsultation eines ehemaligen Fallanalytikers vom Landeskriminalamt erklären? Er nahm einen großen Schluck Bier und versuchte, seine Bedenken hinunterzuspülen.

Marius, hör auf, über ungelegte Eier zu gackern, schalt er sich.

Gerade als die Bedienung sein Essen brachte, brummte sein Handy in der Hosentasche. Entgegen seiner Gewohnheit, unbekannte Anrufer zu ignorieren, nahm er das Gespräch an.

»Bannert«

»Hol mich morgen um Viertel vor elf am Hauptbahnhof ab. Du buchst mir ein Hotelzimmer für die kommenden Tage. Aber nicht in so einer billigen Absteige, etwas Ansprechendes. Und über mein Honorar unterhalten wir uns noch.«

Erleichtert lächelnd legte er das Handy beiseite und genoss sein Steak.

10. Kapitel

Friedhof – Radolfzell

»Gerald! Auf, pack dich! Wir müssen zum Friedhof.«

Kauend trat der Angesprochene ins Dienstzimmer.

»Wiefo daf denn fon wieder?«

»Frag nicht, beweg dich!«

Der Bestatter wartete bereits, als die Streife am Waldfriedhof eintraf. Er bemühte sich redlich, Gelassenheit und Contenance zu wahren, seine in den Hosentaschen vergrabenen Hände straften ihn jedoch Lügen, da er unablässig mit einem Schlüsselbund zu spielen schien.

»Guten Morgen! Sagen Sie ja nicht, es ist schon wieder eine Leiche abhandengekommen!?«

»Guten Morgen, Herr Wassmeier! Das ist nicht witzig. Wirklich nicht. Und wenn ich mir die Bemerkung erlauben darf, sehr pietätlos.«

»Was dann?«, erkundigte sich Wassmeier.

»Nun ja.« Diestl schaute sich verstohlen nach allen Seiten um. »Die verschwundene Leiche ist wieder da.«

»Sie machen Witze!«, blaffte Wassmeier.

»Nein, ganz bestimmt nicht. Sie lag heute Morgen im Kühlraum Nummer 3.«

»Sie wollen mich wohl verschaukeln! Aus welchem Kühlraum soll sie denn verschwunden gewesen sein?«

»Was wollen Sie damit sagen? Wollen Sie mir etwas unterstellen?« Das Gesicht des Bestatters färbte sich tiefrot.

»Gerald, hast du am Montag nicht die anderen Kühlräume überprüft?«, fragte Wassmeier an seinen Kollegen gewandt.

»Ähm, nö. Herr Diestl hat mir versichert, dass die Verstorbene im Kühlraum Nummer zwei gelegen habe.«

»Idiot«, murmelte Wassmeier.

»Könnte es nicht sein«, fuhr Wassmeier an Diestl gewandt fort, »dass die Leiche versehentlich in einem anderen Raum aufbewahrt worden ist?«

Diestl schien kurz davor zu stehen, die Fassung zu verlieren.

»Das ist völlig ausgeschlossen!«, fauchte er.

»Beruhigen Sie sich, Herr Diestl! Haben Sie die Leiche persönlich in diesen Raum gebracht?«

»Nein, natürlich nicht. Zwei meiner Mitarbeiter haben das erledigt. Sehr zuverlässige Männer will ich anmerken.« Trotz seiner Beteuerung schien seine Sicherheit zu schwinden.

»Ich würde vorschlagen, dass Sie das noch einmal mit ihren Mitarbeitern klären. Auch zuverlässigen Angestellten unterlaufen zuweilen Fehler. Ich bin jedenfalls froh, dass die Leiche wieder aufgetaucht ist. Wann war doch gleich die Beerdigung?«

»Heute Nachmittag um fünfzehn Uhr«, antwortete Diestl sichtlich erleichtert.

»Na dann. Ich bin sicher, dass Sie der Familie die frohe Kunde selbst überbringen wollen?«

Diestls Gesichtsfarbe schien nun violette Züge anzunehmen.

»Nun ja. Ich hatte die Familie noch gar nicht über das Verschwinden in Kenntnis gesetzt«, sagte er kleinlaut.

»Haben Sie ein Schwein«, grinste Wassmeier.

»Dann haben Sie ordentlich was zu begießen heute Abend, meinen Sie nicht?«

»Da haben Sie wohl recht. Ich danke Ihnen trotzdem für Ihre Mühen.«

Erleichtert kramte der Bestatter ein akkurat gebügeltes Stofftaschentuch aus seiner Brusttasche und tupfte damit über seine schweißglänzende Stirn, als der Streifenwagen knirschend das Tor zur Aussegnungshalle passierte.

Ganz gewiss würde er den Rat Wassmeiers befolgen und sich ordentlich betrinken, wenn die Trauerfeier vorüber wäre. Nicht auszudenken, was geschehen wäre, wenn die Verstorbene verschwunden geblieben wäre.

11. Kapitel

Hagedorns Ankunft

Pünktlich um Viertel vor elf fuhr der Zug aus Stuttgart ein. Das gellende Quietschen der Bremsen ging Bannert durch Mark und Bein. Es erinnerte ihn an das widerwärtige Kreischen einer Tafelkreide. Als die Türen sich öffneten, eilte ein Angestellter der Bahn mit einer Hubvorrichtung zu einem der Waggons. Langsam kamen zuerst die vorderen Räder, die spindeldürren Beine und danach der Rest Hagedorns und seines rollenden Ungetüms auf die Rampe gerollt. Der Lift ächzte gequält unter Hagedorns Last, was Bannert ein Schmunzeln abrang. Allein das futuristische Gefährt musste schon über zweihundert Kilo wiegen.

»Grüß dich, Falk!«

»Ich hasse Zugreisen!«, maulte Hagedorn. »Alles viel zu eng konzipiert, sodass man mit dem Rolli nirgends durchkommt. Wieso packen sie die Behinderten nicht ins Gepäckabteil, frage ich mich!«

»Du hättest ja mit dem Auto kommen können.«

»Witzbold! Und wie lade ich das hier ein?« Hagedorn hieb mit der flachen Hand auf die Armstütze.

»Nein, nein. Außerdem fahre ich nicht mehr so gerne Auto. Sind ja nur noch Bekloppte auf der Straße unterwegs.«

»Dann hör auf, dich zu beschweren, Falk«, antwortete Bannert immer noch grinsend.

Ein Mitreisender reichte Hagedorn einen Hartschalentrolley, den er mit einem gemurmelten Dank nahm und sich auf den Schoß legte.

Zischend senkte sich die Rampe, und Hagedorns Gefährt rollte auf den Bahnsteig.

»Wollen wir?«

»Möchtest du zuerst deinen Koffer aufs Zimmer bringen? Ich habe dir im Hotel Halm ein Zimmer gebucht. Es liegt genau hier gegenüber vom Bahnhof.«

Bannert hoffte sehr, dass Hagedorn mit dem Zimmer zufrieden sein würde. Die Auswahl an guten und dazu noch preiswerten Hotels in Konstanz war nicht üppig. Nur wenige waren für Rollstühle geeignet. Bei der Buchung war Bannert zunächst von vier Tagen ausgegangen, hatte aber eine Verlängerungsoption offengelassen. Mehr Kopfzerbrechen bereitete ihm allerdings, wie er die Hotelkosten rechtfertigen sollte. Egal, darüber konnte er sich noch später Gedanken machen. Wichtig war, dass Hagedorn hier war.

»Lass mich den Koffer schnell an der Rezeption deponieren, dann können wir los«, sagte Hagedorn und war bereits losgedüst.

Verdammt ist das Teil flink, dachte Bannert, während er mit ausladenden Schritten hinterhereilte.

»Sag mal, hast du das Gefährt getuned?«, erkundigte sich Bannert atemlos, als er Hagedorn an der Fußgängerampel wieder eingeholt hatte.

»Worauf du einen lassen kannst«, entgegnete Hagedorn breit grinsend.

»Ich habe dem Rolli eine größere Batterie und eine andere Übersetzung verpasst. Macht jetzt fast zwanzig Stundenkilometer mit einer Reichweite von annähernd dreißig Kilometern. Was ist?«, fragte er, als er Bannerts sorgenvollen Blick bemerkte.

»Wie machen wir das überhaupt mit dem Riesengefährt? Das bekomme ich doch in keinen Dienstwagen.«

»Ach so! Mach dir darüber keine Gedanken. Ich habe mir hier vor Ort bei einem Sanitätshaus einen faltbaren Rollstuhl gemietet. Gegen zwölf Uhr wird der zum Präsidium geliefert.«

»So etwas gibt es?«, fragte Bannert verdutzt.

»Was? Faltbare Rollstühle?«

»Nein, du Idiot. Mietrollstühle!«

»Du hast keine Ahnung, was es alles gibt«, brummte Hagedorn.

Zehn Minuten später gingen sie an der Uferpromenade des Bodensees entlang, nachdem sie Hagedorns Trolley bei der Rezeption abgegeben hatten. Es war nur ein kurzer Weg bis zum Polizeipräsidium.

»Hast du die Akte gelesen?«

»Habe ich, Marius. Obwohl sie gut zusammengestellt ist, muss ich mehr sehen. Zum Beispiel die Leichenfundorte. Erst dann kann ich mir ein besseres Bild machen.«

Bannert taxierte Hagedorn von der Seite. »Wieso hast du dich entschieden, mir zu helfen?«

Hagedorn zögerte mit seiner Antwort.

»Ich weiß es nicht genau. Der Fall fasziniert mich. Der Täter fasziniert mich.«

»So, du findest den Täter faszinierend?!«, empörte sich Bannert. »Du bist ganz schön morbide, findest du nicht?«

Hagedorn kommentierte Bannerts Angriff mit einem Achselzucken.

12. Kapitel

Berlin

Wutentbrannt stapfte sie aus dem Studio im Babelsberger Süden. Sie kochte innerlich, und ihr war klar, dass ihr das sofort wieder auf den Magen schlagen würde. »Wir melden uns bei Ihnen.« Gefühlte hundertmal hatte sie den abgedroschenen Satz innerhalb der letzten acht Monate, seit ihrem Abschluss, gehört. Eine völlig bescheuerte Umschreibung dafür, jemandem mitzuteilen, dass er oder sie die Rolle nicht bekam. Den Abschluss an der staatlichen Schauspielschule hatte sie mit Auszeichnung bestanden. Sogar in einem prämierten Kurzfilm hatte sie mitgewirkt, und es war ja nicht so, dass sie für die Rolle eines Hobbits oder eines Zweihundert-Kilo-Protagonisten vorsprechen würde. In aller Regel sprach sie nur für Rollen vor, von denen sie annahm, dass sie sie aufgrund der Rollenbeschreibung auch glaubhaft darstellen könnte. Nein, sie war keine Träumerin. Ganz im Gegenteil. Sie war realistisch genug, um zu wissen, dass sie sich als Schauspielerin ihre Sporen erst in kleineren TV-Produktionen, Werbekampagnen oder unbedeutenden Bühnenrollen würde verdienen müssen. Es würde ein langer Weg sein, irgendwann die großen Rollen zu bekommen. Sie sah umwerfend aus, war groß, schlank und hatte trotz ihrer schwarzen Haare smaragdgrüne Augen. Eine seltene Kombination. Sie würde einfach Geduld haben müssen.

Aber genau das war eine Charaktereigenschaft, die ihr gänzlich zu fehlen schien.

Natürlich hätte sie mit dem ein oder anderen Regisseur oder Produzenten ins Bett gehen können, um eine Rolle zu ergattern. Eindeutige Angebote hatte es gegeben. Nicht häufig, aber es gab sie. Egal wie sehr sie sich ihren Durchbruch auch wünschte, Sex pro quo war keine Option. Also würde sie weiter durch die Lande tingeln und vorsprechen, auch wenn das mit der Zeit ganz schön ins Geld ging.

Mit Gelegenheitsjobs kam sie gerade so über die Runden. Ihr letztes Engagement, der Dreh eines Werbespots, hatte ihr eine Achthundert-Euro-Gage eingebracht, die jedoch fast vollständig durch ihren Mietrückstand für ihr völlig überteuertes Zwölf-Quadratmeter-Zimmer in München aufgefressen worden war. Und der Trip nach Berlin hatte die allerletzten Reserven aufgezehrt.

Sie wischte sich über die Stirn und blies die Luft aus, die in kleinen Wölkchen vor ihrem Gesicht zerstob. Schwer fiel die schwere Stahltür des Studios ins Schloss, als sie sich der Straße zuwandte. Da sie nicht wusste, was sie nun tun sollte, entschloss sie sich erst mal, zum Hauptbahnhof zu gehen. Dort wäre es wenigstens warm, und sie könnte ihre nächsten Schritte überlegen. Wann würde das endlich ein Ende nehmen? Das Leben von der Hand in den Mund? Erschwerend kam hinzu, dass in vier Monaten die Ratenrückzahlung ihres Studiendarlehens fällig würde. Zu ihrem Vater wollte sie nicht gehen. Wozu? Damit sie sich seine Vorhaltungen anhören musste? Er war strikt dagegen gewesen, dass sie an die Schauspielschule ging. »Lern was Vernünftiges!«, hatte er es kommentiert. Die Folge war ein heftiger Streit gewesen. Noch am selben Abend hatte sie zornig einen Koffer gepackt und war nach Hamburg gegangen.

Seitdem hatten sie so gut wie keinen Kontakt mehr zueinander gehabt. Wenn sie beide nur nicht so stur und dickköpfig wären.

Aber wenn sie nicht bald eine Rolle bekäme, würde ihr nichts anderes übrig bleiben, als ihren Stolz zu überwinden und zu ihrem Vater zurückzugehen. So weit war es Gott sei Dank noch nicht.

Sie kramte ihr Handy aus dem Rucksack und schrieb eine Nachricht in die Gruppe der Give-me-a-lift-App, dass sie auf der Suche nach einer Mitfahrgelegenheit nach München sei. Nun hieß es abwarten und hoffen.

13. Kapitel

Konstanz

»Was wollen Sie hier, Hagedorn? Ich habe Sie weder angefordert, noch bin ich auf Ihre Mithilfe angewiesen.« Lars Burger stand mit vor der Brust verschränkten Armen im Soko-Raum und tobte innerlich. Bemüht, Sachlichkeit und Souveränität auszustrahlen, straften ihn seine pulsierenden Halsschlagadern Lügen.

»Ich werde die Kosten für den Mann keinesfalls genehmigen«, fuhr er an Bannert gewandt fort.

Hagedorn betätigte einen der Knöpfe in der Konsole seiner Armlehne, und sogleich wurde er pneumatisch aus der sitzenden in eine stehende Position gehievt. Nur wenige Sekunden später überragte er Burger um einen ganzen Kopf. Bannert konnte sich ein Schmunzeln nicht verkneifen, da es seine psychologische Wirkung nicht verfehlte. Burger wich instinktiv einen Schritt zurück.

»Die Staatsanwaltschaft und Ihr Soko-Leiter scheinen das anders zu beurteilen.«

»Wieso die Staatsanwaltschaft?«, erkundigte sich Burger, ohne Hagedorn eines Blickes zu würdigen.

Erneut ergriff Hagedorn das Wort.

»Weil die Staatsanwaltschaft mein Honorar übernimmt.«

Bannert schluckte die aufsteigende Übelkeit hinunter. Wie sollte er das dem leitenden Oberstaatsanwalt verkaufen? An die Möglichkeit, Hagedorn als externen Sachverständigen über die Staatsanwaltschaft bestellen zu lassen, hatte er überhaupt noch nicht gedacht. Es war nicht ungewöhnlich, dass Brandsachverständige, TÜV-Sachverständige, Schriftgutachter oder auch Psychologen seitens der Staatsanwaltschaft angefordert wurden und die Staatsanwaltschaft die Kosten dafür übernahm. Nur war es eben unüblich, den Sachverständigen bereits hinzugezogen zu haben, ohne es vorher mit dem zuständigen Staatsanwalt abzusprechen. Und das war die Krux bei der Sache. Bannert machte sich wenig Hoffnung, dass man ihm die Eigenmächtigkeit nachträglich absegnen würde. Doch ihm würde schon etwas einfallen. Wie immer!

»Ich kann Sie nicht leiden, Hagedorn«, sagte Burger abschätzig. »Ich konnte Ihre überhebliche und selbstgefällige Art früher schon nicht ausstehen. Wenn Sie versagen, weiß ich ja, wem ich es in die Schuhe schieben kann.«

»Willst du mir drohen, du Wicht?« Hagedorn rollte einige Zentimeter auf Burger zu.

Beim Anblick Hagedorns in seiner stehend mobilen Position musste Bannert unwillkürlich an den Film *Nummer 5 lebt!* denken.

»Wenn ich mich recht erinnere, hast du dich während deiner Zeit im Amt auch nicht mit Ruhm bekleckert.« Hagedorn lächelte provokant.

»Was wissen Sie denn schon!?«, blaffte Burger. »Und ich verbitte mir Ihre respektlose, plump-vertrauliche Art. Haben Sie mich verstanden?«

»Ich wüsste nicht, womit du dir je meinen Respekt und meine Anerkennung verdient hättest, du geleckter Affe.«

Burgers Gesicht färbte sich tiefrot.

Bannert befürchtete, dass sein Vorgesetzter jeden Augenblick mit der Gewalt eines eruptierenden Supervulkans in die Luft gehen könnte. Doch stattdessen machte Burger auf dem Absatz kehrt und schnaubte: »Arschloch.«

»Was war das denn gerade?«, fragte Bannert erstaunt.

Während Hagedorns Sessel zischend in eine sitzende Position zurückglitt, grinste er verschmitzt. »Ach weißt du, Marius, ich bin schon etwas länger bei dem Verein als du. Ich kenne Lars noch von meiner aktiven Zeit beim LKA. Ich war bestimmt schon fünf Jahre am LKA, als der Schnösel da ankam, als frischgebackener Kriminalrat. Ein Lackaffe, ein Kalfaktor, dem man die einfachen und niederen Tätigkeiten übertrug. Davor war er für eine kurze Zeit im Ministerium. Da war er Referent oder Kaffeeträger, genau weiß das keiner«, fügte er glucksend hinzu. »Sei's drum. Lass uns anfangen.«

Eine Stunde später fühlte sich Hagedorn umfassend informiert.

»Kompliment, Marius. Du hast die Soko gut im Griff«, lobte er. »Klare Strukturen und eine stringente Aufgabenzuweisung. Gefällt mir!«

Marius murmelte seinen Dank. »Ich bin trotzdem nicht zufrieden. Mir fehlen Ergebnisse, verstehst du?«

»Einer deiner Kollegen sagte, ich glaube, er hieß Kieferle, dass bei keinem der Opfer ein Handy gefunden wurde?«

»Ja, das ist richtig. Wir wissen mittlerweile, dass alle Frauen im Besitz eines Smartphones waren. Wir haben versucht, die Handys zu orten. Leider ohne Erfolg. Das kann nur bedeuten, dass die Geräte während oder nach der Entführung ausgeschaltet wurden oder die Akkus einfach leer gelaufen sind.«

»Soziale Netzwerke? E-Mail-Accounts? Verbindungsdaten?«

»Auch das haben wir alles gecheckt. Glaub mir, Falk. Weder auf Facebook oder Instagram noch auf anderen Netzwerken gibt es Querverbindungen zwischen den Opfern.«

Hagedorn nickte nachdenklich. »O. k., lass uns nachsehen, ob mein Mietrollstuhl schon geliefert worden ist. Danach möchte ich die Fundorte begutachten.«

»Gut! Aber lass mich erst mit meinem Staatsanwalt telefonieren.«

»Mach das!«, antwortete Hagedorn augenzwinkernd.

14. Kapitel

Irgendwo im Donautal

Beinahe eine Stunde hatte die Fahrt gedauert. Bannert war mit dem Wagen so weit in das Waldstück hineingefahren, wie er es noch verantworten konnte. Ein Teil des Weges war Kalkstein, geschottert, wurde aber, je tiefer er in den Wald hineinfuhr, zunehmend schlammiger. Er parkte den Wagen an einer belaubten Ausbuchtung, von der aus ein schmaler laubbedeckter Trampelpfad eine Anhöhe hinaufführte, die es zu ersteigen galt.

»Den Rest des Weges müssen wir zu Fuß gehen.«

Noch während er den Satz aussprach, überlegte Bannert, ob er sich nun einen Fauxpas geleistet hatte.

Die Bezeichnung *zu Fuß gehen* kam ihm in Gegenwart eines im Rollstuhl sitzenden Menschen höhnisch vor. Hagedorn reagierte jedoch nicht, oder er überging geflissentlich seine unpassende Formulierung.

Kraftvoll stieß Falk Hagedorn die Räder des Rollstuhls voran und erklomm beinahe mühelos die Steigung.

»Ist es noch weit?«

Marius schüttelte den Kopf. »Knapp einhundert Meter noch.«

»Und dort hat man das erste Mädchen gefunden?«

»Richtig!«

»Ich bin mir nicht ganz sicher, ist lange her, dass ich hier zu tun hatte, aber sind wir hier nicht im Zuständigkeitsbereich des Präsidiums Tuttlingen oder Sigmaringen?«

»Sigmaringen gehört zu unserem Präsidiumsbereich. Aber du hast recht. In diesem Fall wurde die Leiche auf Tuttlinger Gemarkung gefunden. Wir haben den Fall an uns gezogen, nachdem die nächsten beiden Opfer in unserem Bereich aufgefunden worden sind.«

Das Erdreich wurde schlammiger, und die Rollstuhlräder begannen unter dem Gewicht Hagedorns einzusinken.

Hagedorn atmete schwer. »Verdammt, weiter geht's nicht.«

Die Frustration stand ihm ins Gesicht geschrieben.

»Dort drüben neben dem Holzstoß hat man ihre Leiche gefunden«, sagte Bannert und deutete mit dem Zeigefinger in Richtung eines Holzstoßes, der sich etwa zwanzig Meter entfernt von ihnen am Waldrand erhob.

»Erzähl mir was über sie«, forderte Hagedorn.

»Lara Brandl, dreiundzwanzig Jahre alt, Single. Jurastudentin im Referendariat, zuletzt am Amtsgericht tätig. Die Eltern und ein älterer Bruder wohnen in Mannheim. Vater Rechtsanwalt, Mutter Kinderärztin. Als Spaziergänger sie fanden, lag sie dort bereits seit circa zwei Wochen.«

Hagedorn kratzte sich das Kinn und versuchte, sich das Foto der Verstorbenen ins Gedächtnis zu rufen. »Sie war die Schwarzhaarige. Wenn ich mich recht erinnere, hatte der Täter ihr die Brüste und die Haare abgeschnitten?«

Bannert nickte stumm.

»Wieso wolltest du den Leichenfundort sehen, Falk?«

»Weil ich mir gerne selbst einen Eindruck vom Tatort oder dem Ablageort verschaffe.

Bilder fangen oft nicht die Stimmung ein oder bilden

winzige Details nur ungenau ab. Gerade du solltest das nachvollziehen können. Wenn ich den letzten Fundort mit dem hier vergleiche, war hier das Entdeckungsrisiko um ein Vielfaches höher. Sowohl für den Täter als auch für die Leiche. Und da ihr hier keine Reifenspuren entdeckt habt, sagt mir das noch etwas anderes.«

»Nämlich dass der Kerl ziemlich kräftig sein muss«, beendete Bannert den Satz.

Falk deutete mit einem Pistolenfinger auf Marius und schnalzte mit der Zunge.

»Je nachdem, wo er den Wagen abgestellt hatte, musste er einen fast sechzig Kilo schweren Leichnam mindestens einen halben Kilometer weit tragen, bis er ihn letztlich hier oben abgelegt hat.«

Falk deutete den Weg hinunter. »Was sich mir jedoch nicht erschließt, ist, dass man keine Fußspuren gefunden hat.«

»Die Frage haben wir uns auch oft gestellt. Es mag sein, dass die Spuren durch Forstmaschinen platt gewalzt wurden.«

»Wir müssen in Betracht ziehen, dass der Täter sich nicht nur die Mühe macht, die getöteten Frauen an entlegenen Orten abzulegen, sondern auch die üblichen Wege und Pfade verlässt und querfeldein läuft. Eben dort, wo man nicht unbedingt Spuren erwarten würde.«

Marius brummte zustimmend. »Und auf welchen Radius würdest du die Suche ausweiten?«

»Ich würde sie auf einen Radius von fünfhundert Metern ausdehnen.«

»Gut!«, antwortete Bannert und kramte sein Handy aus der Hosentasche.

»Karsten? Marius hier! Ich möchte, dass wir die Spurensuche im Ried auf einen Radius von mindestens fünfhundert Metern ausdehnen. Die anderen Fundorte sind zu alt, aber ich möchte im Ried einen Man-Trailer-Hund, der das Areal absucht. Vielleicht finden wir ja was. Ich danke dir!«

Hagedorn wendete und rollte bremsend bergab.

»Und nun? Willst du die anderen Fundorte auch noch sehen?«, rief ihm Bannert nach.

»Im Augenblick nicht. Aber du könntest uns in der Gerichtsmedizin ankündigen!«

»Ernsthaft? Heute noch?« Bannert verdrehte genervt die Augen. Das würde eine zweistündige Fahrt bedeuten.

»Ja, heute noch!«, blaffte Hagedorn über seine Schulter hinweg.

15. Kapitel

Siebenunddreißig Jahre früher

Den Wecker hätte er gar nicht gebraucht, da er ohnehin kein Auge zugemacht hat. Die einzigen Geräusche im Haus sind das gelegentliche Knacken des Gebälks und das ohrenbetäubende Schnarchen seines Vaters. So laut schnarcht er nur, wenn er zu viel getrunken hat. An solchen Abenden ist er besonders ungenießbar und reizbar. Zumindest fällt er danach in einen komatösen Schlaf. Vor einigen Jahren hatte er sich nachts übergeben müssen. Auch damals hatte sein Vater am Abend reichlich Bier getrunken. Er wurde nicht einmal wach, als seine Mutter aufstand, das Licht einschaltete, ihm einen anderen Schlafanzug gab und das Bett frisch bezog. Er wird sich also, so hofft er, gefahrlos nach draußen schleichen können, um die Puppe aus dem Mülleimer zu fischen. Alles hat er akribisch bis ins Detail geplant. Eine leere Bierkiste aus der Garage würde ihm als Aufstiegshilfe dienen, um über den Rand der Tonne zu spähen und hineingreifen zu können. Er würde sie in seinem alten Sportbeutel verstecken, bis er wieder sicher in seinem Zimmer war. Er wünscht sich inständig, dass an der Puppe nichts kaputt gegangen ist, als sein Vater sie so brutal in die Tonne gestopft hat. Flecken könnte er vielleicht beseitigen, aber er weiß nicht, was er tun soll, wenn das Kleid zerrissen oder, noch schlimmer, ein Ärmchen oder Beinchen ausgerissen wäre. Ihm schaudert bei dem Gedanken an diese Vorstellung.

Mit angehaltenem Atem lauscht er ins Dunkel, ehe er den Mut fasst, die Decke zurückzuschlagen. Er wirft sich den Bademantel über und schleicht auf Zehenspitzen zur Tür.

Alles ist vorbereitet. Taschenlampe und Turnbeutel hängen neben der Tür an der Garderobe. Er stopft die kleine Stablampe in die Tasche seines Bademantels, legt sich die Kordel des Beutels um den Hals und lauscht erneut. Sachte drückt er die Klinke und öffnet die Tür Millimeter für Millimeter. Auf Zehenspitzen, den Atem anhaltend, schleicht er den Gang hinunter, bis er den Treppenabsatz erreicht. Er ist schlau für sein Alter, denn er weiß ganz genau, welche Stufen er nicht belasten darf. Zwei Stufen knarzen ganz furchtbar, aber die hat er sich genau gemerkt.

Unten angekommen, geht er durch die Küche in die Garage, greift sich die leere Bierkiste und schlüpft durch die Terrassentür auf die Auffahrt. Es ist stockfinster, er sieht kaum die Hand vor Augen. Schritt für Schritt tastet er sich am Gartenzaun entlang bis zu den Mülleimern. Die Taschenlampe wäre in der Dunkelheit zu auffällig, er will sie wirklich nur einschalten, um die Mülltonne abzusuchen. Vielleicht braucht er sie gar nicht. Obwohl ihm der Gedanke, in Restmüllabfällen zu wühlen und nach der Puppe zu tasten, nicht sonderlich behagt. Es ekelt ihn davor. Sorgenvoll sieht er nach oben zum Schlafzimmer seiner Eltern. Nichts regt sich. Alles bleibt dunkel. Geräuschlos stellt er die Bierkiste vor der Mülltonne ab, steigt hinauf und öffnet den Deckel.

In seiner Erinnerung ist der Deckel viel schwerer, sodass er der Kunststoffabdeckung viel zu viel Schwung versetzt und sie krachend an der Rückseite der viereckigen Tonne aufschlägt.

Das Geräusch zerreißt die Stille der Nacht, gleich einem Pistolenschuss. Schnell hüpft er von der Bierkiste und huscht hinter einen Lebensbaum. Er wagt nicht zu atmen, während sein Blick angstvoll die Straße rauf und runter huscht. Der Lärm war ohrenbetäubend. Er befürchtet, dass sein Vater jeden Augenblick polternd die Treppe herabgestürmt kommt, um ihm eine Tracht Prügel zu verpassen.

Minutenlang wartet er und lauscht. Aber nichts dergleichen geschieht. Nur zögerlich kommt er aus seiner Deckung hervor und besteigt erneut die Bierkiste. Mit der flachen Hand bedeckt er den Schirm der Taschenlampe, bevor er es wagt, sie einzuschalten. *So ist es gut,* denkt er. Er leuchtet in das stinkende Innenleben der Tonne. Schneller als erwartet findet er, wonach er sucht. Eilig stopft er sie in den Sportbeutel, löscht das Licht, schließt den Mülleimerdeckel und huscht zurück ins Haus. Er würde sie im Tageslicht genauer inspizieren. Sein Herz hämmert wild, als er wieder im Bett liegt. Er hat sie wieder, das allein zählt.

16. Kapitel

Freiburg

Notdürftig hatten Bannert und Hagedorn die Rollstuhlräder von Schlamm und Laub befreit. Dennoch ernteten sie missfällige Blicke des leitenden Gerichtsmediziners, der sie bereits an der Anlieferung erwartete.

Bannert reichte ihm die Hand zum Gruß. »Guten Tag, Professor Strasser!«

Der hagere, hochgeschossene Mann hatte einen unerwartet kräftigen Händedruck, fand Bannert.

Auf Hagedorn deutend sagte er: »Herr Professor, das ist mein Kollege Falk Hagedorn.«

Es schien ihm unkomplizierter, Hagedorn als *Kollegen* vorzustellen.

»So so, ein Kollege?«, entgegnete Strasser stirnrunzelnd und mit deutlich durchschlagendem Wiener Akzent. »Ich wusste gar nicht, dass die Landespolizei jetzt auch querschnittsgelähmte Beamte im Außendienst beschäftigt.«

Bannert wollte zu einer Erklärung ansetzen, als Hagedorn ihm ins Wort fiel.

»Tja, wie in der Gerichtsmedizin auch, muss das Land nehmen, was es kriegen kann. Nicht wahr?«

Strasser lachte herzhaft auf. »Touché, Herr Hagedorn! Folgen Sie mir! Ich habe den Leichnam schon in den Sektionsraum bringen lassen.«

Sowohl ihre Schuhsohlen als auch Hagedorns Rollstuhlreifen verursachten ein quietschendes Geräusch auf dem Linoleumboden, als sie Strasser durch die Gänge zum Sektionsbereich folgten. Der süßliche Duft von Tod lag in der Luft, gemischt mit dem scharfen Geruch von Formalin und Desinfektionsmitteln.

Als die Tür zum Sektionsraum 3 zischend aufglitt, schlug ihnen ein bestialischer Gestank entgegen.

»Ich habe den Leichnam bereits herbringen lassen.«

Angesichts der Duftwolke, die im Raum schwebte, ein entbehrlicher Hinweis, fand Bannert.

Ein junger Sektionsassistent in blauer OP-Kleidung wartete neben dem Sektionstisch. Er trug eine lange Gummischürze und bis zu den Ellbogen reichende Gummihandschuhe. Schüchtern, beinahe schon ehrfürchtig, blickte er den Professor erwartungsvoll an.

»Lassen Sie uns anfangen, Florian.«

»Jawohl, Herr Professor.« Beflissen schlug der junge Mann schwungvoll das weiße Tuch zurück und legte es auf die abseits stehende Rollbahre, mit der der Leichnam in den Sektionsraum gebracht worden war. Ein weiterer Schwall Fäulnisgeruch drang in ihre Nase.

Bannert würgte. »Der Anblick ist es nicht, nur an den Gestank werde ich mich nie gewöhnen«, versuchte er sich zu rechtfertigen, als er Hagedorns vorwurfsvollen Blick sah.

Die Leiche sah anders aus, als Bannert sie vom Leichenfundort in Erinnerung hatte.

Maden, Fliegenlarven, Laub und Schmutz waren gründlich abgewaschen worden. Die Haut, wo sie denn noch unversehrt vorhanden war, schimmerte schmierig grau im Neonlicht.

Vom Schlüsselbein an, schräg zum Brustbein hin verlaufend, befand sich der mit grobem Faden vernähte, typische Y-Schnitt. Er verlief abwärts bis knapp über das

Schambein. Wo sich die Vulva und das Schambein befinden sollten, klaffte ein gähnendes Loch.

»Nun, meine Herren«, begann Professor Strasser routiniert zu referieren, »wir haben hier den Leichnam einer etwa vierundzwanzigjährigen jungen Frau. Zahnstatus und Röntgenanalyse haben das bestätigt. Plus minus ein Jahr. Aufgrund des Verwesungsgrades und der Fäulniserscheinungen ist von einer mehrwöchigen Liegezeit in feuchtwarmem Milieu auszugehen. Tierfraß im Gesichtsbereich und an den Extremitäten …«

»Entschuldigen Sie, Herr Professor! Den Obduktionsbericht kenne ich. Was mich interessiert ist das, was nicht in Ihrem Bericht steht.«

Der Professor bedachte Hagedorn mit einem konsternierten Blick. Bannert kannte Strasser und wusste aus eigener Erfahrung, dass der Professor es auf den Tod nicht leiden konnte, wenn man ihn unterbrach. Das jedoch schien Hagedorn herzlich egal zu sein.

»Sie erwähnten in Ihrem Bericht, dass man der Frau die primären Geschlechtsorgane, einschließlich des Uterus, entfernt hat. Betrifft das auch die Brüste?«

Strasser räusperte sich und fuhr deutlich kühler fort: »Nein, die fielen dem Tierfraß zum Opfer.

Das weiche Gewebe im Brustbereich wies Fraß- und Rissspuren auf. Man sieht hier deutlich …«

»Und die Entfernung der Vagina und des Uterus erfolgten postmortal?«

Bannert verdrehte die Augen. *Er tut es schon wieder …*, dachte er.

»Nein, die Entfernung geschah prämortal.«

»Also lebte das Opfer noch, als man ihr die Organe herausschnitt?«

»Davon müssen wir ausgehen. Wobei das Opfer mit Sicherheit stark sediert gewesen sein dürfte.«

»Woran machen Sie das fest, Herr Professor?«, hakte Hagedorn nach.

»Nun ja«, fuhr Strasser fort, »die Konzentration von Pentobarbital war enorm hoch. Der Tox-Screen hat Thiopental und Metabolite eines volatilen Anästhetikums nachgewiesen.

»Ein Narkosegas?« Hagedorn schien überrascht.

»Richtig!« Professor Strasser überlegte stirnrunzelnd. »Wenn ich mich recht erinnere, handelte es sich um Sevofluran oder Isofluran. Aber das kann ich verifizieren, falls Sie das wünschen, Herr Hagedorn.« Die Spitze in Strassers Tonfall war nicht zu überhören. Hagedorn ging darauf nicht ein und fuhr unbeirrt fort. »Also hat der Täter das Opfer zunächst mit Thiopental betäubt und zur *Operation* – kann man das so sagen? – mit einem Narkosegas betäubt? Wie würde er ihr das Gas verabreicht haben?«

»Ich nehme an, dass der Täter ihr die Flüssigkeit über einen Verdampfer, eine Maske oder mit einem getränkten Tuch über die Atemwege gelegt hat.«

»Haben Sie in den Lungen etwas gefunden?«, wollte Bannert wissen.

Strasser schüttelte bedächtig den Kopf.

Hagedorn stieß seinen Rollstuhl näher an den Sektionstisch und betrachte ausgiebig die klaffende Wunde am Unterleib der Leiche.

»Würden Sie sagen, dass die Entfernung fachmännisch oder eher dilettantisch durchgeführt wurde?«

»Weder noch!«, meinte Strasser. »Man muss nicht zwingend Chirurg sein, um *so etwas* durchzuführen.« Strassers Zeigefinger deutete auf den versehrten Unterleib.

»Aber man kann schon davon ausgehen, dass der Täter zumindest fundierte Anatomiekenntnisse besitzt. Die

Schnitte wurden mit einem scharfen Werkzeug präzise geführt, der Uterus fein säuberlich herauspräpariert.«

Hagedorn brummte nachdenklich. »Haben Sie im Vergleich zu den anderen Opfern eine Veränderung seiner Vorgehensweise bemerkt?«

»Außer dem Umstand, dass den Opfern zum Teil nur die Brüste, dann wieder Uterus und Brüste, und der Frau hier nur Vulva und Uterus entfernt wurden? – Nein! Das Narkosegas allerdings ist neu. Zumindest haben wir die Metaboliten bei den letzten vier Opfern nicht nachgewiesen.«

»Würden Sie das bitte für mich nachuntersuchen? Der toxikologische Befund ist nämlich sehr aufschlussreich.«

»Inwiefern ist das aufschlussreich?«, fragte Bannert in die Runde.

»Weil genau diese Kombination …«, warf Strasser ein, »… in der Anästhesie Anwendung findet.

Thiopental wird zur Einleitung der Anästhesie benutzt, während Sevofluran zu einer tiefen Bewusstlosigkeit führt. Das Mittel ist weitverbreitet, wenngleich es hauptsächlich in der Kinderanästhesie zum Einsatz kommt.«

»Gibt es Kampf- oder Abwehrverletzungen?«, fragte Hagedorn, immer noch den geschlechtslosen Unterleib betrachtend.

»Bei dem Zustand der Leiche lässt sich das schwer feststellen. Wir haben einige kleinere, prämortal entstandene Hämatome in Form von Hautvertrocknungen festgestellt, die vielleicht auch beim Transport des bewusstlosen Körpers entstanden sein könnten«, antwortete Strasser.

»Todesursächlich war also in allen Fällen eine letale Konzentration dieses Thiopentals?«

»So steht es in meinem Bericht, Herr Hagedorn.«

»Hm, ich danke Ihnen, Herr Professor«, brummte Hagedorn.«

Bannert atmete erleichtert aus, als sich Hagedorn bei Strasser bedankte und seinen Rollstuhl zum Ausgang wendete. Es würden Stunden vergehen, ehe er den Gestank wieder aus seiner Nase verbannt haben würde. Das Abendessen fiel heute aus, das war so sicher wie das Amen in der Kirche. Ihm war der Appetit gründlich vergangen.

Tief sog er die kalte, frische Luft in seine Lungen, als sie das Gebäude endlich verlassen hatten.

»Jetzt habe ich Hunger!«, sagte Hagedorn neben ihm.

Bannert drehte es den Magen um, aber einmal mehr gelang es ihm, den Würgereiz zu unterdrücken.

»Dass du jetzt an Essen denken kannst«, entgegnete Banner. Verständnislos schüttelte er den Kopf.

17. Kapitel

Frankfurt am Main

Ihr war zum Heulen zumute. Was hatte sie auch in den klapprigen Golf einsteigen müssen. *War ja klar, Karina. Warum sollte auch irgendwann mal etwas glattgehen,* dachte sie. Sie verstand nicht sehr viel von Motoren, aber selbst sie konnte hören, dass der alte 3er-Golf zweitweise nur auf drei Zylindern lief. Und die Beteuerungsversuche ihres jungen Chauffeurs, dass die leuchtende Öl-Kontrollanzeige nichts, aber überhaupt nichts zu bedeuten habe, hatten ihre Bedenken keineswegs zerstreut.

Nur ein Einziger hatte sich auf die Anfrage gemeldet, die sie in die User-Gruppe der *Give-me-a-lift-App* gepostet hatte. Ein junger Student hatte angeboten, sie für neun Euro bis nach Mannheim mitzunehmen. Das bedeutete zwar einen riesigen Umweg, aber von dort, so hoffte sie, würde sie eher eine Mitfahrgelegenheit nach München ergattern. Kurz hatte sie in Erwägung gezogen, in Stuttgart haltzumachen, um ihren Vater zu besuchen. Sie verwarf den Gedanken aber wieder. Nach ihrem letzten Streit würde er sie vielleicht gar nicht sehen wollen. Und wenn sie es recht bedachte, hatte *sie* eigentlich allen Grund, sauer zu sein, und nicht er. Schließlich hatte *er* den Grund für ihren Streit geliefert.

Anstatt nach Stuttgart weiterzufahren, hing sie nun hier in Frankfurt fest. Der Fahrer des Abschleppwagens war so freundlich, sie vom Frankfurter Kreuz, wo der

Klappergolf endgültig den Geist aufgegeben hatte, in die Stadt mitzunehmen.

Björn, so hieß der junge Student, der ihr die Mitfahrgelegenheit angeboten hatte, war in Frankfurt in einen Zug gestiegen, und so trennten sich ihre Wege. Alles, was sie an Bargeld noch bei sich hatte, waren etwas mehr als dreißig Euro. Die Batterie ihres Handys war fast zur Neige gegangen, als sie die Zugverbindungen nach München checkte. Zu teuer, das konnte sie sich nicht mehr leisten. Und eine Flix-Bus-Verbindung gab es auch nicht mehr. Doch bevor das Handy trotzig piepend seinen Dienst versagte, fand sie ein Zimmer in einem Hostel. Achtzehn Euro würde sie das Bett in dem Mehrbettzimmer kosten. Achtzehn Euro, die sie eigentlich kaum erübrigen konnte. Aber in der Bahnhofshalle zu nächtigen war keine Option. So tief war sie noch nicht gesunken.

Ein redseliger Taxifahrer gab ihr freundlich Auskunft, wie sie am schnellsten zu dem Hostel gelangen würde. Vom Bahnhof aus sei es nur knapp einen Kilometer Fußweg, hatte er ihr erklärt. Leise fluchend stellte sie den Kragen ihrer viel zu dünnen Jacke auf und setzte sich in Bewegung. Ein eisiger Wind pfiff durch die Häuserschluchten Frankfurts, und sie war froh, dass sie fünfzehn Minuten später in der Lobby des Hostels stand.

Glück im Unglück, dachte sie. Bisher hatten nur zwei Frauen ihres Alters für das Zimmer eingecheckt. Sie hoffte inständig, dass keine weiteren Gäste dazukämen.

Massenunterkünfte waren ihr seit ihrer Jugend verhasst. Ihr Vater hatte sie gelegentlich ins Skilager geschickt. Schnarchende, rülpsende und furzende mehr oder weniger bekannte Schlafgenossen – ein Albtraum!

Irgendwie würde sie die Nacht schon überstehen.

Mit angezogenen Beinen saß sie in einem Sessel in

der Ecke der Lobby und kaute lustlos auf einer Bifi-Salami, die sie sich aus einem der Snackautomaten gezogen hatte. Sie fand eine Steckdose und verband ihr Smartphone mit dem Ladekabel. Es dauerte eine Weile, bis ihr Smartphone genügend Strom hatte, um neu zu starten.

»Das gibt es doch gar nicht«, maulte sie leise vor sich hin. Zig Mitfahrmöglichkeiten nach überall hin, nur nicht nach München. Angeboten wurde eine Fahrt nach Zürich und nach Nürnberg. Aber was sollte sie in Zürich oder Nürnberg? Gut, in Nürnberg wäre sie zumindest in Bayern, aber damit immer noch nicht in München.

»Ach Scheiße!«, fluchte Karina und hätte am liebsten das Handy gegen die Wand gepfeffert. Stattdessen schrieb sie einen Post in die Give-me-a-lift-Gruppe:

Suche für morgen dringend eine Mitfahrgelegenheit von Frankfurt nach München! Wer nimmt mich mit?

Jetzt konnte sie nur noch abwarten und hoffen.

18. Kapitel

Konstanz – Klinik-Prosektur

Obwohl er den Korridor sicherlich schon hundertmal hinuntergegangen war, gelang es ihm nicht, das beklemmende Gefühl abzuschütteln. Erst recht nicht zur Nachtzeit, wenn sich niemand darin aufhielt, keine Kollegen oder Kolleginnen anderer Stationen an ihm vorbeihasteten. Und sei es nur, dass man sich flüchtig kannte, es gab einem doch ein Gefühl der Sicherheit.

Er war den Tod gewohnt. In den sechzehn Jahren, in denen er schon auf der geriatrischen Abteilung arbeitete, war der zu einem ständigen Begleiter geworden. Die Bezeichnung Fachabteilung für Altersmedizin war genau betrachtet ein Hohn. Die harte Realität war, dass man alte und gebrechliche Patienten in Ermangelung ausreichender Kapazitäten in der Palliativpflege zum Sterben auf ihre Station verfrachtete.

Traurig schaute er in das fahle Gesicht Elise Waldorffs. Vor drei Tagen erst hatte man sie aus dem Altenpflegeheim auf ihre Station verlegt. Sie war nicht wirklich krank, sie war einfach alt. Vierundneunzig Jahre lang hatte ihr Herz geschlagen, bis es vor einer Stunde seinen Dienst eingestellt hatte. Obwohl er sich immer wieder selbst ermahnte, keine zu persönliche Bindung zu seinen Patienten aufzubauen, konnte er sich nicht dagegen wehren, einige in sein Herz zu schließen. Na ja, nicht alle. Manche waren wirklich sonderbar und boshaft. Nicht so Elise.

Sie war eine großartige alte Dame gewesen. Zwei Weltkriege hatte sie überlebt, ihren Mann und ihre einzige Tochter. Trotzdem schien sie nie ihren Lebensmut verloren zu haben. Ein zurückliegender Schlaganfall ließ ihre Sprache etwas verwaschen wirken, dennoch hatte sie immer eine geistreiche Geschichte zu erzählen, was sie gerne tat, wenn er sie wusch oder fütterte. Bis zum Schluss hatte er bei ihr gesessen, ihre Hand gehalten, ihre Lippen befeuchtet und gewartet. Als es zu Ende ging, hatte sie ihm ihr Gesicht zugewandt und mit einem leisen Lächeln seufzend die Augen geschlossen.

»Ruhe in Frieden, Elise«, sagte er, sanft ihre Stirn streichelnd.

Irritiert schaute er den Gang hinab, als er die Tür zur Prosektur angelehnt fand.

»Herrgott noch mal!«, fluchte er. »Dass die aber auch jedes Mal vergessen, die Tür abzuschließen.«

Er stieß die Stahltür auf und bugsierte das Pflegebett mit dem Leichnam Elise Waldorffs hindurch.

»Was ist das denn für ein Scheiß?«, murmelte er.

Die Tür zu einem der Kühlfächer stand weit offen, auf dem Seziertisch in der Mitte des Raumes lag der halb zugedeckte Leichnam einer Frau, und darüber brannte ein einzelner Strahler.

Er konnte sich nicht entsinnen, dass auch nur ein einziger Pathologe in den vergangenen fünfzehn Jahren um diese Uhrzeit eine Sektion durchgeführt hätte.

»Hallo?! Dr. Ritter? Ist jemand hier?«

Das einzige Geräusch war das Brummen des Wärmetauschers der Kühlaggregate.

So sanft er es eben allein bewältigen konnte, hievte er Elise Waldorffs leblosen Körper auf die Bahre, ließ die Leiche in einen der noch unbelegten Kühlschächte gleiten und schloss die Kühltür. Ruckartig dreht er den

Kopf, da er glaubte, aus dem Augenwinkel einen Schatten vorbeihuschen zu sehen.

»Hallo? Ist da jemand?«

Obwohl er weder an Geister noch an Übersinnliches glaubte, lief ihm ein kalter Schauer über den Rücken.

»Hören Sie! Das ist nicht witzig! Also kommen Sie raus!«, rief er wesentlich bestimmter, als ihm zumute war.

Zögerlich durchschritt er den Raum und näherte sich einer Tür, von der er wusste, dass sich dahinter Dr. Ritters Büro befand.

Die Tür war alt und schien kein Schloss zu besitzen. Vorsichtig drückte er die Klinke und öffnete die Tür einen Spaltbreit. Karg fiel das Licht des Sektionsstrahlers in den Raum dahinter. Ein Schreibtisch, ein abgewetzter, fadenscheiniger Drehstuhl und mehrere blecherne Containerschränke konnte er in der Dunkelheit ausmachen. Aber er war sich sicher, dass sich hier drinnen niemand verbarg. Er schloss die Tür und ließ seinen Blick durch die Prosektur schweifen. Egal wie angestrengt er in das Halbdunkel horchte, da war nichts. Offenbar hatte er sich getäuscht. Wäre ja auch kein Wunder, wenn einem die Sinne in der gruseligen Umgebung einen Streich spielten.

Eher unbewusst, wie er das oft tat, wischte er sich die schwitzigen Handflächen an den Schenkeln ab, als sein Blick an dem Leichnam haften blieb. Was sollte er tun? Sie wieder in das Kühlfach zurücklegen oder sie einfach da liegen lassen, wo sie war!?

Unschlüssig näherte er sich dem Sektionstisch, als ihn etwas hart am Hinterkopf traf. Einer Explosion des Schmerzes in seinem Schädel folgte eine allumfassende Schwärze. Dann nichts mehr.

19. Kapitel

Konstanz

Wirre Träume hatten ihn aus dem Schlaf auffahren lassen. Bannert wischte sich auf der Bettkante sitzend über die Stirn und versuchte, sich die Fetzen des Traumes ins Gedächtnis zurückzurufen. Unzusammenhängende Schnipsel, auf die er sich keinen Reim machen konnte. Vage erinnerte er sich daran, dass auch Burger darin vorkam. Wahrscheinlich hatte er wieder von einer zurückliegenden Streiterei, in der es üblicherweise um Kompetenzgerangel oder seine Art der Ermittlungsführung ging, geträumt.

Es ärgerte ihn, dass er von seinem Chef sogar in seinen Träumen heimgesucht wurde. Der ständig schwelende Konflikt mit Burger belastete ihn offenbar mehr, als er sich eingestehen wollte. Daran musste sich etwas ändern. Sobald er den Kopf wieder frei hatte und der Fall abgeschlossen war, würde er sich damit auseinandersetzen. Als er vor etwas mehr als vier Jahren das Landesamt für Verfassungsschutz verlassen und nach Konstanz versetzt worden war, war es zwischen ihm und Burger zunächst unkompliziert gewesen. Im Rang eines Kriminalhauptkommissars war er direkt in die Kriminalinspektion 1 eingegliedert worden. Nicht lange danach hatte ihn Burger für den Höheren Dienst vorgeschlagen. Und er hatte nicht nur dankend abgelehnt, sondern wurde aufgrund seiner herausragenden Beurteilung, die ihm das LfV ausgestellt hatte, zum Ersten Kriminalhauptkommissar befördert.

Das widerstrebte Burger zutiefst, aber wie er es auch drehen und wenden mochte, Burger und der Personalrat kamen an seiner Beförderung nicht vorbei. Genau das war vermutlich die Krux. Von da an war ihr Verhältnis den Bach runtergegangen.

Bannert schlurfte in die Küche und goss sich ein Glas Eistee ein. An Schlaf war ohnehin nicht mehr zu denken.

Wie schon so oft in den vergangenen Wochen blätterte er durch den Reiseprospekt Islands, den er sich aus einem Biker-Shop mitgenommen hatte. Verschlungene Küstenrouten und abenteuerliche Fjordtouren luden zum Träumen ein. Ein lang gehegter Traum, den er sich zu erfüllen versprach, wenn nur der Fall endlich gelöst wäre. Zusammen mit Christine wäre so eine Tour undenkbar gewesen. Sie hasste das Motorradfahren. Und mit annähernd viertausend Euro war die Reise alles andere als ein Schnäppchen. Egal. Würde er halt danach den Gürtel etwas enger schnallen. Das Klingeln des Telefons riss ihn jäh in die Realität zurück.

»Bannert«, meldete er sich. »Wo? Sind die Kollegen der Kriminaltechnik schon vor Ort? Ich komme!« Damit beendete er das Gespräch und tapste ins Badezimmer.

Es war kurz vor halb vier, als er in der Prosektur der Klinik ankam. Auf dem Weg in die Kellerräume war er nur vereinzelt Pflegern oder Ärzten begegnet, die entweder müde und teilnahmslos an ihm vorbeigingen oder im Laufschritt in eines der Patientenzimmer hasteten.

Die schwere Tür zur Prosektur war weit geöffnet und mittels eines Holzkeiles blockiert. Kaltes Neonlicht drang nach draußen. Noch bevor er die weiß gekachelten Räume betrat, vernahm er die Stimme Kieferles, der mit jemandem zu diskutieren schien.

»Guten Morgen«, grüßte Bannert in die Runde.

Ein Mann mittleren Alters trat sogleich auf ihn zu und begrüßte ihn per Handschlag.

»Guten Morgen! Zahnert, Gernot Zahnert. Ich bin der Verwaltungschef der Klinik.«

Bannert ergriff die ausgestreckte Hand seines Gegenübers und musterte ihn dabei unauffällig. Nicht nur, dass der Mann in seinem Maßanzug unverschämt gut aussah, er wirkte zu dieser unchristlichen Uhrzeit auch noch wie frisch aus dem Ei gepellt.

»Bannert mein Name, Inspektion 1, Konstanz. Gibst du mir einen Überblick«, fuhr er an seinen Kriminaltechniker gewandt fort.

»Einer unserer Pflegehelfer wurde hinterrücks überfallen und niedergeschlagen«, fiel der Verwaltungschef Kieferle ins Wort, noch ehe der für eine Antwort Luft holen konnte. Karsten Kieferle verdrehte die Augen.

»Zusammengefasst trifft das zu. Olek Chilynski, neununddreißig Jahre alt, Gesundheitspflegehelfer, seit sechzehn Jahren hier am Klinikum tätig«, führte Kieferle aus, »wurde von hinten mit einem stumpfen Gegenstand niedergeschlagen. Der Geschädigte liegt jetzt auf der Intensivstation.«

»Haben wir die Tatwaffe, Karsten?«

»Nein. Ich konnte lediglich einen Blick auf die Röntgenaufnahmen werfen, die Wunde selbst habe ich noch nicht gesehen.«

»O. k. Gibt es irgendwelche Spuren? Zeugen?«

»Außer dem Opferblut gar nichts. Fingerspuren brauche ich hier nicht zu suchen. Zu viele Leute haben hier Zugang.«

»Herr Zahnert, gibt es eine Videoüberwachung?«, fragte er den Verwaltungschef.

»Nur der Haupteingang ist videoüberwacht und die Zufahrt zur Notaufnahme.«

»Wenn Sie mir bitte die Aufnahmen der heutigen Nacht zur Verfügung stellen könnten?«

An Kieferle gewandt fuhr Bannert fort: »Karsten, auf ein Wort.« Bannert deutete mit dem Kopf in den Gang vor der Prosektur.

Fragend blickte Kieferle in das müde Gesicht Bannerts, sobald sie ungestört waren.

»Was ist los?«

»Ich weiß es nicht. Ist das nicht komisch? Wieso sollte ein Pfleger in der Prosektur niedergeschlagen werden? Fehlt denn irgendetwas?«

»Offenbar nicht. Weder aus dem Inventar noch irgendwelche persönlichen Gegenstände des Pflegers.«

»Was hatte der Pfleger um die Zeit eigentlich in der Prosektur zu suchen?«, erkundigte sich Bannert.

»Nach dem, was Zahnert mir geschildert hat, hat Chilynski den Leichnam einer verstorbenen Patientin in die Kühlung gebracht.

Als er nach dreißig Minuten nicht wieder auf seine Station zurückgekehrt war, hat man nach ihm gesucht und ihn hier bewusstlos aufgefunden.«

»O. k., danke, Karsten. Ist Chilynski vernehmungsfähig?«

»Keine Ahnung«, gab Kieferle achselzuckend zur Antwort. »Ich habe ihn, wie gesagt, noch nicht gesehen.«

»Also gut! Dann werde ich den Mann aufsuchen. Wo, sagtest du, liegt er? Auf der Intensivstation?«

»Richtig!«

»Karsten …«, fuhr Bannert deutlich leiser fort, »wenn ich dich um einen Gefallen bitten dürfte. Schau dir bitte die Leichen an, sofern noch weitere in den Kühlfächern lagern.«

»Wieso das denn?«, fragte Kieferle überrascht.

»Kann ich dir noch nicht sagen. Mach es einfach«, bat Bannert.

Widerwillig nickte der Kriminaltechniker und verschwand in der Prosektur.

Bannert war der Zutritt zu Chilynskis Zimmer verwehrt worden. Der noch blutjunge, hochnäsige Stationsarzt versicherte ihm zwar, dass die Verletzungen nicht lebensbedrohlich seien, der Patient aber sediert und derzeit nicht vernehmungsfähig sei. Bannert hatte keine Lust, mit dem Arzt zu diskutieren, wann jemand vernehmungsfähig war und wie bedeutsam es sein konnte, auch nur die kleinsten Informationen zu einem Sachverhalt zu erlangen. Genervt verließ er die Intensivstation und trat den Rückweg zum Parkplatz an.

Die kalte Luft schlug ihm ins Gesicht, als er das Gebäude verließ. Es war kurz nach vier Uhr, und er war unentschlossen, ob er noch einmal nach Hause oder gleich ins Büro fahren sollte.

»Herr Bannert! Einen Augenblick!«

Der Verwaltungschef eilte ihm mit ausladenden Schritten hinterher und baute sich vor ihm auf.

»Sagen Sie, was fällt Ihnen ein, Ihren Kollegen die Leichen untersuchen zu lassen! Ich denke nicht, dass Sie dazu befugt sind, außerdem hätten Sie mich davon in Kenntnis setzen müssen.«

»So? Hätte ich das?«

Bannert entschied sich dafür, dass er den geleckten Wichtigtuer nicht leiden konnte.

»Sie haben *uns* doch verständigen lassen, dann lassen Sie uns auch unsere Arbeit machen.«

»Was Ihnen noch lange nicht das Recht gibt, Untersuchungen an Leichen durchzuführen, die mit dem Angriff auf meinen Pfleger ja offensichtlich überhaupt nichts zu tun haben.«

»Ich gehe davon aus, dass Sie keine Untoten in Ihrer Prosektur beherbergen. So gesehen gebe ich Ihnen recht, dass diese wohl kaum Ihren Pfleger angegriffen haben. Dennoch versuche ich zu ergründen, weshalb sich jemand Zutritt zur Prosektur verschafft und ihren Pfleger fast totgeschlagen hat. Offenbar scheint der Täter überrascht worden zu sein. Aber wobei? Das frage ich mich. Und ich versichere Ihnen, dass wir das herausfinden. Und wenn es Ihnen Unbehagen bereitet, dass mein Kriminaltechniker die Leichen untersucht, ist das Ihr Problem.«

»Also werden Sie das nicht unterbinden?«

»Nein, Herr Zahnert, das werde ich nicht. Mein Kollege führt die Untersuchungen aufgrund meiner Anordnung aus.«

»Ich werde mich über Sie beschweren, Herr Bannert. Ihr Vorgesetzter, Herr Burger, ist ein guter Freund von mir.«

»Tun Sie, was Sie nicht lassen können«, entgegnete Bannert wütend und ging zu seinem Wagen.

20. Kapitel

Siebenunddreißig Jahre früher

Schützend wirft er seine Ärmchen über den Kopf. Unbarmherzig prasseln die Schläge auf ihn hernieder. Der Lederriemen hinterlässt fast augenblicklich rot geränderte Striemen auf seiner Haut, wo er klatschend niedersaust. Egal wie sehr er bettelt und fleht oder sich auf dem Bett hin und her wirft, treffen ihn die Hiebe immer und immer wieder mit gnadenloser Präzision.

Ein scharfer Schmerz lässt ihn aufschreien, als der Dorn der Gürtelschnalle die Haut über seinem linken Auge aufreißt.

»Bitte, Karl! Hör auf!«, schreit seine Mutter. »Lass den Jungen, du schlägst ihn ja tot!«

Sie steht heulend an seiner Zimmertür. Die Arme eng um den Oberkörper geschlungen. Durch den Tränenschleier erkennt er nur vage, dass blutiger Rotz aus ihrer Nase tropft. Offenbar hat er auch sie geschlagen.

»Halt dein Maul, Britta!«, donnert die Stimme seines Vaters.

Klatsch! Wieder saust der Ledergürtel auf seinen nackten Oberkörper hinab.

»Halt ja dein dummes Maul! Du bist doch schuld, dass unser Sohn zu einer Schwuchtel wird. Du hast den Jungen total verzogen und verweichlicht. Spielt mit Puppen! Was kommt als Nächstes?«

»Bitte, Karl, ich flehe dich an. Hör auf damit!«

»Ich habe dir gesagt, du sollst dein Maul halten!«

Sein Vater wendet sich seiner Mutter zu und prügelt wie von Sinnen mit dem Gürtel auf sie ein.

Instinktiv greift er über sich ins Regal, zieht den Spielzeugpanzer am Kabel der Fernsteuerung herunter und beginnt ihn wie eine Bola zu schleudern. Später kann er sich nicht mehr daran erinnern, wie er es geschafft hatte, ihn zu treffen, da Tränen und Blut seine Sicht benebelt hatten. Einem Geschoß gleich, fliegt der Panzer durch die Luft und kracht gegen den Hinterkopf des Scheusals.

Doch der Angriff macht ihn nicht kampfunfähig, sondern steigert vielmehr seine Wut zu rasendem Zorn. Er stürmt heran, zieht ihn aus dem Bett und schleudert ihn zu Boden. Drohend steht er über ihm. Er trägt immer noch seine Arbeitsuniform und die Springerstiefel, mit denen er kraftvoll ausholt. Embryonal eingerollt versucht er den Tritten so gut es geht zu entgehen. Sein kleiner Finger bricht zuerst, danach eine Rippe. Die Schmerzen explodieren in seinem jungen, schmächtigen Körper.

Wimmernd kriecht er davon und versucht unter dem Bett Schutz zu finden. Wie ein Riese steht sein Vater immer noch drohend über ihm, und blanker Hass blitzt in seinen Augen. Irgendwo in der Ferne hört er seine Mutter weinen. Er schleppt sich weiter, hat das Bett fast erreicht. Wenn er es nur schafft, unter das Bett zu krabbeln, dann ist er in Sicherheit.

»Bleib hier, du Missgeburt!«, donnert die Stimme seines Vaters.

Gleich einem waidwunden Tier schleppt er sich weiter. Nur noch einen halben Meter.

Langsam hebt sein Vater sein rechtes Bein und tritt mit aller Kraft auf seinen rechten Knöchel.

Ein widerliches Knacken, dann verliert er das Bewusstsein.

Als Erstes sieht er die verheulten Augen seiner Mutter, als er wieder zu sich kommt.

»Es tut mir so leid, mein Schatz«, schluchzt sie.

Panisch schaut er sich im Zimmer um.

»Wo ist er?«

»Weg! Wieder in die Kaserne zurück.«

»Mama, ich habe solche Schmerzen«, wimmert er leise.

»Ich weiß, mein Schatz.« Vorsichtig tupft sie die Wunde über seinem Auge und wäscht das Blut aus seinem Gesicht. Sein kleiner Finger ist verbunden und sein Knöchel dick bandagiert.

»Trink das, mein Liebling«, fordert sie ihn auf und reicht ihm eine Tasse.

»Das lindert deine Schmerzen und lässt dich schlafen.«

»Mami, es ist alles meine Schuld! Ich habe die Puppe wieder aus dem Müll geholt.«

»Schon gut, mein Schatz. Du kannst nichts dafür.«

Schlimmer noch als die Wut auf seinen Vater ist die Wut auf sich selbst. Wie konnte er nur so unvorsichtig sein? Nachdem er vor zehn Tagen die Puppe, die sein Vater entsorgt hatte, wieder aus dem Müll geklaubt hatte, war er stets vorsichtig gewesen. Achtete immer peinlich darauf, dass er sie sorgfältig versteckte, bevor sein Vater nach Hause kam. Doch dann war er eines Nachmittags so sehr in sein Spielen vertieft gewesen, dass er ihn nicht hatte nach Hause kommen hören. Plötzlich stand er in der Tür.

Dass er schimpfen und brüllen würde, damit hat er gerechnet, aber nicht damit. Tränen laufen heiß über seine Wangen. So heiß wie sein Hass auf seinen Vater.

Ob aus Scham oder Schuldgefühl, er sollte es nie erfahren, warum seine Mutter sich weigerte, mit ihm zu einem Doktor zu gehen oder ihn ins Krankenhaus zu bringen. Es dauert Wochen, bis sein geschundener Körper heilt und er seinen Fuß wieder belasten kann. Aber das Schlimmste ist, dass ein Hinken zurückbleiben würde.

»Schschsch, mein Schatz«, hört er die Stimme seiner Mutter. »Alles wird wieder gut! Versuch jetzt ein wenig zu schlafen.«

Zu gerne hätte er ihr geglaubt. Doch nichts wird wieder gut. Gar nichts! Aber es ist ihm eine Lehre. Er wird fortan nie wieder so nachlässig sein. Niemals wieder!

21. Kapitel

Konstanz – Polizeipräsidium

Ein sonores »Guten Morgen« riss Bannert aus seinen Gedanken.

»Guten Morgen, Falk. Ich habe dich gar nicht kommen gehört.«

»Warst du die ganze Nacht hier?«, erkundigte sich Hagedorn.

»Nein, aber schon sehr früh. In der Klinik wurde ein Pfleger überfallen. Ob es ein Mordversuch oder nur eine Körperverletzung war, müssen wir noch abklären.«

Bannert war, nachdem er in der Klinik fertig gewesen war, noch einmal nach Hause gefahren, wo er eine ausgiebige, heiße Dusche genossen hatte. Anschließend war er wieder ins Büro gefahren.

»Und warum?«

»Warum was?« Bannert konnte Hagedorn nicht folgen.

»Warum wurde der Pfleger angegriffen?«

»Ach so! Keine Ahnung«, erwiderte Bannert schulterzuckend. »Der Pfleger ist noch nicht vernehmungsfähig. Möchtest du einen Kaffee, Falk?«

»Habe ich schon, danke!« Hagedorn präsentierte stolz eine großvolumige Tasse, die er zuvor zwischen seinen Schenkeln eingeklemmt hatte.

»Ich glaube, ich hatte Glück. Das war die größte Tasse, die eure Teeküche zu bieten hatte«, feixte er grinsend.

Ein rascher Blick auf die Uhr seines PCs verriet Bannert, dass er fast eine Stunde konzentriert gearbeitet hatte. Es war fünf Minuten nach sechs.

»Wie kommt es, dass du so früh hier bist? Senile Bettflucht?«, erkundigte er sich augenzwinkernd bei Hagedorn.

»Da liegst du gar nicht so falsch. Ich schlafe wenig, und wenn ich schlafe, dann schlecht. Dachte, wenn ich schon keinen Schlaf finde, kann ich auch hierherfahren. War übrigens wunderschön heute Morgen an der Seepromenade«, schloss er.

Mit einem Anflug von Wehmut musste Bannert sich eingestehen, dass man die Schönheit, die einen am Bodensee umgab, allzu leicht als Selbstverständlichkeit betrachtete. Vor allem, wenn man, so wie er, schon einige Jahre hier lebte oder in der Gegend aufgewachsen war.

»Da gebe ich dir recht. Der Bodensee ist immer wunderschön, ganz gleich zu welcher Jahreszeit. Einer der Gründe, warum ich mich hierher versetzen ließ. Wenngleich ich das gelegentlich vergesse. Leider!«

Eine Weile plauderten sie über die vielen Sehenswürdigkeiten, die die Region zu bieten hatte, als plötzlich die Tür harsch aufgerissen wurde und Lars Burger mit hochrotem Kopf in der Tür zu Bannerts Büro stand.

»Sagen Sie mal, Bannert, haben Sie komplett den Verstand verloren?«

Hagedorn warf Bannert einen fragenden Blick zu.

»Warum und aufgrund welcher Rechtsgrundlage haben Sie Kieferle den Auftrag gegeben, alle Leichen in der Prosektur kriminaltechnisch zu untersuchen?«

»Weil es erforderlich war«, mischte sich Hagedorn ein.

»Sie halten sich da gefälligst raus, Hagedorn. Ist das klar?« Burgers Augen blitzten zornig. Zumindest dieses Mal schien Hagedorn Burgers Anweisung zu folgen.

Bannert lehnte sich in seinem Sessel zurück und verschränkte die Arme vor der Brust.

»Ich verstehe Ihre Aufregung nicht«, setzte er an. »Hat sich der Verwaltungschef bei Ihnen beschwert?«

»Das tut zwar nichts zur Sache, aber ja, so ist es. Herr Zahnert hat mich angerufen und mir erzählt, wie unverschämt Sie sich ihm gegenüber verhalten haben.«

»Hat er Ihnen auch vom Angriff auf den Pfleger erzählt und dass der halbtot auf der Intensivstation liegt?«

»Natürlich hat er das!«

Das wiederum bezweifelte Bannert.

»Ich hatte Kieferle mit der Untersuchung beauftragt, weil ...«

»Mir ist völlig egal, weshalb Sie Kieferle mit irgendetwas beauftragt haben«, unterbrach ihn Burger. »Ich habe Ihre Anordnung jedenfalls widerrufen!

Wenn der Verwaltungschef sich beim Präsidenten oder bei der Staatsanwaltschaft beschwert, tragen Sie die Verantwortung dafür. Das schwör ich Ihnen.«

»Tue ich das jetzt nicht auch schon?«, entgegnete Bannert säuerlich grinsend.

Wutschnaubend machte der Kripo-Chef auf dem Absatz kehrt und stürmte die Tür knallend aus Bannerts Büro.

»Herrgott, ist das ein Arschloch!«, brummte Hagedorn. »Ich meine, am LKA war er das auch schon, aber seit er herrschen kann wie ein Landgraf, ist er noch schlimmer geworden.«

Bannert stürzte die letzten Reste seines erkalteten Kaffees hinunter.

»Na ja, lange macht er das jedenfalls nicht mehr mit mir.«

»Du hast gar nicht erwähnt, dass du die Leichen un

tersuchen lassen wolltest«, fragte Hagedorn nachdenklich.

»Woran hast du gedacht?«

Bannert winkte mit einer wedelnden Handbewegung ab.

»Ach, nichts Spezielles! Nur so ein Gefühl, das ich hatte.«

Hagedorn verzog das Gesicht zu einem Grinsen.

»Ich weiß schon, was dir im Kopf herumgeistert. Nicht schlecht, Herr Kollege. Gar nicht schlecht!«

Bannert warf Hagedorn einen verwirrten Blick zu.

»Du nimmst an, dass der Pfleger jemanden gestört oder überrascht hat. Und zwar nicht irgendjemanden, sondern einen Leichenficker.«

Bannert verblüffte Hagedorns Ausdrucksweise. Auch wenn der Begriff *Leichenficker* in keinster Weise der fachlichen Terminologie entsprach, hatte er doch ins Schwarze getroffen.

»Richtig! Das war mein erster Gedanke, da weder aus der Prosektur noch dem Geschädigten etwas entwendet wurde.«

»Hm!«, brummte Hagedorn. »Das wäre auch mein erster Impuls gewesen. Glaubst du, dein Kriminaltechniker ist schon zurück?«

Bannert griff wortlos zum Telefon und wählte die Durchwahl zu Kieferles Apparat.

»Ja, Marius hier! Kommst du bitte gerade in mein Büro? Danke dir. Bis gleich!«

Hagedorn nickte zufrieden und nahm einen Schluck aus der gewaltigen Kaffeetasse.

Wenige Augenblicke später traf Karsten Kieferle mit zerzausten Haaren, immer noch den weißen Einweg-Overall tragend, in Bannerts Büro ein.

»Danke, dass du so schnell gekommen bist, Karsten.«

»Kein Ding! Was wolltest du?«

»Fragen, ob du in der Klinik etwas herausgefunden hast?«

»Na, in erster Linie, wie sich ein von Burger verpasster Einlauf anfühlt«, kommentierte er grinsend. »Der hat so getobt, dass ich ihn noch verstehen konnte, als ich das Telefon dreißig Zentimeter vom Ohr entfernt gehalten habe.«

»Und was noch?«, drängte Bannert.

»Weiß ich noch nicht.« Kieferle öffnete den Reißverschluss des Overalls und kramte etwas aus seiner Brusttasche. Ein Probenröhrchen.

Bannert sah Kieferle fragend an.

»Was ist das?«

»Ein Vaginalabstrich von einer der Leichen.«

»Du hast was gefunden?«, rief Bannert überrascht aus.

»Marius, wenn ich suche, werde ich fast immer fündig«, entgegnete Kieferle gespielt beleidigt.

»Tatsächlich habe ich bei einem weiblichen Leichnam an der äußeren Scheide eine ölig-schmierige Substanz entdeckt. Möglicherweise ein Gleitgel oder ein Massageöl. Wenn das untersucht ist, wissen wir mehr.«

»Irgendwelche Auffälligkeiten? Verletzungen?«, hakte Bannert nach.

»Weiß ich nicht. Weiter bin ich nicht gekommen, bis Burger mich zurückgepfiffen hat.«

»Und die anderen Leichen?«

»Da waren nur noch zwei sehr hochbetagte Männer, ein tödlich verunglückter Motorradfahrer um die fünfzig und die Leiche der alten Dame, die der Pfleger selbst eingelagert hatte. Den Abstrich habe ich einer jungen Frau entnommen, die gestern an Krebs verstorben war.

Achtundzwanzig, extrem ausgemergelt. Muss mal sehr attraktiv gewesen sein, das arme Ding.«

»Also können wir die Untersuchungen der anderen Leichen zurückstellen?«

»Würde ich sagen, ja. Es sei denn, der Leichenschänder vergeht sich an beiden Geschlechtern.«

Hagedorn schüttelte leicht den Kopf.

»Das würde ich ausschließen. Nekrophilisten hin oder her, bleiben sie doch ihrer Geschlechterpräferenz treu. Darum würde ich ausschließen, dass er sich auch an den männlichen Leichen vergangen hat.«

»Gut gemacht, Karsten!«, lobte Bannert den Kriminaltechniker.

»Ordne den Abstrich den Asservaten des Chilynski-Falls zu und schick die Probe ins Labor.«

»Wird gemacht, Chef!«

Bannert hasste es, *Chef* genannt zu werden. Das wusste Kieferle auch, wenngleich er es nicht böse meinte.

»Ich geh mich mal umziehen und frisch machen. Bis später, Marius ...«, sagte Kieferle und wandte sich zum Gehen.

»Ach, Karsten ...«

Kieferle hielt in der Drehung inne.

»Danke noch mal. Und es tut mir leid, dass du meinetwegen Ärger hattest.«

»Pff, nicht der Rede wert.« Kieferle verschwand.

Bannert hieb auf die Armlehnen seines Bürosessels.

»Frühstück?«

»Auf jeden Fall«, begrüßte Hagedorn den Vorschlag.

»Dann lass uns gehen. Ich kenne ein nettes Café, gleich hier um die Ecke.«

22. Kapitel

Irgendwo in Konstanz

Seine Knie zitterten, und nur langsam beruhigte sich sein Atem. Auf der Bettkante sitzend, schlug er die Hände vors Gesicht und inhalierte ihren Duft, der seinen Handflächen anhaftete. Jenen betörenden Geruch, der seine Sinne berauschte. Er spürte, wie sein Herzschlag und seine Atmung sich normalisierten und der Schweiß auf seiner Haut zu verdunsten begann.

Ihm wurde erst jetzt bewusst, wie viel Glück er gehabt hatte. Aber wer konnte schon damit rechnen, dass der Pfleger plötzlich auftauchen würde. Er hatte alles ruiniert. Sie war perfekt! Das wusste er von dem Augenblick an, als man sie in die Pathologie gebracht hatte. Ihre Sektion war für den kommenden Montag anberaumt worden, was ihm genügend Spielraum gab, seine Leidenschaft mit ihr auszuleben. Was musste der idiotische Pfleger auch mitten in der Nacht in der Prosektur auftauchen! Er hoffte fast, dass der Kerl verreckt war, nachdem er ihn mit seinem Teleskopschlagstock eins übergezogen hatte. Während der Pfleger noch röchelnd und rasselnd atmend am Boden gelegen hatte, hatte er ihren Körper abgedeckt und sie zurück in das Kühlfach geschoben. Danach war es leicht, sich aus dem Keller zu stehlen, kannte er die Klinik doch wie seine Westentasche. Wenngleich er nicht mal eine Weste besaß. Nicht die Gewissensbisse ließen ihn in die Klinik zurückkehren, sondern die Neugierde.

Als der erste Streifenwagen und kurze Zeit später ein weißer VW-Bus eingetroffen waren, hatte er sich ins Gebäude zurückgeschlichen. Zu viele Leute hielten sich in der Prosektur auf, als dass er sich näher herangetraut hätte als bis zum Ende des Korridors, von wo er immer noch genügend hatte sehen können. Als sich der Tumult gelegt und der Verwaltungschef und der Zivilbulle sich entfernt hatten, schlich er näher heran.

Da war der Bulle, zumindest nahm er das an, der einen weißen Einwegoverall trug und sie betatschte, sie herumrollte, sie berührte und befingerte. Seine rasende Eifersucht steigerte sich noch, als er sah, dass er etwas an ihrer Vagina tat. Es kostete ihn alle Mühe, nicht in den Raum zu stürzen und dem Dreckskerl den Schädel einzuschlagen.

Er schloss die Augen und zwang sich zur Ruhe. Es war noch nichts verloren. Er hatte noch einige Tage Zeit. *Ich komme, meine Liebste. Wir sehen uns bald!*

Mit dem Arm wischte er die leeren Pappschachteln unzähliger verzehrter Burger und Pizzen vom Schreibtisch und fuhr den Laptop hoch. Es trieb ihn, seinen »Brüdern im Geiste«, wie er sie nannte, von seinem Erlebnis zu berichten. Eigentlich hatte er gehofft, schon heute einige Bilder in die Gruppe hochladen zu können und sich dafür Respekt und Anerkennung zollen zu lassen. Er wählte sich ins Darknet und loggte sich in den Chatraum ein.

23. Kapitel

Konstanz – Polizeipräsidium

Nach und nach trudelten die Kollegen für die morgendliche Besprechung im Soko-Raum ein. Falk Hagedorn hatte sich im hinteren Teil des Raums eine Ecke freigeräumt, in der er mit seinem rollenden Ungetüm bequem Platz fand. Entspannt saß er, leicht zur Seite geneigt, in seinem Rollstuhl und betrachtete aufmerksam die Gesichter der bereits anwesenden Kolleginnen und Kollegen.

Bannert stand an der Tür, begrüßte jeden mit Handschlag und bat sie, Platz zu nehmen.

»Guten Morgen, alle zusammen! Ich möchte euch Kollege Hagedorn vorstellen.« Bannert hatte sich daran gewöhnt und beschlossen, ihn weiterhin als *Kollegen* zu bezeichnen.

»Falk Hagedorn war bis zu seinem Vorruhestand Fallanalytiker beim LKA. Er wird uns bei dem Fall unterstützen und hoffentlich etwas Licht ins Dunkel bringen.«

Nach einer kurzen Pause fuhr Bannert fort:

»Gegen halb drei Uhr heute Morgen kam es zu einem Angriff auf einen Pfleger in der Prosektur des Klinikums. Er wurde mit einem stumpfen Gegenstand niedergeschlagen.

Der Pfleger erlitt dadurch einen Schädelbasisbruch und befindet sich derzeit auf der Intensivstation.

Zu den Hintergründen und dem Motiv des Angriffs wissen wir noch nichts.

Karsten konnte an einem weiblichen Leichnam eine Substanz sichern, die ebenfalls noch untersucht werden muss. Im Augenblick vermute ich, dass sich jemand an der Toten vergangen haben könnte und vom Pfleger überrascht wurde.«

Bannert wandte sich einem Kollegen zu.

»Chris, wenn du dich nach der Besprechung bitte gleich erkundigen könntest, ob der Pfleger mittlerweile vernehmungsfähig ist. Wenn ja, versuch bitte etwas Brauchbares aus ihm herauszubekommen.«

Der Angesprochene nickte und machte sich einige Notizen.

»Entschuldige bitte, Marius«, meldete sich eine Kollegin zu Wort. »Kann das nicht jemand anders übernehmen? Ich meine, wir sind hier ohnehin schon völlig überlastet.«

Bannert hatte diese Art Einwand erwartet.

»Ich verstehe deine Bedenken, Kerstin, aber Falk und ich haben Grund zu der Annahme, dass der Fall oder vielmehr die Fälle mit unserem in Verbindung stehen könnten.«

Ein Raunen brandete auf.

»Wieso *die* Fälle?«, erkundigte sich Justus Köber.

»Am Montag rief mich ein Streifenkollege an und berichtete mir einen Leichendiebstahl aus der Aussegnungshalle des Hauptfriedhofs in Radolfzell. Ich gebe zu, dass ich ihn etwas forsch abgewimmelt habe. Die Tote scheint mittlerweile aufgrund eines möglichen Missverständnisses wieder aufgetaucht zu sein. Dennoch möchte ich, dass sich jemand darum kümmert und da noch mal nachhakt. Wenn du das bitte übernehmen könntest, Kerstin?«

Widerstrebend nickte sie.

»Danke dir.«

Justus Köber, der Mann, den das LKA zur Unterstützung entsandt hatte, meldete sich erneut zu Wort.

»Ich verstehe trotzdem nicht, wie die angeblichen Leichenschändungen mit der Mordserie in Verbindung stehen. Wir müssen aufpassen, dass wir uns nicht verzetteln!«

Aus der Ecke drang ein vernehmliches Räuspern.

»Guten Morgen!«

Hagedorns sonore Stimme erfüllte den Raum.

»Deine Frage ist berechtigt«, sagte er an Köber gewandt. »Ich will auch nicht behaupten, dass die Fälle zwingend in Zusammenhang stehen. Dazu muss ich mich noch intensiver mit der Mordserie befassen. Aber generell lässt sich sagen, dass Leichenschändung, Nekrophilie genannt, in ihren verschiedenen Abstufungen und Ausprägungen durchaus zu solchen Ergebnissen führen kann.« Hagedorn wies auf die Tafel an der Stirnseite des Raums, an die man die Bilder der grauenhaft entstellten Leichen gepinnt hatte.

»Die Abstufungen der Nekrophilie reichen von harmlosen sexuellen Fantasien bis hin zu extremem Nekrosadismus, der Verstümmelung von Leichen zur sexuellen Befriedigung. Hierbei muss man wiederum unterscheiden, dass es sowohl die sexuelle als auch die nicht sexuelle Nekrophilie gibt. Bei der nicht sexuellen Nekrophilie lebt der so Geneigte seine Fantasien, Leichen anzufassen, sie zu zerstückeln, in sie hineinkriechen zu wollen, aus. Die sexuelle Nekrophilie hingegen beschränkt sich auf den reinen Akt, den Sex mit der Leiche.«

»Aber unsere Opfer wurden verstümmelt, als sie noch lebten«, warf ein Beamter ein.

»Richtig! Sie befanden sich aber durch das Sedativum

in einem todesähnlichen Zustand. Wie bereits gesagt, es müssen zwischen den Fällen keine Verbindungen bestehen, dennoch halten der Kollege Bannert und ich es für wichtig, diese näher zu beleuchten.«

»Aber es ist ja noch nicht einmal sicher, ob die Leiche in Radolfzell tatsächlich verschwunden war oder ob man sich an ihr vergangen hat. Und in beiden Fällen wurden die Leichen gar nicht verstümmelt.«

Hagedorn nickte nachdenklich.

»Auch das ist korrekt, Chris. Chris, so war doch dein Name? Die Nekrophilie ist eine Charakterverzerrung und im Grunde eine Steigerung, eine Verschlimmerung eines autoritären Charakters, der zum Sadismus neigt. So wie du nicht jeden Tag Lust auf Spaghetti oder Pizza hast, hat der Nekrosadist nicht jeden Tag Lust, eine Leiche zu zerstückeln. Vielleicht mangelte es ihm auch an der Gelegenheit oder der Ungestörtheit oder schlicht eines infrage kommenden Opfers.«

Hagedorn hob die Schulter und blies die Luft aus den Lungen.

»Kolleginnen und Kollegen, die Operative Fallanalyse ist keine starre Wissenschaft wie Physik oder Mathematik. Aber in beiden Fällen scheint ein Täter mit einer fatalen inneren Destruktivität am Werk zu sein. Und er wird nicht aufhören, wenn wir ihn nicht zur Strecke bringen.«

»Danke, Falk, für deine Ausführungen«, zog Bannert das Wort wieder an sich. »Wie gesagt, Chris, du kümmerst dich zusammen mit Rainer um den Fall von heute Nacht; Kerstin, du mit Sebi um den Fall in Radolfzell. Rudi«, fuhr Bannert an einen etwas älteren Kollegen gewandt fort, »lass bitte eine Recherche laufen und finde heraus, ob es noch weitere oder ähnliche Fälle von Leichenschändungen gab. Erweitere die Suche auch auf

Grabschändungen, Einbrüche in Leichenhallen und ähnlich seltsame Vorkommnisse.«

Bannert warf einen Blick auf die Wanduhr.

»Lasst uns eine kurze Pause machen. Danach treffen wir uns wieder hier.«

Die kleine Unterbrechung würde allen, ihm besonders, guttun. Wenngleich Hagedorns Erklärungen der sexuellen Devianz der Nekrophilie höchst interessant waren, brachten sie Bannert aus dem Konzept bei der Verteilung der ihnen bevorstehenden Aufgaben.

Er entschied sich, noch eine Tasse Kaffee zu holen.

24. Kapitel

Frankfurt am Main

Karina hatte extrem schlecht geschlafen. Eigentlich gar nicht, wenn man es nüchtern betrachtete. Eine Gruppe junger Tschechen oder Polen, genau wusste sie das nicht, feierte über ihrem Zimmer eine rauschende Party. Viel zu laute Musik, scharrende Stuhlbeine und trampelnde Füße machten es unmöglich, auch nur an Schlaf zu denken. An den wummernden Bass hätte sie sich vielleicht gewöhnen können, aber die knallenden Geräusche, die die Betondecke zum Erzittern brachten, ließen sie immer wieder aufschrecken, und zwar genau dann, wenn sie kurz davor war, in den Schlaf zu gleiten. Ihre beiden Zimmergenossinnen hatten im Laufe der Nacht ausgecheckt, was ebenfalls extrem störend gewesen war. Gegen fünf Uhr morgens schienen auch die letzten Partyteilnehmer zu ermüden, und es wurde ruhiger. Kaum dass sie zwei Stunden geschlafen hatte, dröhnte bereits aus dem Nachbarzimmer das enervierende Dröhnen eines Hotelstaubsaugers. Es war zum Wahnsinnigwerden.

Völlig genervt sprang sie aus dem Bett, stieg in ihre Jeans, machte sich im Bad einigermaßen salonfähig und stürmte aus dem Zimmer.

»Guten Morgen«, trällerte ihr eine junge Blondine hinter der Rezeption entgegen.

»Mein Morgen ist ganz und gar nicht gut! Und Ihrer wird es auch nicht, das verspreche ich Ihnen.»

Die Blondine sah sie erstaunt an.

»Ich habe die ganze Nacht kein Auge zugemacht wegen der Bagage eine Etage über mir. Und meine beiden Zimmergenossinnen haben ihre Abreise auf letzte Nacht verlegt, was auch nicht gerade geräuschlos ablief.«

»Ich bedauere sehr, dass Sie Unannehmlichkeiten hatten …«

»Unannehmlichkeiten?«, schnaubte Karina wütend. »Glauben Sie ja nicht, dass die Sache damit erledigt ist. Ich verlange auf jeden Fall mein Geld zurück.«

»Ich bedauere sehr«, entgegnete die Blondine kleinlaut. »Das Einzige, was ich Ihnen anbieten kann, ist eine Gutschrift auf eine künftige Übernachtung in unserem Haus.«

»In Ihrem Haus? Hören Sie mal, das ist ein Hostel und nicht das Ritz. Ich verlange mein Geld zurück!«

»Wie ich schon sagte, dazu bin ich leider nicht befugt. Gerne stelle ich Ihnen eine Bonuskarte mit dem entsprechenden Guthaben aus. Die können Sie dann in den über vierzig Hostels unserer Kette einlösen.«

»Ach, wissen Sie, was Sie mich können …?« Karina stand kurz davor zu explodieren.«

Die Blondine sah sie verstört an.

»Na los! Dann geben Sie mir schon die blöde Bonuskarte«, gab sie schließlich klein bei. »Nein, warten Sie! Ich habe eine andere Idee. Ich werde eine weitere Nacht bleiben, und Sie stellen mir ein Einzelzimmer mit Bad, inklusive Frühstück, zur Verfügung.«

»Wenn Sie bitte einen Augenblick warten. Ich muss das mit dem Chef de Reception besprechen«, flötete sie und verschwand.

Karina wappnete sich für einen ordentlichen verbalen Clinch, als die Blonde zurückkehrte und freundlich lächelnd ein Upgrade auf ein Einzelzimmer mit Frühstück anbot.

»Na also, geht doch!«, frohlockte Karina triumphierend. »Wenn Sie dann nachher mein Gepäck in das neue Zimmer brächten, wäre ich Ihnen sehr verbunden«, spöttelte sie. »Ich geh jetzt erst einmal einen Kaffee trinken. Danke schön!«

Gedankenverloren nippte sie an dem Pappbecher und schaute den vorbeieilenden Menschen hinterher. Sie hatte an einem der Tischchen der Backwerk-Filiale in der Hauptwache-Passage Platz genommen. Es war kühl, und sie schlang das Seidentuch enger um ihren Hals.

Was war nur in sie gefahren? Es war sonst überhaupt nicht ihre Art, die Menschen derart anzupampen, aber genau wie ihr Vater war sie ein ausgesprochener Morgenmuffel. Offenbar hatte sie auch seine cholerischen Züge geerbt. Die Rezeptionistin tat ihr jetzt leid. Sie würde sich bei ihr entschuldigen, sobald sie in das Hostel zurückkehrte. Warum dachte sie gerade jetzt an ihren Vater? Sie besaß sehr viele Eigenschaften ihres Vaters, die guten wie die schlechten. Ihre Mutter kannte sie zu wenig, um sich zu erinnern, welche ihrer Charakterzüge ihr zu eigen waren. Wenn sie es recht bedachte, war seine Reaktion auf ihren Entschluss, Schauspielerin zu werden, eigentlich nicht sein Stil. Hatte er sie doch bei allem, was sie begonnen, aber selten zu Ende gebracht hatte, immer unterstützt.

Nachdem sie das Abi in der Tasche hatte und nicht wusste, was oder wo sie studieren wollte, entschied sie sich für ein soziales Jahr, das sie, ebenso wie das danach begonnene Soziologiestudium, nach sechs Monaten abbrach. Dann die Physiotherapie-Ausbildung, die sie nach vier Monaten geschmissen hatte. Das war schon als Kind so gewesen. Ballett, Turnen, Karate, Reiten, Eiskunstlauf – ständig kam sie mit was anderem an. Und nichts davon hatte sie weiterbetrieben. All das hatte er geduldig mitgetragen, ohne ihr jemals Vorwürfe deswegen zu machen. Sie hatte mit Trotz reagiert, als er ihr vehement die Schauspielschule auszureden versuchte. Sie wollte es ihm unbedingt beweisen, ihm zeigen, dass sie Schauspielerin werden konnte. War das seine Absicht gewesen? Hatte er sie so aus der Reserve locken wollen und damit ihren Trotz und Ehrgeiz herausgefordert?

Irgendwie konnte sie ihm nicht mehr böse sein. Sie vermisste ihn.

Ihr Finger huschten über den Touchscreen ihres Smartphones.

»Hallo, Paps, ich bin's. Karina!«

25. Kapitel

Konstanz – Polizeipräsidium

Routiniert verteilte Bannert weitere Aufgaben an die Teams. Es galt noch immer, Hunderte von möglichen Spuren und Hinweisen abzuarbeiten. Er war sich immer noch nicht sicher, ob sie sich mit der Hotline, die sie eingerichtet hatten, wirklich einen Gefallen getan hatten. Mehr und mehr kam es ihm wie ein Bärendienst vor. Ständig meldeten sich Leute die glaubten, ihr höchst sonderbarer Nachbar müsse der Täter sein. Andere wiederum gingen sogar noch weiter und bezichtigten sich selbst. In neunundneunzig Prozent der Fälle halfen derartige Hinweise nicht weiter.

Dennoch konnte man sie nicht unbeachtet lassen. Von den annähernd eintausend Anrufen, die bisher eingegangen waren, gaben nur zwei Anlass zu ernsthafteren Ermittlungen, wenngleich sich auch die als kalte Spur entpuppt hatten.

»Karsten, wie weit bist du mit deinen Leuten mit der Spurensuche im Ried vorangekommen?«, erkundigte sich Bannert.

»Wie von dir angeordnet, haben wir den Suchradius auf fünfhundert Meter um den Fundort ausgeweitet. Das Ufergebiet scheidet weitgehend aus, wobei wir ins Kalkül gezogen haben, dass die Leiche auch mit einem Boot transportiert und dort abgelegt worden sein könnte. Wir haben das Gebiet in mehrere Quadranten eingeteilt und bereits einen großen Teil abarbeiten können. Leider ohne Ergebnis bisher.

Das schlimmste und größte Stück steht uns noch bevor – das Schilffeld, das sich über mehrere Hundert Meter ostwärts erstreckt.«

»Macht es überhaupt Sinn, sich das Feld vorzunehmen?«, erkundigte sich Bannert. »Oder anders gefragt: Gibt es denn aus anderer Richtung einen Zugang, durch den man das Schilf durchqueren könnte?«

»Ja, den gibt es. Es gibt einen Feldweg, der quasi im Nirgendwo endet. Von dort sind es nur knapp fünfzig Meter bis zum östlichsten Rand des Schilfgebietes. Den Luftaufnahmen nach zu urteilen, müsste man durch das Schilf knapp zweihundert Meter bis zur Ablagestelle marschieren.«

»Wie wollt ihr vorgehen, Karsten?«, hakte Bannert nach.

»Wenn ich das so genau wüsste.«

Sascha, der Neuling in Kieferles KT-Team, hob schüchtern den Arm.

»Könnte man das Feld nicht kontrolliert abbrennen lassen? Natürlich durch die Feuerwehr!«

»Der Gedanke ging mir auch schon durch den Kopf«, merkte Kieferle an. »Da wir am Fundort selbst keinerlei Fasern oder humangenetische Spuren finden konnten, wäre das Abfackeln in dieser Hinsicht wahrscheinlich unproblematisch. Wir hätten dann aber das Problem, dass wir die ganze biologische Brandlast abräumen müssten. Nein, macht keinen Sinn. Es wird uns nichts anderes übrig bleiben, als wirklich auf den Knien rutschend mit einer Handsichel durchs Feld zu robben. Eine andere Alternative sehe ich nicht.«

»Können wir denn sicher ausschließen, dass der Täter

vom See her kam?«, erkundigte sich Bannert noch einmal.

»Das haben wir überprüft. Abgesehen davon, dass ein Anlanden dort wirklich schwer, wenn nicht gar unmöglich ist, fanden sich im morastigen Uferbereich keine Schuhabdrücke.«

»Danke, Karsten! Dann sehe auch ich keine andere Möglichkeit. Fangt am besten so schnell wie möglich damit an. Wie weit sind wir mit der Identifizierung vorangekommen?«, fragte Bannert in die Runde.

Nathalia Buday, Köbers Anhängsel vom LKA, meldete sich zu Wort.

»Eine Recherche in der Datei Vermisste/Unbekannte Tote ergab bislang keine Treffer, weshalb wir davon ausgehen müssen, dass das Opfer nicht als vermisst gemeldet war.«

Bannert strich sich nachdenklich die Haare aus der Stirn.

»Haben wir den Zahnstatus aus der Gerichtsmedizin schon?«

»Ist noch nicht eingetroffen«, gab sie zur Antwort. »Einen möglichen Ansatz gibt es vielleicht.«

Bannert horchte auf.

»Dann raus damit!«

»Die Frau hatte auf dem linken Schulterblatt ein Tattoo, eine Rose. Dadurch, dass die Körperrückseite luftdicht von Morast umschlossen war, sind die Haut und das Tattoo gut erhalten geblieben. Das Design des Tattoos nennt sich Dotwork. Eine Möglichkeit wäre, die umliegenden Tattoostudios abzuklappern und zu fragen, ob jemand seine Arbeit wiedererkennt, da jeder Tätowierer seinen eigenen Stil hat. Ich bin mir aber nicht sicher, ob es erfolgversprechend sein wird, war nur so ein Gedanke.«

»Die Idee ist im Grunde nicht schlecht, Nathalia«, lobte Bannert sie, »da wir aber nicht wissen, ob die Frau überhaupt aus unserer Gegend stammt, sind wir, was die lokalen Studios angeht, schnell am Ende.«

Bannert überlegte schweigend, bevor er fortfuhr:

»Anderer Vorschlag! Such eine gute Aufnahme des Tattoos heraus, mach davon Vergrößerungen, und schick sie mit einem Aufruf, am besten per Mail, an alle Tattoostudios, sagen wir im Umkreis von zweihundert Kilometern. Es sollte nicht allzu schwer sein, aus dem Online-Telefonbuch oder über eine Suchmaschine eine entsprechende Liste zu erstellen. Nimm die grenznahen Studios in der Schweiz und Österreich noch dazu. Ich weiß, das bedeutet viel Arbeit, aber einen Versuch ist es allemal wert. Ich will *nichts* unversucht lassen. Danke dir, Nathalia.«

Bannert wandte sich erneut Justus Köber vom LKA zu.

»Justus, könntest du die IT-Leute vom Amt bitten, das Internet und das Darknet nach Nekrophilen-Foren zu checken? Uns fehlen hier die Kapazitäten.«

»Klar, kann ich veranlassen. Auch wenn ich immer noch der Meinung bin, hier unseren eigenen Schwanz zu jagen.«

Bannert überging den Einwand Köbers geflissentlich.

»Danke euch allen. Viel Erfolg!«

Bannert nickte Hagedorn zu und bedeutete ihm, in sein Büro zu folgen.

26. Kapitel

Acht Wochen zuvor

Die frühherbstlichen Sturmböen jagten schmutzig graue, regenschwangere Wolken über das Land. Obwohl erst früher Nachmittag, vermochte das Sonnenlicht die Wolkendecke kaum zu durchdringen und tauchte die Landschaft in ein melancholisch-diffuses Stahlgrau. Dem Sturm trotzend, bogen sich ächzend und seufzend die riesigen Tannen um ihn herum, während er schwer atmend den letzten Sack ins Feuer warf. Hypnotisiert starrte er in die Flammen, wie sie an dem Plastik leckten, es zu schmelzen begannen und alles, was sie auf seine Spur hätte bringen können, auffraßen. Der Wind ließ die Flammen hoch auflodern. Er schlüpfte aus dem blutverschmierten Einteiler und warf ihn zusammen mit den armlangen Gummihandschuhen in die Flammen. Er vertraute darauf, dass alles rückstandslos verbrannte.

Danach ging er zurück in die Jagdhütte.

Niemand wusste von der Hütte. Vor fünfzehn Jahren hatte er sie günstig erstanden. Praktischerweise gehörte dazu ein kleines Jagdrevier, auch wenn er nur noch selten auf die Jagd ging, seit er seine Neigung für erfüllendere Dinge entdeckt hatte.

Mit eingezogenem Kopf stieg er die Stahltreppe hinab, die er nachträglich hatte einbauen lassen, da die ursprüngliche Holztreppe morsch und brüchig gewesen war.

Brummend und flackernd flammte die Neonröhre an

der Kellerdecke auf. Leise fluchend schalt er sich dafür, weil er es immer wieder aufgeschoben oder vergessen hatte, den Starter der Neonlampe zu erneuern. Morgen würde er sich sofort darum kümmern.

Kritisch ließ er den Blick durch den Raum schweifen, um zu prüfen, ob alles sauber war und alles an seinem angestammten Platz lag. Der scharfe Geruch von Ammoniak und Chlorreiniger, der in der Luft lag, würde sich in wenigen Tagen verflüchtigt haben.

Noch einmal vergewisserte er sich, dass das Regalboard, das er sich im letzten Jahr hatte schreinern lassen, auch wirklich verschlossen und das teure Vorhängeschloss eingerastet waren. Tatsächlich überprüfte er das Schloss bereits zum zehnten Mal innerhalb der letzten Minute. Wieder und wieder drehte er sich im Kreis, um wirklich sicher zu sein, nichts übersehen zu haben.

Zufrieden stapfte er die Treppe nach oben und löschte das Licht.

27. Kapitel

Konstanz – Polizeipräsidium

Der Staatsanwalt hat mir deine Beratertätigkeit heute Morgen via Mail genehmigt«, eröffnete Bannert das Gespräch, als er mit Hagedorn ungestört war.

»Deine Kosten gehen zu Lasten der Staatsanwaltschaft, wenngleich die nicht sonderlich begeistert war, dass ich dich eigenmächtig ins Boot geholt habe.«

»Gut! Sehr gut!«, brummte Hagedorn. »Somit hat Burger nichts mehr zu meckern. Bist du erleichtert?«

»Natürlich bin ich erleichtert! Was denkst du denn? Aber wir müssen endlich vorankommen. Ich habe das Gefühl, mich ständig im Kreis zu drehen und Phantomspuren nachzujagen, die uns keinen Schritt weiterbringen. Gib mir einen Anhalt. Mit wem haben wir es hier zu tun, was für einen abscheulichen Menschen jagen wir hier eigentlich?«

Hagedorn fuhr sich mit gespreizten Fingern durch die langen Haare, während er kurz nachdachte.

»Ich habe euer Material gründlich gesichtet. Die objektive Spurenlage ist wirklich dünn.«

»Glaubst du, das weiß ich nicht?«, schnaubte Bannert wütend.

»Hey, Marius, beruhige dich wieder! Ich wollte dich und dein Team nicht angreifen. Egal, was Burger sagt, ihr habt bisher hervorragend gearbeitet. Ihr habt euch nichts vorzuwerfen, und du schon gar nicht, weil du einen super Job machst. Obwohl ich gemerkt habe, dass es dir zuweilen Mühe bereitet. Habe ich recht?« Hagedorn sah ihn mit geneigtem Kopf durchdringend an.

Bannert wich seinem Blick aus und drehte sich im Bürosessel zum Fenster.

»Das ist die Untertreibung des Jahres, Falk«, fuhr er leiser fort. »Du kannst dir nicht vorstellen, wie frustrierend es ist, ständig gegen Windmühlen zu kämpfen. Burger macht mir seit vier Jahren das Leben zur Hölle. Egal, was ich tue, egal, wie gut ein Fall bearbeitet und erfolgreich zum Abschluss gebracht wurde, Burger ist nichts recht. Und glaub mir, ich war nicht scharf darauf, die Soko-Leitung zu übernehmen. Er hat es quasi befohlen und mir mit disziplinarrechtlichen Konsequenzen gedroht, sollte ich seiner Anordnung nicht Folge leisten.«

»Er will dich scheitern sehen. Burger wartet nur darauf, dir eins reinzuwürgen. Du hättest genauso gut ablehnen können, die Folgen wären dieselben gewesen.«

»Beim Verfassungsschutz habe ich mir den Arsch aufgerissen, wochenlang, ach was, monatelang ohne freie Tage durchgeackert, Einsätze koordiniert und geleitet«, fuhr Banner fort. »Ich bin dort gegangen, weil ich genau *das* nicht mehr wollte. Mein Versetzungswunsch nach Konstanz war eine bewusste Entscheidung, weil hier, zumindest war das bis vor ein paar Monaten so, die Welt noch in Ordnung schien. Ich wollte nur ein einfacher Sachbearbeiter sein, meinen Job machen und einigermaßen geregelten Arbeitszeiten nachgehen.«

Hagedorn stieß ein kehliges Lachen aus. »Du und ein einfacher Sachbearbeiter? Marius, du hast das Zeug zum Führen.«

»Mag schon sein«, bemerkte Bannert achselzuckend. »Trotzdem will ich es nicht. Das reibt mich zu sehr auf.

Leider habe ich das erst spät erkannt, aber es gibt Wichtigeres als immer nur zu arbeiten.«

Er schob das Scheitern seiner Ehe den unregelmäßigen Arbeitszeiten und den vielen Überstunden seines Jobs zu. Selten konnte er mit einem freien Wochenende rechnen und wichtige Ereignisse, wie Familienfeiern oder Einladungen, verpasste er ständig. Irgendwie hatte er sich vor dem Alleinsein gefürchtet, als seine Frau ausgezogen war. Es hatte einige Wochen gedauert, sich daran zu gewöhnen, dass nicht nur ihre Bettseite leer war, sondern auch sein Kühlschrank, wenn er wieder einmal vergessen hatte einzukaufen.

Bannert scheuchte die Gedanken beiseite. »Zurück zum Fall. Erzähl mir was, Falk!«

»Nun gut, wo fange ich an? Für ein umfassendes Täterprofil ist es noch etwas zu früh, aber wir sind uns sicher einig darüber, dass unser Täter ein Mann sein muss und dazu noch ein sehr kräftiger. Es kostet einige Kraftanstrengung, einen leblosen Körper mehrere Hundert Meter weit zu tragen.«

Bannert pflichtete ihm bei.

»*Unser Mann,* wenn ich ihn mal so nennen darf, geht sehr kontrolliert vor, überlässt nichts dem Zufall.«

»Denkst du, das trifft auch auf die Opferwahl zu?«

»Das weiß ich eben noch nicht. Außer dass sie alle im gleichen Altersspektrum sind, gibt es äußerlich wenig Ähnlichkeiten. Er scheint diesbezüglich nicht festgelegt zu sein, aber lange Haare sind ihm offenbar wichtig. Darum dürfen wir auch die geschändete Leiche aus der Prosektur nicht außer Acht lassen. Zumindest optisch passt sie in sein Raster. Ob die Frauen nun zufällig seine Opfer wurden oder er sie gezielt und bewusst ausgesucht hat, vermag ich nicht zu beurteilen. Dort den Anknüpfungspunkt zu finden, würde sehr hilfreich sein.

Nicht selten suchen solche Täter ihre Opfer in ihrem direkten Umfeld, in dem sie sich bewegen. Arbeitsplatz, Uni, Singlebörsen, Partnertreffs, Chatrooms. Das Internet hat solchen Menschen Tür und Tor geöffnet. Du weißt selbst, wie oft gerade die jungen Leute leichtsinnig im Umgang mit dem Internet sind. Wenn junge Frauen, fast noch Kinder, Nacktbilder oder Videoclips, in denen sie masturbieren, durchs Web schicken.«

»Genau dort liegt ja das Problem«, unterbrach ihn Bannert. »Heute benutzt kaum noch jemand den PC zu Hause. Die Smartphones sind heute so leistungsstark, dass sie einen Laptop beinahe ersetzen. Bei keiner der identifizierten Frauen konnten wir in deren Laptops etwas finden, was uns weitergebracht hätte, und die Smartphones fehlen, wie dir bekannt ist.«

»Wieso wurde eigentlich keines der Opfer vermisst?«, knurrte Hagedorn nachdenklich.

»Ja, das ist bemerkenswert. Von den ersten vier Opfern wissen wir, dass sie sich, wie zum Beispiel Lara Brandl, aus den unterschiedlichsten Gründen von ihren Eltern oder Verwandten distanziert hatten. Opfer Nummer zwei hatte keine Eltern mehr, und Nummer drei und vier hatten den Kontakt zu ihren Eltern komplett abgebrochen.

»Auch keine Freunde oder Freundinnen, Mitbewohnerinnen, die sie vermisst haben?«, hakte Hagedorn ungläubig nach.

Bannert schüttelte den Kopf.

»Das hatte mich auch gewundert. Diejenigen, die wir ermitteln konnten, gaben fast alle unisono an, dass es nicht außergewöhnlich gewesen sei, wenn die Frauen sich einige Tage oder Wochen nicht meldeten.«

»Fällt mir schwer zu glauben«, brummte Hagedorn zweifelnd. »Die jungen Leute sind doch den ganzen Tag nur am Nachrichten-Versenden. Und dann herrscht plötzlich Sendepause. Niemand macht sich Gedanken oder Sorgen, warum sich die Mädchen nicht mehr melden?«

Bannert konnte Hagedorn darauf keine Antwort liefern, weshalb sie sich schweigend anschauten.

»O. k.«, unterbrach Hagedorn die Stille. »Stellen wir die Viktimologie zurück. Ich halte unseren Killer für ausgesprochen intelligent. Ich spreche nicht von Bauernschläue, sondern hochgradiger Intelligenz. Das muss nicht zwingend bedeuten, dass er irgendwo ein hohes Amt bekleidet, das kann genauso gut ein kleiner Angestellter sein. Schüchtern, zurückhaltend, unauffällig. Bei keinem der Leichenfundorte handelte es sich um den Tatort, weshalb der Täter die Frauen zunächst irgendwo versteckt hielt und sie dort verstümmelte und tötete oder tötete und sie dann verstümmelte. Er muss also einen Rückzugsraum haben, an dem er ungestört arbeiten kann. Ein schalldichter Kellerraum, ein Ferienhaus, eine alte Lagerhalle, Scheune, eine Jagdhütte, ein altes Fabrikgebäude oder …«

»… oder eine Prosektur …?«, vollendete Bannert den Satz.

»Richtig! Oder eine Prosektur. Wobei man, wie der Vorfall von heute Nacht belegt, auch hier nicht ganz ungestört wäre«, gab Hagedorn zu bedenken.

»Du erinnerst dich daran, was Dr. Strasser zu den Verstümmelungen ausgeführt hat. Dass man zwar kein Chirurg sein, aber dennoch medizinische Grundkenntnisse haben müsse, um die Eingriffe durchzuführen?«, erklärte Hagedorn, wobei er das Wort Eingriffe besonders betonte und in imaginäre Anführungszeichen setzte, die er in die Luft zeichnete.

Bannert nickte. »Ich weiß, worauf du hinauswillst.«

»Hinzu kommt, dass unser Täter sich mit Narkosemitteln auszukennen scheint. Nicht nur, dass er weiß, wie und wo er sie sich beschaffen kann, er weiß sie auch anzuwenden.«

»Das heißt, du vermutest unseren Täter im Umfeld eines Krankenhauses?«

»Langsam Marius, bisher habe ich nur laut gedacht. Aber es wäre plausibel. Vielleicht fänden wir hier auch die Verbindung zu unseren Opfern. Möglicherweise waren sie dort Patientinnen oder haben dort gearbeitet?«

»Hm«, brummte Bannert nachdenklich. Den gemeinsamen Arbeitsplatz können wir, denke ich, ausschließen, aber auf die Idee, dass sie alle in einem Krankenhaus behandelt worden sein könnten, bin ich noch nicht gekommen.«

Bannert kritzelte eine Notiz auf den Block, den er neben sich liegen hatte.

»Diese Art Täter ist oftmals extrem ordnungsliebend«, nahm Hagedorn das Gespräch wieder auf.

»Regelrechte Kontrollfreaks sind das. Studien haben gezeigt, dass solche Menschen oft geplagt werden von Zwangsneurosen, wie Waschzwang, Ordnungszwang, Berührungszwang und was weiß ich noch alles.«

»O. k., verstanden! Aber warum tut er, was er tut? Sein Verhaltensmuster kann ja nicht nur eine Zwangsneurose sein?«

»Ich hatte in der Besprechung ja schon ausgeführt, dass es die Phänomene Nekrophilie und Nekrosadismus gibt. Das alles sind sexuelle Paraphilien. Es gibt da sehr viele Spielarten. Gerontophilie, Sodomie, Pädophilie, Koprophilie, Urophilie zum Beispiel, Voyeurismus und Exhibitionismus ebenso.

Du würdest dich wundern, in wie vielen Menschen, quer durch alle Bevölkerungsschichten, solche Paraphilien schlummern. Das Internet ist voller Foren für alle möglichen Spielarten. Kannst du dich an den Fall erinnern, wo einer sich hat auffressen lassen? Egal. Was ich damit sagen will, dass es unheimlich viele Kranke auf der Welt gibt, die *den* ultimativen sexuellen Kick brauchen. Wie gesagt, schlummern in vielen derartige Fantasien, aber die allermeisten können damit umgehen oder unterdrücken sie erfolgreich. Gefährlich sind die extrem gewalttätigen und destruktiven Fantasien, die sich aus den unterschiedlichsten Gründen Bahn brechen. Es braucht dazu nur einen Trigger, der es auslöst. Extremster Stress, ein traumatisches Erlebnis oder ein sogenannter Flashback, ein plötzliches, intensives Wiedererleben zurückliegender Ereignisse.«

»Sind solche Verstümmelungen wie an unseren Opfern üblich bei Nekrosadismus?«, wollte Bannert wissen.

»Eben nicht, das ist es ja, was den Fall so außergewöhnlich macht. Man hat von Fällen berichtet, bei denen Opfern Gliedmaßen abgehackt wurden, die Leiche zum Teil komplett zerstückelt oder aber regelrecht ausgeweidet wurde.«

»Warum schneidet er ihnen die Geschlechtsteile und die Haare ab? Sammelt er Trophäen?«

»Hm, durchaus möglich. Ich bin mir da nicht sicher«, entgegnete Hagedorn kopfschüttelnd.

»Aber er raubt ihnen ihre Sexualität?!«

»Mehr noch, Marius. Nicht nur ihre Sexualität. Ihre Identität. Der Mensch definiert sich ganz erheblich über sein Geschlecht.«

Für einige Augenblicke herrschte Schweigen, in denen sich Hagedorn gedankenverloren an der Unterlippe zupfte.

»Nein! Nein, ich glaube nicht, dass der Täter sexuell motiviert handelt. Verstehst du, was ich meine?

Er tut es nicht, um sich sexuelle Befriedigung zu verschaffen. Zumindest nicht ausschließlich.«

»Also hängen die Fälle mit der Leichenschändung in der Prosektur doch nicht zusammen?«, fragte Bannert erstaunt.

»Was die intrinsische Motivation betrifft, nicht unbedingt. Ich bin mir im Moment nicht einmal mehr sicher, ob er tatsächlich ein Nekrosadist ist.«

»Was treibt ihn dann an?«

»Unser Mörder könnte ebenso von einem ungezügelten Hass auf das weibliche Geschlecht getrieben sein, was ich für das Wahrscheinlichste halte.

Möglich, dass er von seiner Mutter missbraucht oder misshandelt wurde. Er lebt seinen mörderischen Hass auf sie an ihnen aus. Er desexualisiert sie.«

»So weit kann ich dir folgen«, entgegnete Bannert nachdenklich. »Was ich dennoch nicht verstehe, ist, warum narkotisiert er sie? Warum geht er bei den Opfern unterschiedlich vor? Warum dem einen Opfer die Brüste belassen, dem anderen wiederum nicht? Warum skalpiert er diese, jene aber nicht? Bei zwei Opfern hat er nur die Brüste und den Skalp genommen. Wo liegt da der Sinn?«

»Ganz ehrlich, Marius? Ich habe keine Ahnung. Noch nicht!«

28. Kapitel

In der Nähe von Konstanz

Burger vergewisserte sich, dass das Tee akkurat steckte und der Ball sicher auflag. Mit dem Siebener-Driver trieb er den kleinen weißen Ball in einer einzigen geschmeidig-fließenden Bewegung weit ins Grün. Er hatte den Ball hoch abgeschlagen. Parabelförmig schoss er davon und kam nach etwa hundertachtzig Metern unweit des Pins zum Liegen.

»Ha! Heute siehst du alt aus, mein Freund! Das gibt ein Eagle«, frohlockte Burger, der überzeugt war, auf dieser Bahn zwei unter Par zu spielen.

»Na, warten wir es ab! Noch ist der Ball nicht im Hole. Das sind gut und gerne acht Meter, die es zu putten gilt. Und putten ist dein größtes Handicap.«

»Die Wette gilt, Gernot! Ums Mittagsessen, abgemacht?!«

Gernot Zahnert schmunzelte in sich hinein.

»Abgemacht! Wenn du zwei unter Par bleibst, geht das Mittagessen auf mich.«

Lars Burger war kein wirklich ernst zu nehmender Gegner. In der Golfersprache würde man ihn einen Rabbit nennen, einen Anfänger, obwohl er gute Anlagen besaß, das musste Zahnert anerkennen. In den den letzten beiden Jahren hatte er große Fortschritte gemacht.

Vor drei Jahren hatten sie sich auf einem Wohltätigkeitsball im Konzil kennengelernt.

Hochrangige Vertreter der Wirtschaft, Lokal- wie einige Landespolitiker hatten sich die Ehre gegeben, zu denen Burger offenbar ein sehr persönliches, fast freundschaftliches Verhältnis zu pflegen schien. Natürlich hatte er die Gelegenheit genutzt, sich von Burger in die erlauchten Kreise einführen zu lassen. Das war sein Terrain, hier fühlte er sich wohl. Zu einigen unterhielt Zahnert mittlerweile selbst freundschaftliche Verbindungen, auf die er stolz war. Im Gegenzug verschaffte er Burger eine Mitgliedschaft in einem der renommiertesten Golfclubs des Landes. Seit der Zeit gingen sie regelmäßig zwei- bis dreimal pro Woche zusammen golfen.

»Sag mal, Lars. Wie laufen eigentlich eure Ermittlungen in der Mordserie«, hob Zahnert an, als sie, ihre Trolleys hinter sich herziehend, über das Grün schlenderten.

»Schleppend. Wir haben seit Kurzem einen Berater hinzugezogen, wie du ja weißt. Hatte ich, glaube ich, erwähnt. Nicht wahr?«

»Ja, du hattest ihn beiläufig erwähnt. Einen ehemaligen Fallanalytiker vom LKA, wenn ich mich recht erinnere?«

»Stimmt! So einen hochnäsigen, arroganten Schnösel. Ich hatte schon mit ihm zu tun, als ich selbst noch beim LKA war. Ein unangenehmer Mensch, sag ich dir.«

»Seid ihr denn weitergekommen mit den Ermittlungen? Ich meine, man ist ja seines Lebens nicht mehr sicher, solange so eine Bestie frei herumläuft. Ich getraue mich ja kaum, meine beiden Töchter allein aus dem Haus zu lassen. Ständig müssen meine Frau und ich sie irgendwohin kutschieren.«

»Ich kann dich gut verstehen, Gernot. So wie dir ergeht es vielen. Mein Soko-Leiter, Bannert, du hast ja schon Bekanntschaft mit ihm gemacht, hat die Spurensuche bei der jüngsten Leiche auf einen Radius von fünfhundert Meter ausweiten lassen.

Soweit ich weiß, robben die Kriminaltechniker gerade auf Knien durch das dortige Schilffeld«, schnaubte Burger abfällig.

»Ach, ehe ich es vergesse! Bevor ich meinen Techniker aus deiner Prosektur zurückpfeifen konnte, hat der im Schambereich einer Leiche irgendeine Substanz gesichert.«

»Hat er das? Und was ist das für eine Substanz?«, hakte Zahnert nach.

»Das wissen wir noch nicht. Die Probe ist auf dem Weg ins Labor. Ich habe keine Ahnung, was Banner zu finden hofft. Lange werde ich seinem Treiben ohnehin nicht mehr zuschauen. Ich will endlich Ergebnisse sehen.«

»Ich bin gespannt. Halt mich auf dem Laufenden«, entgegnete Zahnert.

Die Eigenmächtigkeit Bannerts ärgerte ihn immer noch. Seinem Stand und seiner Position geschuldet hatte er erwartet, von Bannert über die Maßnahme in Kenntnis gesetzt zu werden. Schließlich war er es, der das Hausrecht ausübte. Dies war seine Pathologie, seine Klinik.

»Ich hoffe sehr, dass ihr den kranken Scheißkerl bald erwischt.«

»Ich auch, Gernot. Ich auch!«

29. Kapitel

Konstanz

Der für die Bodensee-Region übliche Herbstnebel hielt sich zäh an diesem Vormittag. Sobald die Hochnebelfelder sich auflösten, würde es ein sonniger Herbsttag werden, so jedenfalls lautete die Wetterprognose des lokalen Radiosenders *Seefunk.* Bannert warf einen kritischen Blick zum Himmel, als er sich dem Haupteingang zur Klinik näherte.

»Wird es hier eigentlich auch mal Tag?«, mäkelte Hagedorn, der ihm im Rollstuhl folgte. »Der Nebel und das Halbdunkel machen einen ja rammdösig.«

Die Glastüren des Windfanges glitten zurück. Sie betraten den großen Klinikanbau, der erst vor wenigen Monaten eingeweiht worden war. Die Größe und Weite der Halle hatte etwas Erhabenes. Das zweigeschossige Gebäude war bis zum teilverglasten Dach hin offen. Man konnte sich aber auch verloren vorkommen, wenn man als Patient oder Besucher zum ersten Mal den Empfangsbereich betrat. Zumindest hatte Bannert es so bei seinem ersten Besuch empfunden. Zweifellos, die Lobby war modern, hell und schön, aber für seinen Geschmack zu kalt und zu nüchtern.

»Nicht schlecht!«, staunte Hagedorn. »Na, irgendwo muss die mit den Kranken eingefahrene Kohle ja verbuddelt werden«, fuhr er kopfschüttelnd fort.

»Guten Tag! Bannert mein Name, Kripo Konstanz. Ich habe einen Termin bei Herrn Zahnert.«

Der Mann hinter dem Empfangsschalter, der das Renteneintrittsalter schon lange überschritten zu haben schien, lächelte ihm freundlich zu.

»Ich werde Sie anmelden, Herr Bannert. Einen Augenblick«, bat er, als er zum Telefon griff, eine dreistellige Nummer eintippte und leise in den Apparat sprach.

»Sie finden sich hier zurecht?«, erkundigte sich der Mann, dessen Namenschild ihn als E. Renner auswies.

»Einigermaßen«, log Bannert, der seit der Eröffnung des Neubaus erst zweimal hier gewesen war.

»Zweites Obergeschoss, Zimmer 210. Bitte melden Sie sich in Herrn Zahnerts Sekretariat.«

Bannert dankte ihm und eilte Hagedorn hinterher, der bereits zielstrebig die Aufzüge ansteuerte.

»Imposantes Gebäude«, sagte Hagedorn, als die Lifttüren sich schlossen. »Was das wohl gekostet hat?«

»Einhundert Millionen Euro!«

»Du willst mich wohl verarschen, Marius!?«

»Kein Witz! Vier Jahre Bauzeit.«

Hagedorn grunzte missbilligend. »Einhundert Millionen«, wiederholte er verständnislos.

Mit einem leisen *Pling* glitten die auf Hochglanz polierten Lifttüren auseinander, als sie die zweite Etage erreichten.

»Einhundert Millionen Euro«, wiederholte Hagedorn mantrahaft, während er die Räder des Rollis anstieß und aus der Kabine rollte.

Die schlanke, hochgewachsene Gestalt Zahnerts erhob sich und trat auf sie zu, als die Sekretärin sie in dessen Büro geleitete.

Er trug einen perfekt auf Maß geschneiderten anthrazitfarbenen Zweireiher. Dazu ein exklusives cyanblaues Hemd, das ebenfalls nicht von der Stange zu sein schien.

Auf eine Krawatte hatte er verzichtet oder sie zuvor abgelegt. Obwohl ihm Zahnert von Grund auf unsympathisch war, musste Bannert ihm einen exzellenten Geschmack bei der Wahl seiner Garderobe zugestehen.

»Guten Tag, meine Herren«, begrüßte sie Zahnert nonchalant und reichte ihnen die Hand. Er deutete auf eine ausladende Sitzgruppe. »Bitte, nehmen Sie doch Platz!«

Knarzend ließen sich Bannert und Zahnert in den Ledersesseln nieder, während Hagedorn sich einen Weg an das niedrige Tischchen bahnte. Zahnert schlug die Beine übereinander und faltete die Hände im Schoß. Erst jetzt fiel Bannert das Paar edler Salvatore-Ferragamo-Schuhe auf, dass, so schätzte er, gut und gerne eintausend Euro gekostet haben musste. Vor einigen Jahren hatte er eine Dokumentation über dessen Geschichte gesehen und war seitdem ein Fan dieser Schuhe, wenngleich er sie sich nie würde leisten können. Ohne zu erfassen, was genau es war, erregte etwas an den Schuhen seine Aufmerksamkeit.

»Wie kann ich Ihnen denn behilflich sein?«, riss Zahnert ihn aus seinen Gedanken.

Hagedorn musterte Zahnert scharf von der Seite, während Bannert eine Augenbraue in die Höhe zog.

»Ich bin etwas irritiert Herr Zahnert. Heute Nacht waren Sie weniger hilfsbereit, nicht wahr?«

Zahnert lächelte überheblich.

»Nun, Sie dürfen das nicht persönlich nehmen, Herr Bannert. Ich habe lediglich versucht, die Interessen unserer Patienten zu schützen.

Wie Sie ja wissen, gilt die ärztliche Schweigepflicht, deren Wahrung ich mich als Klinikleiter, ebenfalls verpflichtet fühle, auch über den Tod unserer Patienten hinaus.«

»Nicht doch!«, winkte Bannert gespielt großzügig ab. »Ich nehme das auf keinen Fall persönlich. Auch nicht, dass Sie sich bei Herrn Burger beschwert haben. Im Gegenteil, so haben Sie mir den Gang zu ihm erspart, um ihn über den Vorfall heute Nacht in Kenntnis zu setzen. Ich danke Ihnen!«

Das Grinsen auf Zahnerts Gesicht erlosch augenblicklich.

»Um gleich auf den Punkt zu kommen, Herr Zahnert. Ich habe hier einen Gerichtsbeschluss, der es mir ermöglicht, die Leichen zu begutachten, die sich zurzeit in Ihrer Prosektur befinden. Ferner enthält er die Anordnung, mir Einblick in die Personalakten und Patientenlisten der letzten drei Jahre zu gewähren.« Bannert kramte aus der Innentasche seiner Jacke ein Schriftstück, das er triumphierend in die Höhe hielt.

»Aha, gut! Ich verstehe ...«, stotterte Zahnert. Seine zunehmend röter werdenden Wangen straften den um Contenance bemühten Mann Lügen.

»Müssen Sie dazu nicht das Einverständnis der Angehörigen einholen?«

»Nein, muss ich nicht«, erwiderte Bannert knapp.

Im Moment werden wir nicht mehr tun, als die Leichen äußerlich zu begutachten. Sollten sich hierbei Anhaltspunkte ergeben, werden wir eine gerichtliche Leichenöffnung beantragen, und *dann* werden wir selbstverständlich die Angehörigen von der Maßnahme unterrichten.«

»Was für Anhaltspunkte? Anhaltspunkte wofür?«, erkundigte sich Zahnert unsicher.

Hagedorn, der Zahnert, seit sie das palastähnliche Büro betreten hatten, ununterbrochen beobachtet hatte, ergriff zum ersten Mal das Wort.

»Ich denke, das wissen Sie ganz genau, Herr Zahnert.«

Zahnert, der sich wieder gefangen hatte, antwortete mit Unschuldsmiene: »Ich habe keine Ahnung, worauf Sie anspielen, Herr …?«

»Oh entschuldigen Sie bitte, wie unhöflich von mir. Hagedorn. Falk Hagedorn. Hätten wir den sozialen Umgangsformen damit Genüge getan?«

Zahnert hielt Hagedorns durchdringendem Blick ungerührt stand.

»Sollten wir Anhaltspunkte finden, dass man sich in Ihrer Pathologie an Leichen, an Ihren Patienten, vergangen hat, deren Interessen Sie ja so vehement vertreten, dürfte das kein gutes Bild auf Ihre Klinik werfen. Meinen Sie nicht?«, fuhr Hagedorn süffisant lächelnd fort.

»In der Tat wäre das sehr unerfreulich und würde der Reputation unseres Hauses beträchtlichen Schaden zufügen. Ganz abgesehen von etwaigen Schadensersatzforderungen. Aber ich versichere Ihnen, dass ich, sofern mir solche Vorkommnisse bekannt geworden wären, sie unverzüglich gemeldet hätte.«

Zahnert versteifte sich und nahm eine aufrechtere Position ein.

»Und warum genau interessieren Sie sich für die Personal- und Patientenakten?«

»Sie verstehen, dass ich Ihnen das aus ermittlungstaktischen Gründen nicht sagen kann«, entgegnete Bannert und empfand eine gewisse Genugtuung dabei.

»Eigentlich würde uns eine Namensliste der *Patientinnen* der letzten drei Jahre genügen. Ebenso eine Übersicht aller Beschäftigten der Klinik. Vorerst! Wenn Sie uns die Listen bitte zukommen lassen würden?!«

»Selbstverständlich«, gab Zahnert kleinlaut zurück.

Wenngleich man ihm ansah, dass er innerlich brodelte vor Zorn.

Das weiche Leder knarzte obszön unter Bannerts Gesäß, als er sich nach vorne beugte.

»Dann können wir ja jetzt beginnen, die Leichen zu untersuchen!«

Zahnert machte eine einladende Geste und erhob sich.

»Ich werde Sie in der Pathologie bei Herrn Dr. Ritter ankündigen. Ich werde ihn anweisen, Sie in jeder erdenklichen Form zu unterstützen.«

»Sehr nett von Ihnen«, bedankte sich Bannert übertrieben höflich, hieb sich mit den flachen Händen auf die Schenkel und erhob sich. »Wir finden den Weg allein.«

Obwohl Zahnert gar keine Anstalten unternahm, wollte Bannert vermeiden, von Zahnert begleitet zu werden. Er konnte den Schnösel mit seinem affektierten Gehabe nicht leiden.

»Und was hältst du von ihm, Falk?«, erkundigte sich Bannert, als sie allein im Lift nach unten fuhren.

»Der Schleimer hat uns belogen!«, sagte Hagedorn.

»Denkst du?«

»Oh ja, das denke ich. Ich würde meinen knochigen Arsch darauf verwetten, dass es schon mehrere Vorfälle dieser Art in der Pathologie gab.«

»Aha! Und was macht dich da so sicher, du psychologisches Genie?«, grinste Bannert auf Hagedorn hinunter.

»Mein Gefühl sagt mir das«, konterte Hagedorn.

»Nein, ernsthaft ..., bei der Frage hat Zahnert definitiv gelogen. Seine Körpersprache sagt mir das. Er weiß etwas, das er uns verheimlicht. Außerdem ist der Kerl ein Zwangsneurotiker. Hast du seinen Schreibtisch gesehen? Wie akkurat dort alles geordnet ist. Und ist dir aufgefallen, wie viel Mühe es ihn gekostet hat, dem Impuls zu widerstehen, sich nicht die Hände an der Hose abzuwischen, nachdem er uns die Hände geschüttelt hatte? Ich wette mit dir, dass er sich, sobald wir draußen waren, die Hände mit einem halben Liter Sagrotan desinfiziert hat.«

»Nein, ist mir nicht aufgefallen«, antwortete Bannert geistesabwesend, als sie aus dem Lift traten.

Er konnte sich keinen Reim darauf machen, warum Zahnert sie belügen sollte.

Vielleicht war er ihm gegenüber einfach nur voreingenommen. Er konnte den Kerl auf den Tod nicht ausstehen.

30. Kapitel

Vor einunddreißig Jahren

Es ist sein vierzehnter Geburtstag und ein zauberhafter Frühlingsmorgen, als er aus dem Bett springt, sich seinen Bademantel überwirft und ins Bad am Ende des Flurs eilt, um sich zu erleichtern. Aus dem Erdgeschoss steigt ihm der Duft von gebratenen Eiern mit Speck, frisch getoastetem Weißbrot und warmer Schokoladenmilch in die Nase. Seine Mutter weiß, wie sehr er gebratene Eier mit Speck zum Frühstück liebt, weshalb sie ihn seit vielen Jahren zu seinen Geburtstagen damit überrascht. Wenn sein Vater zu Hause ist gibt es solche, wie er es ausdrückt, kostspieligen Extravaganzen nur selten und schon gar nicht zu seinem Geburtstag. Sein Vater ist krankhaft geizig. Oh, sich selbst gegenüber nie, aber wehe sein Sprössling braucht eine neue Hose, ein Paar Schuhe oder, schlimmer, Geld für eine Klassenfahrt. Seit drei Jahren darf er deswegen an keiner Klassenfahrt mehr teilnehmen. »Zu teuer und zudem völlig sinnlos«, wie sein Vater fand. »Die sollen euch in der Schule lieber was Vernünftiges beibringen, als sinnlose Ausflüge zu unternehmen.«

Letztes Jahr zu seinem Geburtstag gab es keine gebratenen Eier mit Speck. Sein Vater war zu Hause. Es war ein trauriger Tag für ihn gewesen. Ein Samstag, und es hatte zudem in Strömen geregnet. Dass er keine Freunde einladen darf, daran hat er sich über die Jahre gewöhnt, da er ohnehin keine wirklichen Freunde besitzt. An diesem Tag war sein alter Herr schon besonders früh betrunken.

Bereits zur Mittagszeit brüllte er seine Mutter an, dass sie leiser kochen oder gefälligst die Küchentüre schließen solle. Er hatte es vorgezogen, ihm aus dem Weg zu gehen und sich in sein Zimmer zu verkrümeln, wie er es eigentlich immer tut, wenn sein Vater zu Hause ist.

Dieses Jahr jedoch hat er Glück. Vater ist für mehrere Wochen auf einer Wehrübung auf dem Truppenübungsplatz in Grafenwöhr.

»Guten Morgen, mein Liebling«, ruft ihm seine Mutter freudig entgegen als er die Treppe heruntersteigt.

»Komm mal her, mein Schatz.« Kraftvoll zieht sie seinen schmächtigen Körper an sich, schließt ihn zärtlich in die Arme und wiegt ihn hin und her. »Alles Gute zum Geburtstag, mein Schatz!«

Vergeblich versucht er sich ihrer Umarmung zu entwinden und kann nicht verhindern, dass sie ihm einen saftigen Schmatzer auf die Stirn drückt.

»Mamaaaaa!«, ruft er und reibt sich übertrieben die Stirn mit dem Frottee seines Bademantelärmels trocken. »Du weißt, dass ich das nicht leiden kann.«

Der Tisch ist liebevoll gedeckt, und auf seinem Teller liegt ein mit vielen Schleifen verziertes Päckchen.

»Na los, pack es aus«, drängt sie ungeduldig.

Vorsichtig, um das Papier nicht zu beschädigen, löst er die Klebestreifen und wickelt es aus.

»Oh, Mama, ist das toll! Vielen Dank!«, ruft er begeistert aus. Schluchzend wirft er sich ihr um den Hals.

»Danke, danke, danke, Mama!«

Mit spitzen Fingern entnimmt er dem Päckchen ein fliederfarbenes, spitzenbesetztes Unterwäsche-Set, bestehend aus einem BH in kleiner Größe und einem dazu passenden Slip.

Er hält den BH ausgestreckt vor sich und betrachtet ihn mit feuchten Augen.

»Den stopfen wir einfach mit ein paar Seidenstrümpfen aus«, merkt seine Mutter lächelnd an. »Liebling, schau noch mal nach, da ist noch mehr drin«, fordert sie ihn auf.

Rücksichtslos zerreißt er das Geschenkpapier, um an den verborgenen Inhalt des Päckchens zu gelangen. Ein kleines schwarzes Etui kommt zutage. Als er es öffnet, schreit er entzückt auf. Mehrere Lidschatten in verschiedenen Blautönen und ein kleines Schwammpinselchen zum Auftragen verbergen sich darin.

»Gefällt es dir?«, fragt sie überflüssigerweise, da ihm Tränen der Freude über die Wangen kullern.

»Da ist noch mehr drin«, drängt sie.

Erst als er den leer geglaubten Karton umstülpt, flattert ein bedruckter Zettel heraus.

»Was ist das?«, will er wissen, noch bevor er liest, was darauf geschrieben steht.

»Das, mein Schatz, ist ein Termin für eine erste Sitzung bei einem Psychologen, der sich auf transsexuelle Menschen spezialisiert hat.

Ihm fehlen die Worte. Schluchzend wirft er sich ihr in die Arme und weint, wie er es lange nicht mehr getan hat. Nur dieses Mal sind es Tränen der Freude.

Als er sich aus der Umarmung löst, ist die Freude in seinem Gesicht einem düsteren, sorgenvollen Ausdruck gewichen.

»Wie sollen wir das vor Vater geheim halten?«, fragt er mit erstickter Stimme.

»Dein Vater darf auf keinen Fall etwas davon erfahren. Das wird unser Geheimnis bleiben. Weißt du, mein

Schatz, es ist ein langer, langer Weg, um aus dir ein Mädchen zu machen. So viele Untersuchungen, Tests und Gutachten sind nötig. Und mit der Hormonbehandlung könntest du in deinem jetzigen Alter ohnehin noch nicht beginnen«, versucht sie ihn zu trösten.

Ihm ist bewusst, dass seine Geschlechtsumwandlung nicht von heute auf morgen vonstattengehen würde, dennoch ist er ein wenig enttäuscht.

Etwas mehr als zwei Jahre war es nun her, seit seine Mutter ihn überrascht hatte. Er wähnte sich allein im Haus, als er zum Kleiderschrank seiner Mutter geschlichen war, sich eines ihrer Sommerkleider angezogen und die Lippen mit einem Lippenstift angemalt hatte. Dazu schlüpfte er in ein Paar ihrer hochhackigeren Schuhe. Natürlich war alles viel zu groß, aber das störte ihn nicht. Obwohl weder die Schuhe noch die Farbe des Lippenstifts wirklich zum Kleid passten, gefiel er sich sehr darin und stolzierte vor dem großen Spiegel im Schlafzimmer auf und ab, drehte sich im Kreis, warf sich neckische Blicke und Luftküsschen über die Schulter zu, als er schlagartig zu Eis erstarrte. Seine Mutter stand mit auf den Mund gepresster Hand im Türrahmen. Offenbar hatte sie ihn schon länger beobachtet. In diesem Moment wäre er gerne in einem großen schwarzen Loch verschwunden, dass sich bedauerlicherweise aber nicht auftat.

Er hatte sich so sehr geschämt. Das Gesicht in den Händen verborgen, war er schluchzend in die Hocke gesunken.

Nie wieder konnte er seiner Mutter in die Augen schauen. Was sollte sie nun von ihm denken? Würde sie ihn noch lieben?

Erschrocken zuckte er zusammen, als ihre Hand zärtlich über sein Haar strich. Beinahe gewaltsam musste sie seine Hände lösen, in denen er immer noch sein Gesicht vergrub.

Unendlich zärtlich nahm sie sein Gesicht in ihre Hände und flüsterte leise auf ihn ein.

»Schschsch, alles ist gut, mein Schatz. Ich weiß es schon länger.«

»Du weißt …?«, kam es schluchzend aus ihm heraus.

»Na ja. Ich habe es vermutet«, erwiderte sie lächelnd.

Auf dem Teppichboden sitzend hielten sie sich fast eine Stunde lang eng umschlungen, in der er seiner Mutter schluchzend erzählte, wie er sich fühlte und was in ihm vorging. Wie fremd er sich in seinem Knabenkörper vorkam, und auch, dass er sich sexuell zu beiden Geschlechtern gleichermaßen hingezogen fühlte.

Das alles war so verwirrend für ihn, so fremd. Er war sich selbst fremd, wusste nicht, wer oder was er eigentlich war. Abgesehen von seinem schlanken, schmächtigen Körper, wies sein Gesicht feine, feminine Gesichtszüge auf. Und mit seinem selbst für sein Alter viel zu kleinen Penis wusste er auch nichts anzufangen. Der kleine, verkümmerte Wurm war für ihn nur zum Pinkeln gut.

Als dann vor einigen Wochen die ersten Schamhaare zu sprießen begannen, ekelte er sich regelrecht vor sich selbst. Der Körper gehörte nicht zu ihm. Passte einfach nicht zu seinem Wesen, seiner Seele, seinen Empfindungen.

Er hasste seinen Körper! Und was er am meisten hasste, waren die ständigen Bemühungen seines Vaters, aus ihm einen richtigen Mann zu machen. Seit drei Jahren zwang er ihn ins örtliche Karate-Dojo und samstags in den örtlichen Schützenverein. Dort sollte er den Umgang mit Waffen lernen und, wenn er das Alter erreicht hatte, »gefälligst« den Jagdschein erwerben. Anfangs hatte er sich noch geweigert, seinen Widerstand aber nach der ersten Tracht Prügel aufgegeben. Wer weiß, für was es irgendwann mal gut sein könnte, tröstete er sich. Aber er hasste es aus tiefstem Herzen.

Seit der Zeit hatten er und seine Mutter ein streng gehütetes Geheimnis.

»Komm, mein Schatz, lass uns nach oben gehen und die Sachen anprobieren. Wir machen dir die Haare und tragen das Make-up auf. Einverstanden?!«

»Au ja. Das machen wir«, ruft er freudig aus und stürmt, mehrere Stufen auf einmal nehmend, die Treppe hinauf.

Von den vielen Geburtstagen, die folgten, war dieser einer der schönsten, an die er sich erinnerte.

31. Kapitel

Konstanz Altstadt

»Und? Hat dein Kriminaltechniker etwas Nennenswertes festgestellt?«, erkundigte sich Hagedorn kauend.

Bannert hatte Hagedorn, nachdem sie die Klinik verlassen hatten, ins Brauhaus Albrecht ausgeführt, in dem er schon vor zwei Tagen gegessen hatte. Hagedorn kaute genüsslich auf seinem medium gebratenen Filetsteak und sah Bannert fragend an.

»Nein, nicht mehr, als wir eh schon wussten«, antwortete Bannert. Morgen oder übermorgen sollten die Laborergebnisse kommen. Dann haben wir Gewissheit, welche Substanz Kieferle in der Scheide des Mädchens gefunden hat.«

»Nun ja. Viel weiter bringt uns das auch nicht. Außer der Gewissheit, dass jemand die Kleine posthum genagelt hat.«

»Mann, Falk!«

Bannert sah sich verstohlen im Lokal um und warf Hagedorn einen vorwurfsvollen Blick zu.

»Wir sind hier nicht in meinem Büro. Außerdem mag ich solch derbe Aussprüche nicht leiden.«

Hagedorn kommentierte es mit einem gleichgültigen Achselzucken.

»Ist doch so!«

Mit einem großen Schluck Bier spülte er den letzten Bissen seines Steaks hinunter.

»Ich denke, der Typ, der sich an der Kleinen vergangen hat, versucht es wieder.«

»Das denke ich auch«, gab Bannert bestätigend zurück.

»Deshalb habe ich durch unsere Operative Fahndung ein paar technische Gimmicks in Form einer Minikamera mit Alarmaufschaltung in der Prosektur installieren lassen. Wenn er es also noch einmal versucht, spricht der Bewegungsmelder an, und der dadurch ausgelöste Alarm läuft im Führungs- und Lagezentrum auf.«

»Sehr gut!« Hagedorn hob anerkennend seinen Daumen.

Hagedorn hatte weitaus genüsslicher und langsamer gegessen, als Bannert es getan hatte. Auch eine der zahlreichen ungesunden Angewohnheiten der letzten Monate. Alles, was er tat, tat er nur noch schnell oder hektisch. Selbst seinen Kollegen war das schon aufgefallen. Sie machten ihre Witze darüber, wenn er im Laufschritt zum Drucker oder Kopierer eilte oder von einem Büro ins andere Büro. Rita, ihre Schreibkraft, hatte ihn schon mehrfach ermahnt, alles etwas ruhiger und gemächlicher angehen zu lassen, sonst würde er bald einem Herzinfarkt erliegen. Und obwohl er sich redlich mühte, ihren Rat zu beherzigen, fiel er immer wieder in sein altes, konditioniertes Verhaltensmuster zurück.

In den letzten paar Wochen war es jedoch so schlimm geworden, dass er nicht einmal mehr im Schlaf Ruhe fand. Oft dauerte es Stunden, seine sich überschlagenden und ständig durch neue verdrängte Gedanken zu sortieren. Lange konnte und durfte es so nicht weitergehen. Die Ruhephasen waren einfach zu rar. Das war ihm bewusst.

Hagedorn ertappte ihn dabei, wie er seine Gedanken kopfschüttelnd verdrängte.

»Was ist los?«, wollte Hagedorn wissen.

»Nichts, alles in Ordnung«, log Bannert wenig überzeugend.

Hagedorn schien skeptisch, besaß aber in diesem Augenblick genügend Anstand, nicht weiter nachzubohren, worüber Bannert sehr dankbar war.

»Also? Wie ist das eigentlich passiert?«, versuchte Bannert auf ein anderes Thema überzuleiten, erschrak aber im selben Moment über seine eigene Direktheit.

»Hm«, brummte Hagedorn in sein Bierglas, das er in großen Schlucken zur Gänze leerte.

Mit dem Zeigefinger auf sein nun leeres Bierglas deutend, gab er der Bedienung hinter dem Tresen zu verstehen, dass er noch einmal dasselbe zu bekommen wünsche.

»Ich weiß nicht, ob wir uns schon lange genug kennen, dass ich darüber mit dir sprechen möchte. Aber ich vermute, dass du keine Ruhe gibst, bevor ich es dir nicht erzählt habe«, fügte er augenzwinkernd hinzu.

Bannert musste zugeben, dass er vor Neugier brannte, hätte es aber akzeptiert, wenn Hagedorn die Beantwortung der Frage verweigert hätte.

»Ja, es interessiert mich«, antwortete Bannert aufrichtig. »Vor Jahren durfte ich ein Seminar besuchen, das du an der Fachhochschule gehalten hast. Das Thema weiß ich heute nicht mehr. Aber ich hatte dich anders in Erinnerung. Ich gebe zu, ich war im ersten Moment geschockt, als ich dich zu Hause aufgesucht habe.«

Bannert wartete gespannt, bis die Bedienung ein neues Glas Bier vor Hagedorn abgestellt hatte.

Hagedorn schien die Spannung auszukosten und stellte Bannerts Geduld auf eine harte Probe, als er genüsslich das Glas zum Mund führte und einige große Schlucke daraus nahm.

»Eigentlich keine große Sache«, fing Hagedorn an und rülpste verhalten in seine Hand. »Es war ein Unfall. Ich bin bei der Verfolgung eines Tatverdächtigen von einem Dach gefallen. Es war nicht sehr hoch. Ich bin aber so unglücklich auf eine Kante gestürzt, dass ich mir den ersten Lendenwirbelkörper gebrochen habe. Dabei wurde das Rückenmark so stark geschädigt, dass ich seit damals partiell querschnittsgelähmt bin.

»Was bedeutet das, partiell?«, wollte Bannert wissen.

»Dass ich kein Gefühl in den Beinen habe und keine Kontrolle über sie.«

»Betrifft das nur die Beine?«

Hagedorn fing schallend an zu lachen. »Ja, in meinem Fall nur die Beine. Deshalb partielle Paralyse.«

Etwas leiser fuhr er fort: »Mir bleibt zum Glück erspart, in einen Beutel zu scheißen und zu pissen.«

Obwohl ihm Hagedorns derbe Wortwahl nicht gefiel, konnte sich Bannert eines Schmunzelns nicht erwehren.

»Ähm, und der Rest?«, hakte Bannert grinsend nach.

»Das, mein Freund, verrate ich dir nicht! Das geht dich nun wirklich einen feuchten Kehricht an«, feixte Hagedorn nach seinem Glas greifend.

Obwohl unausgesprochen, war Bannert die Antwort auf die Frage klar.

»Nun erzähl mal! Was war das für ein Fall? Wie kam es zu dem Unfall?«

»Du willst es aber ganz genau wissen, was, Marius?«

»Berufskrankheit«, lächelte Bannert. »Und wenn wir schon dabei sind, will ich die Geschichte über Burger, die du neulich im Besprechungsraum angedeutet hast, auch erfahren. Aber bis ins kleinste Detail. Verstanden?!«

»Ich sehe schon, das wird ein langer Abend. Während ich zur Toilette düse, bestellst du noch zwei Bier und zwei Whiskey, okay?«

32. Kapitel

Irgendwo bei Konstanz

Seine »Brüder« im Chatroom machten keinen Hehl aus ihrer Enttäuschung, noch keine Bilder seiner aktuellen Eroberung zu Gesicht bekommen zu haben. Sein Versprechen, es so bald wie möglich nachzuholen, schien sie etwas zu beruhigen. Er loggte sich aus und sah sich im Zimmer um. *»Was für eine Unordnung«*, dachte er. Widerwillig begann er, die leeren Pizza- und Burgerschachteln in einen Müllsack zu stopfen, den er mit anderem Unrat, den er aufsammelte, verknotete und neben die Haustür stellte. Er ermahnte sich, ihn beim Verlassen der Wohnung zu entsorgen, ahnte jedoch schon, dass er mit Sicherheit wieder vergessen würde, ihn mitzunehmen. Nachdem er das Bett frisch überzogen hatte, stopfte er die Bettwäsche mit einigen seiner T-Shirts und drei benutzten Handtüchern in die Waschmaschine, gab ausgiebig Pulver ins Waschmittelfach und startete das Programm.

Er ging in die Küche zurück und leerte den letzten erkalteten Rest des Kaffees aus der Kaffeemaschine in eine benutzte Tasse. Angewidert verzog er das Gesicht, als er daran nippte. Schwer ließ er sich auf die Couch fallen, schaltete den Fernseher ein und zündete sich eine Zigarette an. Zappend hangelte er sich durch die Kanäle und blieb letztlich bei einem lokalen Nachrichtensender hängen, in der Hoffnung, etwas über die neuesten Entwicklungen im Konstanzer Serienkiller-Fall zu erfahren.

»War ja klar«, maulte er missmutig. »Allen möglichen weltpolitischen Kram, aber ja nicht die wichtigen Dinge berichten.« Geopolitische Dinge hatten ihn noch nie interessiert. Genauso wenig wie nationale.

Den Kopf zurückgelehnt, blies er Rauchringe zur Decke und dachte nach. Obwohl er keine Eile hatte, wollte er es heute Nacht tun. Zu euphorisch hatte er im Web damit geprahlt, als dass er nun einen Rückzieher machen oder noch länger damit warten könnte. Am frühen Nachmittag war er zur Klinik gefahren, um die Lage zu erkunden. Brodelnder Zorn war in ihm aufgestiegen, als er in der Pathologie wieder dem schmierigen Bullen begegnet war, der neulich schon da war. Er war sicher, dass er ihn nicht gesehen hatte, zu sehr war er in seine Arbeit vertieft.

Ein Blick auf sein Smartphone zeigte ihm, dass es kurz vor zweiundzwanzig Uhr war. In weniger als zwei Stunden würde er duschen und sich fertig machen. Er konnte es kaum erwarten. Sein Körper vibrierte vor Vorfreude wie eine angeschlagene Klaviersaite.

»Ich komme, mein Engel. Nur noch eine kurze Weile.«

33. Kapitel

Brauhaus

Mit dem zweiten Whiskey und einem weiteren Bier wurde Hagedorn, so schien es Bannert, redseliger und offener. Der von Hagedorn geschilderte Fall, der letztlich zu seinem tragischen Unfall geführt hatte, war weniger spektakulär als Bannert angenommen hatte. Sichtlich mitgenommen hatte Hagedorn geschildert, wie sich seine anschließende Genesung gestaltete und welche Steine ihm seitens des LKA und des Landes Baden-Württemberg selbst in den Weg gelegt worden waren. Burger war daran offenbar maßgeblich beteiligt gewesen.

Während seiner langen Genesung, den monatelangen Reha-Maßnahmen und seiner folgenden Dienstuntauglichkeit hatte er immense Gehaltseinbußen zu beklagen gehabt. Der Umbau seines Autos, die behindertengerechte Umgestaltung seines Hauses und die Anschaffung eines Rollstuhls hatten enorme Summen verschlungen. Und letztlich hatte man ihn unter Anerkennung eines normalen Dienstunfalles in den Vorruhestand entlassen. Bis heute kämpfte er um die rechtliche Anerkennung eines *qualifizierten* Dienstunfalles, der ihn finanziell deutlich besserstellen würde, da er mit dem Ruhestandsgehalt seines Besoldungsendamtes alimentiert würde. Weder für den Umbau seines Hauses oder seines Wagens noch für den Rollstuhl habe er einen nennenswerten Zuschuss erhalten.

Ein Großteil dessen, was er von seiner privaten Unfallversicherung bekommen habe, sei dafür draufgegangen.

Hagedorn stand die Frustration ins Gesicht geschrieben. Aber er kämpfe weiter, schloss er seinen Bericht, und wenn es das Letzte wäre, was er in seinem Leben täte.

Bannert war betroffen. Er mochte sich gar nicht vorstellen, wie sich ein Leben so schlagartig für immer verändern konnte. Nach einer kurzen Pause, in der er Hagedorns Geschichte erst einmal sacken ließ, trieb ihn jedoch seine Neugier zu weiteren Fragen.

»Jetzt erzählt mal von Burger. Du hattest neulich im Besprechungsraum so eine Andeutung gemacht, dass sich Burger im LKA nicht mit Ruhm bekleckert habe. Was war denn da vorgefallen?«

Hagedorn lächelte verschwörerisch. »Dazu brauch ich mehr Whiskey, mein Freund.«

Das Lokal hatte sich unmerklich geleert. Sie waren die einzig verbliebenen Gäste. Hagedorn wedelte mit dem Glas und rief ungeniert »Noch zwei davon, bitte!« durch den Gastraum.

Hagedorn ließ den letzten Rest seines Whiskeys im Glas kreisen und begann zu erzählen.

»Burger war erst wenige Monate am LKA, das hatte ich dir ja gesagt. Aber er führte sich auf wie die Axt im Walde. Kaum dass er die Abteilung übernommen hatte, begann er, alte, gut funktionierende Strukturen aufzubrechen, Leute umzubesetzen, Aufgaben umzuverteilen und so weiter. Niemand konnte ihn leiden, wirklich niemand.« Hagedorn zögerte.

»Na ja, abgesehen von seiner Sekretärin vielleicht. Aber das ist ein anderes Thema.«

»Hatte er was mit ihr?«, löcherte ihn Bannert.

»Ich sagte doch, dass ist eine ganz andere, aber nicht weniger amüsante Story.«

»Okay. Weiter!«, drängte Bannert.

»Mehrere Abteilungen des LKA führten über viele Monate ein Verfahren gegen einen rumänischen Mädchenhändlerring. Als Dreh- und Angelpunkt konnte ein Erotik-Center in Mannheim identifiziert werden. Man hatte Burger, weiß Gott warum, in der Endphase des Verfahrens die Leitung übertragen. Er war getrieben von blindem Aktionismus, gepaart mit einer ungeheuren Portion Unerfahrenheit. Anstatt verdeckte Ermittler oder Informanten in den Laden einzuschleusen, wollte er schnell den Deckel draufmachen. Er ordnete einen Zugriff an und hat SEK und MEK den Laden stürmen lassen, ohne wirklich Aufklärung betrieben zu haben, was die Einsatzkräfte dort erwarten könnte. Es gab eine üble Schießerei, bei der unter anderem zwei Tatverdächtige getötet wurden und ein Kollege des SEK schwer verletzt.«

»Hat der Kollege überlebt?«

»Ja, aber seine Karriere beim SEK war beendet, da seine Schulter kaputt ist. War wirklich eine üble Kiste, die Burger da abgezogen hatte.«

»Hatte das für ihn Konsequenzen?«

»Pff«, prustete Hagedorn höhnisch. »Hackt eine Krähe der anderen ein Auge aus?«

»Hm, ich verstehe«, nickte Bannert.

»Die disziplinarrechtlichen Vorermittlungen, so hatten sie es im Amt genannt, sind im Sande verlaufen. Irgendwann wurde das Verfahren gegen ihn ganz eingestellt. Gar nichts war passiert, überhaupt nichts. Und ganz ehrlich, Marius, so viel kann ich gar nicht essen, wie ich speien könnte, wenn ich sehe, wie Burger sich jetzt als Leitender Kriminaldirektor aufspielt, wie ein Landgraf.

Burger ist nichts weiter als ein kleiner, widerlicher Speichellecker, der einfach die richtigen Kontakte ins Ministerium hat. Ein Schwätzer, wie er im Buche steht.«

Hagedorn griff nach dem vollen Whiskeyglas, das mittlerweile vor ihm stand, und leerte es in einem Zug. »Ich könnte stundenlang Anekdoten über diesen Pinsel zum Besten geben, glaub mir. Wenn ich nur daran denke, wie viele Verfahren den Bach runtergegangen sind, weil der dumme Kerl seine Klappe nicht halten konnte.«

Bannert horchte auf. »Wie meinst du das?«

»Na so, wie ich es sage. Ein Fall ist mir noch präsent, wo in einer großen Spedition eine Durchsuchung durchgeführt werden sollte. Weiß gar nicht mehr, worum es damals ging. Ich oder mein Dezernat waren ohnehin nicht involviert gewesen. Ich meine, es ging damals um Wettbewerbsrechtsverletzungen. Ist auch egal. Jedenfalls, als die Kollegen dort einfielen, waren nahezu alle beweiserheblichen Akten beiseitegeschafft oder geschreddert worden. Erst später hat man herausgefunden, dass der Speditionsinhaber und Burger dicke Golfkumpels sind. Ob nun beabsichtigt oder nicht, ich bin hundertprozentig davon überzeugt, dass Burger ihm im Vorfeld etwas gesteckt hatte. Nur beweisen ließ sich das nie.«

»Das ist ja unfassbar!«, empörte sich Bannert. »Es hat zwar mal Gerüchte gegeben, dass Burger jedem Rockzipfel nachhecheln würde, aber diese Storys sind echt neu für mich.«

»Häng sie aber bitte nicht an die große Glocke«, bat Hagedorn.

»Was war denn nun mit seiner Sekretärin?«

»Was das Gerücht angeht, Marius, liegt ihr in Konstanz gar nicht so falsch. Man hatte ihn tatsächlich in flagranti mit seiner Sekretärin, sprichwörtlich mit heruntergelassenen Hosen erwischt, als sie ihm im Kopierraum einen blies.«

»Wusst ich's doch«, triumphierte Bannert.

Einige Minuten herrschte Schweigen zwischen ihnen.

»Was ist?«, fragte Hagedorn, der Bannerts verlorenen Blick nicht zu deuten wusste.

»Gerade habe ich ein paar Fälle von mir Revue passieren lassen, die, ähnlich wie der von dir beschriebene Fall, in die Binsen gegangen sind. Ich habe vermutet, dass es irgendwo eine undichte Stelle gegeben haben muss. Aber Burger?!«

Bannert wischte jeden weiteren Gedanken daran als absurd beiseite.

»Wer weiß!«, gab Hagedorn zu bedenken. »Ich traue ihm jedenfalls nicht weiter, als ich spucken kann. Es gäbe ja eine Möglichkeit, das herauszufinden.« Hagedorn grinste verschmitzt.

»Und wie?«

»Das ist einfach. Füttere ihn doch bei einer sich bietenden Gelegenheit oder einem weniger sensiblen Fall mit Falschinformationen und warte ab, was passiert. Damit könntest du ihn auflaufen lassen.«

Bannert fand die Idee gar nicht übel, doch für heute hatte er genug über Burger nachgedacht.

Jetzt war er einfach nur müde. Er winkte der Bedienung und zahlte die Rechnung für Hagedorn und sich.

34. Kapitel

Neunundzwanzig Jahre früher

Der kleine rundliche Arzt mit dem lichten Haarkranz redet auf seine Mutter ein, die mit verschränkten Armen seinen Worten lauscht und gelegentlich nickt. Das alles sieht er durch den Glaseinsatz der Zimmertür, in dem er seit drei Tagen liegt. Ein tristes, kärglich eingerichtetes Krankenzimmer. Zwei leere, mit Folien überzogene Krankenbetten stehen seinem gegenüber.

Obwohl er sich konzentriert, gelingt es ihm nicht, den Lippenbewegungen des Mannes nur ansatzweise zu entnehmen, was er sagt. Mutmaßlich würde der Arzt ihr Tipps geben, wie sie mit der Situation und mit ihm umzugehen habe. Dass es gut wäre, ihn in eine Therapieeinrichtung oder an einen Psychotherapeuten zu überstellen, um solche Vorfälle künftig zu verhindern.

Er wendet seinen Blick ab und starrt, wie so oft in den vergangenen Tagen, zur Decke, als könnte er dort etwas erkennen, als stünde dort etwas geschrieben, das ihm Trost oder so etwas wie Zuversicht spendet. Sein Hals fühlt sich wund und rau an. Eine Schwester hatte ihm erklärt, dass seine Speiseröhre gereizt sei durch den Schlauch, den sie ihm zur Magenspülung eingeführt hatten. Von alldem hatte er nichts mitbekommen – nur diffus kann er sich daran erinnern. Auch jetzt schluckt er schmerzhaft einen nach Glaubersalz und Aktivkohle schmeckenden Kloß hinunter. Warum hatten sie ihn nicht einfach sterben lassen?

Er würde Monate brauchen, um den Rückschlag zu verarbeiten. Wenn er ihn denn je würde überwinden können. Alles war so gut gelaufen! Die ersten psychologischen Gutachten waren positiv ausgefallen. Beide Therapeuten bescheinigten ihm gutachterlich die psychologische Transsexualität, befürworteten explizit seine Geschlechtsumwandlung, und seit der Einführung des Transsexuellengesetzes wäre die Behandlung durch seine Krankenkasse sogar übernommen worden. Er schien seinem Traum so nahe zu sein.

Doch ohne die erforderliche Hormontherapie war alles vergeblich, dank seines nichtsnutzigen, prügelnden und saufenden Vaters. Als er und seine Mutter in einer der letzten Sitzungen erfuhren, dass die zwingend notwendige Östrogen-Therapie aufgrund seiner Epilepsie nicht durchgeführt werden konnte, war eine Welt für ihn zusammengebrochen. Dreimal hatte er seither versucht, sich das Leben zu nehmen. Sein letzter Versuch, sich mit Schlaftabletten umzubringen, lag nun drei Tage zurück.

Seinem Vater den dreitägigen Krankenhausaufenthalt plausibel zu erklären, brachte seine Mutter in erhebliche Nöte.

Nicht ein einziges Mal hatte er ihn während der Zeit besucht, geschweige denn sich erkundigt, wie es ihm nach der vorgeschwindelten Darmkolik ging. Wann dem Gefühl der Gleichgültigkeit das Gefühl abgrundtiefen Hasses gewichen war, hatte er schon lange vergessen. Anfangs hatte er sich dafür geschämt, weil es ihm falsch und undankbar vorkam, den eigenen Vater zu hassen. Oh, wie sehr er ihn mittlerweile hasste!

Gelegentlich ertappte er sich dabei, wie er sich in Tagträumen verlor, in denen dieses Ungetüm einem tödlichen Unfall zum Opfer fiel, eingeklemmt und zermalmt unter einem seiner blöden Panzer, die er so glühend liebte. In späteren Fantasien war er es selbst, der ihn tötete. Grauenvoll, schmerzhaft und quälend langsam. Weder er noch seine Mutter hatten durch ihn jemals Liebe erfahren. Es schien, dass sein Vater nichts anderes konnte, als andere zu peinigen und zu erniedrigen. Allein das wenige, was seine Mutter ihm gelegentlich beichtete, hatte ihm schier das Herz zerrissen. Der Tag würde kommen, an dem er ihm eigenhändig den Schädel einschlagen würde.

Wenn jemand den Tod verdient hatte, dann war es diese Bestie!

35. Kapitel

Konstanz

Unablässig und gnadenlos fraß sich das nervtötende Geräusch in sein Unterbewusstsein, bis er schließlich begriff, dass es das Klingeln seines Handys war. Nervös wanderte es vibrierend über das Nachttischchen, als er es griff und das Gespräch annahm.

»Ja, Bannert!«, brummte er schlaftrunken. Sein Schädel fühlte sich an, als steckte er in einem Schraubstock, dessen Spindel ein Folterknecht genüsslich Windung um Windung enger drehte. Seine jahrelange Alkoholabstinenz rächte sich nun bitter. Drei Biere und drei Whiskeys waren definitiv zu viel für ihn gewesen. Den Wagen hatte er am Brauhaus stehen lassen und war mit dem Taxi nach Hause gefahren.

»Die Jule hier, vom FLZ«, flötete eine junge, angenehme Stimme. »Eben wurde der Alarm ausgelöst.«

»Welcher Alarm?«, erkundigte er sich wundernd.

»Na, die Alarmschleife, die ihr im Krankenhaus installiert habt.«

Siedend heiß fiel ihm die Prosektur ein.

»Sorry, jetzt bin ich wach! Habt ihr schon eine Streife dort hinbeordert?«

Schon in dem Moment, in dem er seine Frage aussprach, kam sie ihm dumm und überflüssig vor. Natürlich hatte das FLZ schon eine Streife entsandt.

»Klar, zwei Streifen sind auf der Anfahrt. Wir sollten bald Rückmeldung bekommen.«

»Danke dir, Jule. Ich komme so schnell wie möglich.«

»Ist gut, Marius!«

»Ähm«, druckste er herum. »Könntest du mir ein Taxi schicken? Ich habe meinen Wagen am Brauhaus Albrecht stehen lassen.«

»Aha!«, kommentierte sie wissend. »Taxi schicke ich dir. Immer noch die gleiche Anschrift?«

»Ja. Immer noch die gleiche Adresse.«

»Taxi kommt!«

»Danke dir. Du hast was gut, Jule.«

»Ein Kaffee würde reichen«, konterte sie hörbar lächelnd. »Komm doch mal bei uns im FLZ vorbei.«

»Mach ich gerne.« Bannert konnte sich ein Grinsen nicht verkneifen. Es war ihm keinesfalls entgangen, dass Jule – Julia, wie sie richtig hieß – gerne und bei jeder sich bietenden Gelegenheit mit ihm flirtete. Bannert verabschiedete sich und eilte ins Bad, um sich ein wenig frisch zu machen.

Das Taxi bog gerade um die Ecke, als er nur wenige Minuten später auf die Straße trat.

Die vier uniformierten Streifenkollegen warfen sich ein verstohlenes Grinsen zu, als Bannert, die Hände tief im Parka vergraben und mit gesenktem Kopf, in der Pathologie ankam.

»Ihr braucht gar nicht so zu grinsen«, grummelte Bannert und knuffte einem Kollegen gegen die Schutzweste. »Ihr würdet auch nicht besser aussehen, wenn man euch nach einem Zechgelage um drei Uhr nachts aus dem Bett katapultieren würde.«

Bannerts Blick schweifte durch die Pathologie. Nichts war außergewöhnlich. Alles schien so zu sein, wie es zu sein hatte.

»Habt ihr jemanden angetroffen?«, erkundigte er sich.

»Nein. Die Tür war zwar nicht verschlossen, aber wir haben den Raum so angetroffen wie Sie jetzt.«

Bannerts Kopf fuhr herum, um den *Siezer* anzuschauen. Der Wortführer war ein blutjunger Kommissar, dessen Bekanntschaft Bannert noch nicht gemacht hatte. Ein frischgebackener Absolvent der Fachhochschule, mutmaßte er.

»Lass den Quatsch! Ich bin Marius«, stellte er sich vor und reichte dem Jüngling die Hand. »Bist du neu auf dem Revier?«

»Freut mich sehr. Ich bin Sascha! Richtig, ich bin erst seit ein paar Wochen fertig mit dem Studium.«

»Na dann, Sascha. Ich denke, es gibt hier heute Nacht nichts mehr für euch zu tun. Aber ich danke euch für eure Unterstützung.«

Sie reichten einander die Hand und verabschiedeten sich.

Bannert vermied es, allzu weit in den gefliesten Raum hineinzugehen oder irgendwelche Dinge zu berühren. Kieferle war immer für eine Überraschung gut Es war ihm durchaus zuzutrauen, dass er sich die eine oder andere kriminaltechnische Raffinesse hatte einfallen lassen, um den Täter zu überführen. Technische Möglichkeiten gab es viele. Er drehte sich ergebnislos noch einmal um die eigene Achse, ehe er das Licht löschte und die Pathologie verließ.

36. Kapitel

Polizeipräsidium Konstanz

Den ganzen Vormittag über musste er die Spötteleien seines Teams über sich ergehen lassen. Mit pochenden Kopfschmerzen, die er vergeblich mit Aspirin zu dämpfen versuchte, war er erst gegen neun Uhr im Soko-Raum eingetroffen. Allgemeines Gelächter brandete auf, unterstrichen von schnippischen Bemerkungen, da man es von Bannert nicht gewohnt war, dass er verschlief. Ausgerechnet ein Marius Bannert, *die* personifizierte Selbstdisziplin.

Viel hatte es nicht zu berichten gegeben. Die Rückmeldungen auf die Anfrage wegen des auffälligen Tattoos des Opfers waren verhalten und bislang alle abschlägig, vermeldete die junge LKA-Kollegin Nathalia Buday. Bannert hatte ihr gedankt und sie ermutigt dranzubleiben. Die Spurensicherung ackerte sich immer noch mühevoll Meter für Meter durch das Schilffeld. Auch hier gab es keine nennenswerten Meldungen. Bannert bat Kieferle abschließend, sich um die Sicherung der Videodaten aus der Pathologie zu kümmern.

»Hattest du nicht gesagt, dass es keine Auffälligkeiten gab?«, nörgelte Kieferle

»Stimmt schon«, pflichtete ihm Bannert bei. »Vermutlich war der Bewegungssensor einfach zu sensibel kalibriert, aber dennoch bitte ich dich nachzuschauen, ob etwas aufgezeichnet wurde.«

Kieferle nickte ergeben. »Als ob ich nicht schon genug um die Ohren hätte«, maulte er leise vor sich hin.

Bannert wusste, dass er dem KT-Team gerade sehr viel abverlangte, allen voran Karsten Kieferle. Schließlich war es bei dem Wetter keine beneidenswerte Aufgabe, sich, auf den Knien robbend, durch ein Schilffeld zu kämpfen und darüber hinaus konzentrierte Spurensuche zu betreiben. Bannert nahm sich vor, Kieferle und seinem Team bei der nächsten sich bietenden Gelegenheit ein Bier auszugeben und wenn möglich ein, zwei freie Tage zu genehmigen. Überstunden hatten alle reichlich angesammelt. Sein eigenes Stundenkonto hatte die Vierhunderter-Marke bereits vor Wochen geknackt.

Nur allmählich sanken seine Kopfschmerzen auf ein erträgliches Maß. Mit den Fingerknöcheln massierte er seine tränenden Augen, was in letzter Zeit häufiger auftrat, wenn er über mehrere Stunden in den Monitor gestarrt hatte. Zahnert, der Verwaltungschef der Klinik, hatte ihm die verlangte Personalliste und eine Aufstellung weiblicher Patienten kommentarlos zugemailt. Die Patientenliste enthielt lediglich Name, Vorname und Geburtsdatum, was nicht viel, aber für ihre Zwecke ausreichend war.

Beide Listen hatte er umgehend mit dem Vermerk *Eilt* an seine IT-Leute aus dem Team weitergeleitet mit der Bitte, sie aufzuarbeiten, alle Namen durch die polizeilichen Systeme zu jagen und mögliche Querverbindungen abzuklären.

Bannert lehnte sich in seinem Bürostuhl zurück und massierte sich, mit den Fingerspitzen kreisend, seine Schläfen. Der Kater vom vergangenen Abend brachte ihn schier um.

Er schwor sich, nie wieder gebrannten Alkohol zu

konsumieren. Da er Hagedorn noch nicht zu Gesicht bekommen hatte, vermutete er, dass der noch schlief.

Dem großen Fenster zugewandt, ließ er seinen Blick über den Himmel schweifen. Es schien, als würde sich sein derzeitiger Gemütszustand in der Wetterlage widerspiegeln. Gleich einer zähen Masse trieb der Herbstwind schwere graue Wolken vor sich her. Er mochte die Tristesse des Herbstes nicht, und noch weniger mochte er die Melancholie, der er zuweilen zu erliegen drohte. Man hörte und las ja oft von Menschen, die von Herbstdepressionen geplagt wurden. Vielleicht war er ja einer von jenen, ging es ihm durch den Kopf. Möglicherweise sollte er einfach mal zum Arzt gehen und seine Blutwerte checken lassen. Bestimmt mangelte es ihm nur an Vitamin D. Bannert griff nach seinem Handy, um einen Termin bei seinem Hausarzt zu vereinbaren, als die Tür zu seinem Büro so heftig aufgestoßen wurde, dass sie gegen den gummierten Türstopper knallte und ebenso heftig zurückschwang.

»Bannert!«, schrie Burger, »Sie haben sich erneut einer direkten Weisung von mir widersetzt!«

Nur mit Mühe gelang es Bannert ein Grinsen zu unterdrücken, da sein Chef erst in allerletzter Sekunde verhindern konnte, von seiner eigenen Unbeherrschtheit k. o. geschlagen zu werden. Burger fing sich jedoch schnell wieder und fuhr mit unverminderter Lautstärke fort, nachdem er die Tür, etwas sanfter diesmal, aufgeschoben hatte.

»Hatte ich Ihnen nicht untersagt, die Leichen in der Klinik weiter zu untersuchen?«

Bannert nickte bedächtig. »Das ist richtig!«

»Wie kommen Sie dann dazu, sich meiner Anweisung zu widersetzen und über die Staatsanwaltschaft entsprechende Beschlüsse zu besorgen?«

Bannert entschied, seinen Chef toben zu lassen. Er war derlei Konfrontationen und Diskussionen leid, zumal mit dem Mann nicht vernünftig zu reden war. Und er sah keinen Sinn darin, ihm zu erklären, warum er die Beschlüsse beantragt hatte.

»Und ist es richtig, dass Sie von Zahnert die Herausgabe von Patientendaten und Mitarbeiterlisten verlangt haben?«

»Auch das ist korrekt!», erwiderte Bannert knapp.

Offenbar hatte Burger mit einem Dementi oder einer Erklärung gerechnet und stand nun, die Hände in die Hüfte gestemmt, um Fassung ringend im Türrahmen.

»Ich glaube, ich habe mich gerade verhört?!«, fuhr Burger mit zorngerötetem Gesicht fort.

»Gernot Zahnert ist seit vielen Jahren Leiter einer der größten Kliniken im süddeutschen Raum und ein absolut integrer Mann. Für Zahnert kann ich mich verbürgen!«

»So, so! Kannst du das?«, erklang Hagedorns tiefe Stimme hinter dem Rücken Burgers, der erschrocken herumfuhr.

»Wenn dein Freund Zahnert so integer ist, wieso belügt er uns dann? Hm, Lars?«

»Halten Sie sich da raus, Hagedorn«, blaffte Burger. »Und verschonen Sie mich mit Ihrem Zynismus!«

»Nein, das werde ich nicht tun. Zahnert hat uns belogen, weil er eine Riesenschweinerei in seiner Pathologie zu vertuschen versucht.«

Burgers Blick huschte irritiert zwischen Bannert und Hagedorn hin und her.

»Was meinst du mit *vertuschen?*« Burger schien die Förmlichkeiten, auf die er so viel Wert legte, plötzlich über Bord geworfen zu haben.

Hagedorn wedelte mit einem Blatt Papier, als er fortfuhr:

»Zahnert wusste, dass es in seiner Pathologie Unregelmäßigkeiten gab oder gibt.«

»Unregelmäßigkeiten? Was für Unregelmäßigkeiten?«, blaffte Burger.

»Herrgott! Stell dich doch nicht dümmer an, als du bist, Lars.«

Bannert überlegte kurz, ob Burger ihm dieselbe Respektlosigkeit durchgehen lassen würde.

Hagedorn drückte den Steuerungshebel seines Rollstuhls nach vorne, der sich summend in Bewegung setzte und Burger zwang, einen großen Schritt zur Seite zu machen, um nicht überrollt zu werden.

Bannert warf Hagedorn einen fragenden Blick zu, den der mit einem knappen Nicken bestätigte.

»Hier haben wir den Beweis, dass sich jemand an der Frauenleiche vergangen hat.«

Ungeduldig entriss Burger Hagedorn das Blatt und begann es zu überfliegen.

»Okay, das beweist lediglich den Umstand, dass jemand eine Leiche geschändet hat. Aber wie kommst du darauf, dass Zahnert etwas zu vertuschen versucht?«

Hagedorn stieß ein bellendes Lachen aus.

»Zahnert war so bemüht, eine Untersuchung der Leichen zu verhindern, dass er sogar dich vor seinen Karren gespannt hat. Und eines sag ich dir, Lars, ich merke, wenn mich jemand belügt.«

»Ich denke, du überschätzt dich maßlos, Falk. Was du glaubst und was nicht, ist mir gleichgültig«, schnaubte Burger. Sein Zeigefinger stach bedrohlich in Hagedorns Richtung.

»Und solange ihr mir keine Beweise liefert, dass Zahnert irgendetwas davon wusste, verbitte ich mir weitere

Ermittlungen gegen ihn. Ich werde nicht zulassen, dass ihr mit vagen Vermutungen und haltlosen Anschuldigungen den Ruf dieses Mannes diskreditiert.«

Hagedorn fiel es sichtlich schwer, Ruhe zu bewahren.

»Ich rekapituliere. Du verbietest also mir und deinem leitenden Ermittler, eine Straftat aufzuklären? Du behinderst uns tatsächlich, mögliche Verbindungen der Opfer zueinander zu finden, um einem Serienkiller das Handwerk zu legen?«

Burger war perplex und rang vergeblich nach einer passenden Antwort.

»Weißt du, Lars«, fuhr Hagedorn fort, »die Ermittlungen gegen dich, damals beim LKA, mögen im Sande verlaufen sein. Aber wenn du weiter die Ermittlungen in diesem Fall behinderst, schwöre ich dir, werde ich dich wegen Strafvereitelung belangen. Du wandelst auf sehr dünnem Eis, mein Freund.«

Bannert verschlug es den Atem. Hatte Hagedorn seinem Chef gerade die Pistole auf die Brust gesetzt?

»Das hat noch ein Nachspiel, Falk! Wenn du glaubst, ich lasse das auf mir sitzen, dann hast du dich gewaltig getäuscht.«

Wutschnaubend stürmte Burger aus dem Büro.

37. Kapitel

Frankfurt am Main

Der Wind hatte etwas zugenommen und blies eine leere Plastiktüte über den Vorplatz des Frankfurter Hauptbahnhofs.

Sie saß, den Kragen ihrer Jacke hochgeschlagen, immer noch in dem Café und starrte ungläubig auf das Display ihres Smartphones. Hatte sie das eben beendete Gespräch nur geträumt? Konnte es wirklich wahr sein?

Ihre Agentin hatte ihr die Nebenrolle in einer TV-Serie vermittelt, für die sie schon vor Wochen vorgesprochen hatte. Mit dem üblichen »Wir melden uns bei Ihnen« hatte man sie entlassen. Für sie war klar, dass sich die Produktionsfirma nach der langen Zeit auch nicht mehr melden würde. Die Verbindung war nicht sehr gut gewesen, als ihre Agentin die Nachricht übermittelte. Ihre Stimme hatte sich vor Freude beinahe überschlagen am Telefon. Dennoch wusste sie nicht mehr, ob es eine Daily-Soap oder eine Krimiserie war, für die sie engagiert worden war. Egal! Entscheidend war, dass sie endlich eine Rolle und zumindest für die nächsten vierzehn Monate ein gesichertes Einkommen hatte. Am liebsten wäre sie durch die Straßen getanzt und hätte ihre Freude und Erleichterung laut herausgeschrien. Da schon einmal ein Vertrag geplatzt war, zügelte sie aber ihre Euphorie.

»Ruhig, ganz ruhig, Karina! Erst wenn die Tinte unter

dem Vertrag trocken ist, kannst du feiern«, ermahnte sie sich.

Überglücklich und befreit besorgte sie sich einen weiteren Becher Cappuccino und setzte sich zurück an das Tischchen. Endlich hatten ihre Geldsorgen ein Ende.

Zumindest vorübergehend. Und sie war sich sicher, dass es danach weiterginge. Es war ihre Chance, und sie würde sie nutzen.

Der Vertrag würde ihr in den nächsten Stunden per Mail zugehen, hatte ihre Agentin gesagt. Und das bedeutete für sie die reinste Folter. Sie kannte sich. Im Fünf-Minuten-Rhythmus würde sie ihre Mails abrufen, bis die erlösende Nachricht mit dem Vertrag im Anhang endlich eingegangen sein würde.

Fröstelnd, aber glücklich lächelnd zog sie den Kragen ihrer Jacke tiefer ins Gesicht. Sie meinte sich zu erinnern, dass es letztes Jahr um die Zeit deutlich wärmer und schöner gewesen war. Trotz der Kälte wollte sie noch nicht aufstehen. Für einen kurzen Moment überlegte sie, ihren Vater anzurufen und ihm die großartige Neuigkeit mitzuteilen, entschied sich aber dagegen. Es wäre schöner, wenn sie ihm dabei in die Augen schauen könnte.

Die Gelegenheit dazu würde sie bald bekommen. Nun freute sie sich sehr darauf, ihn wiederzusehen. Das erste Mal seit fast drei Jahren. Als ihr Handy mit einem hellen *Pling* den Eingang einer neuen Nachricht verkündete, nahm sie es so schnell auf, dass es ihr entglitt. Wild fuchtelnd jonglierte sie es durch die Luft, bis sie es endlich zu fassen bekam, bevor es auf den asphaltierten Boden fallen konnte.

»Das hätte noch gefehlt, dass du jetzt dein Handy zerstörst, du Dussel«, schalt sie sich. Es war nicht die er hoffte Mail, aber eine Nachricht in der Give-me-a-lift-Gruppe. Sie hatte eine Mitfahrgelegenheit.

»Yes!«, rief sie triumphierend aus. »Läuft doch!«

Sie würde heute noch ihren Vater wiedersehen.

38. Kapitel

Irgendwo in Konstanz

Die Neonröhre im Keller brummte missmutig und entzündete sich nur stotternd, als er die Kellertür aufstieß und die Treppe langsam hinunterstieg. Der Zugang zum Keller, dafür hatte er in monatelanger Arbeit gesorgt, blieb fremden Augen nahezu verborgen. Scherzhaft hatte er den Raum einmal seine »Festung der Einsamkeit« genannt. Und das war es nahezu, eine Festung. Die schmalen Fenster nachträglich zugemauert, die Wände mit schallisolierenden Platten verkleidet und ordentlich verputzt, hatte er sich sein persönliches Refugium geschaffen, von dem niemand wusste.

Er kramte das Döschen aus seiner Jackentasche und öffnete dessen Drehverschluss mit spitzen Fingern. Aus dem Regal hinter sich angelte er sich einen Stehkolben, von denen er schon vor Monaten ein gutes Dutzend aus dem Zentrallabor hatte mitgehen lassen. Im Internet fand er passende Korken, die zwar nicht für den Zweck vorgesehen waren, aber hervorragende Dienste leisteten. Mehr Kraft benötigte er zum Öffnen des Kanisters. Gurgelnd ergoss sich das Formalin in den Trichter, den er zuvor in den Stehkolben gesteckt hatte, wobei er dabei sein Gesicht etwas zur Seite drehte, um möglichst wenig Dämpfe zu inhalieren. Anfangs war er nicht so sorgsam vorgegangen und musste die leidliche Erfahrung einer Formalin-Atemwegsreizung machen.

Über Wochen hielt sich ein zäher Reizhusten, von dem er fürchtete, ihn nie wieder loszuwerden.

Er stellte den Kanister auf den Boden zurück und schob ihn mit dem Fuß unter die Werkbank, bis er zur Gänze darunter verschwunden war. Als er das Döschen über dem Stehkolben auf den Kopf stellte, tippte er mit dem Finger auf den Boden, bis der Inhalt sich löste und mit einem leisen *Plopp* in das Formalin eintauchte. Danach verkorkte er den Stehkolben und stellte ihn in das Regal zu den anderen Andenken. Nur das Etikett fehlte noch. Später! Das hatte noch Zeit.

Die Hände in die Hüfte gestemmt, wanderte sein Blick stolz über die ansehnliche Sammlung fein säuberlich aufgereihter Glaskolben. Mit jedem Inhalt verband ihn ein besonderes Erlebnis. Zufrieden seufzend wandte er sich um und verließ den Keller.

Die Augen geschlossen, die Hände vors Gesicht geschlagen, saß er auf seiner Couch und atmete wie ein süchtiger Klebstoffschnüffler durch die Hände und versuchte den schwindenden Geruch tief zu inhalieren. Erst als sich ihr Duft gänzlich verflüchtigt hatte, gestattete er sich zu duschen. Er bedauerte diesen Umstand zutiefst. Vor Jahren war ihm der Roman *Das Parfum* in die Hände gefallen. Und obwohl er nie ein leidenschaftlicher Leser gewesen war, hatte er das Buch verschlungen. Die Düfte junger Frauen einzufangen und in einem Parfum zu konservieren, war Fiktion. Zumindest nahm er das an. Wenngleich es ihm nicht so erging wie dem Protagonisten Jean-Baptiste Grenouille, konnte er dessen Besessenheit für die Gerüche seiner Opfer sehr gut nachempfinden.

Er war diesbezüglich empfindungsreicher. Allein der olfaktorische Reiz wäre ihm zu wenig, würde ihn nicht befriedigen. Er musste sie mit allen Sinnen genießen. Und das hatte er getan.

Mit einem teuren antibakteriellen Duschgel wusch er sich gründlich Haut und Haare. So sorgsam, wie er seine letzte Eroberung gereinigt hatte, säuberte er nun auch sich.

Die Augen geschlossen, genoss er das heiße Wasser, das über seinen Körper rann. Seine Hände glitten über seine Brust, über den Bauch in seinen Schritt, während er sich die letzten Stunden ins Gedächtnis rief. Augenblicklich bekam er eine Erektion, als sich die Bilder ihres zarten Körpers, ihrer Brüste und ihres wundervollen Mundes, der ihn so bereitwillig aufgenommen hatte, vor seinem inneren Auge manifestierten.

Das schrille Läuten der Türklingel riss ihn jäh in die Realität zurück.

39. Kapitel

Sechsundzwanzig Jahre früher

»Die folgenden Stunden und Tage werden zeigen, ob Schäden zurückbleiben.«

Dumpf dringen die Worte des Arztes in sein Gehirn, ohne dass er deren Tragweite zu erfassen vermag.

»Wir konnten die Blutung in der linken Hemisphäre stoppen, aber der Druck könnte einige Regionen des Gehirns geschädigt haben«, fährt der Mann in dem weißen Kittel fort.

Sicherlich hatte sich ihm der Arzt vorgestellt, aber er kann sich beim besten Willen nicht an den Namen erinnern. Er glaubt, dem dicklichen, bereits ergrauten Mann schon irgendwo begegnet zu sein. Nur wo?

Nervös knetet er die Hände, während sein Blick zwischen dem Gesicht des Arztes und einer ihn begleitenden jungen Ärztin hin- und herwandert. Ihr besorgter Gesichtsausdruck spricht Bände.

Sein Mund ist so trocken, dass es einen schmatzenden Laut gibt, als er zu sprechen beginnt.

»Was heißt das? Was für bleibende Schäden?«, fragt er an die Ärztin gewandt.

Auf das unmerkliche Nicken des Arztes hin berührt sie sacht seinen Oberarm.

»Lass uns in die Cafeteria gehen, dann erkläre ich dir alles.«

An ihren Kollegen gewandt fährt sie fort: »Danke, Dr. Kauder, ich kümmere mich um ihn.«

Dr. Kauder nickt erleichtert und empfiehlt sich mit einem Lächeln, das zuversichtlich wirken soll, ehe er mit wehendem Kittel den Gang hinuntereilt.

Für einen kurzen Augenblick schließt er die Augen. Als er sie wieder öffnet, hofft er dem Albtraum entflohen zu sein. So viele Emotionen brodeln in seinem Inneren, ohne dass er in der Lage ist, das vorherrschende Gefühl definieren zu können: Zorn, Hass, Angst, Sorge um seine Mutter oder die Ungewissheit, was ihm die Ärztin wohl gleich erzählen würde? Mit sanftem Druck bugsiert sie ihn den Gang hinunter auf die Cafeteria zu. Raum und Zeit scheinen jede Bedeutung verloren zu haben, denn er kann sich nicht erinnern, wie er an den Tisch gelangt ist, als sie plötzlich neben ihm steht und zwei Tassen dampfenden Kaffees in den Händen hält. Vorwurfsvoll sieht sie ihn an, als sie seine blutverschmierten Handflächen bemerkt, in die er noch wenige Sekunden zuvor teilnahmslos gestarrt hatte. Halbmondförmig zeichnen sich die Einschnitte seiner Fingernägel darin ab. Vermutlich unbewusst muss er die Hände so fest und kraftvoll zu Fäusten geballt haben, dass es, ohne dass er es selbst wahrgenommen hatte, zu bluten anfing. Rasch nimmt er eine Serviette aus dem Ständer, die auf jedem der Tischchen zu finden sind, und tupft sich die Handflächen. Die Einschnitte brennen, aber er genießt dieses Gefühl. Es scheint, als würde der Schmerz ihn langsam in die Realität zurückholen.

»Echt, du solltest das sein lassen«, sagt sie streng. Das kann sich entzünden. Außerdem gibt es hässliche Narben«, fügt sie etwas milder lächelnd hinzu, als sie ihm eine der Tassen reicht.

»Ich hoffe, du trinkst Kaffee? Ich kann dir auch etwas anderes holen!«

»Nein, schon gut. Kaffee ist prima«, schwindelt er.

Obwohl es nicht die Tageszeit ist, zu der er gewöhnlich Kaffee trinkt, genießt er das heiße, aromatische Gebräu in kleinen Schlucken.

Das Krankenhaus ihrer Stadt ist klein, deshalb ist es nicht verwunderlich, dass sie zu dieser Stunde die einzigen Gäste sind, die in der Cafeteria sitzen. Schon seit Jahren gibt es Pläne, das Krankenhaus zu schließen. Er entschließt sich, sich später darüber zu wundern, dass es immer noch in Betrieb ist. Aber jetzt ist er einfach nur dankbar, dass es mit seinen Ärzten noch da ist.

Ein komisches Gefühl hatte ihn beschlichen, als er vom Karate nach Hause gekommen war und Festbeleuchtung herrschte. Sein Vater hasste Verschwendung. Nicht aus ökologischen Gründen, sondern nur seiner Brieftasche wegen. Irgendwann, so hofft er, würde Vater an seinem Geiz ersticken.

»Ich bin wieder dahaaa!«, rief er und stellte seine Sporttasche in die Ecke bei der Garderobe, er würde sie später mit nach oben nehmen. Seine Kehle fühlte sich ausgedörrt an, weshalb er zum Kühlschrank ging und sich ein großes Glas Milch einschenkte.

»Hallo!? Mama?«

Keine Antwort.

Wahrscheinlich ist sie im Badezimmer oder im Keller Wäsche aufhängen, ging es ihm durch den Kopf.

Er schlenderte ins Wohnzimmer hinüber und verharrte inmitten der Bewegung.

»Mama? Mama, wo bist du?«

Der Sessel lag umgekippt auf dem Fußboden, die Couch und der Couchtisch waren verrückt, die Gardinen hingen zerrissen, nur noch von wenigen Ösen gehalten, schräg im Fenster, einige Gläser in der Vitrine waren umgestürzt. Es sah aus, als hätte ein Tornado gewütet.

Was war geschehen? Panik überkam ihn. Er stellte sein Glas auf dem Sideboard ab und eilte durch den Flur. Eine düstere Vorahnung hatte sich seiner bemächtigt.

»Mama? Wo bist du? Papa?«

Mehr stolpernd als rennend polterte er, mehrere Stufen nehmend, die Treppe hinauf und stürzte ins Badezimmer, fand hier jedoch niemanden. Auch im Schlafzimmer seiner Eltern wurde er nicht fündig. Schließlich entdeckte er sie in seinem Zimmer, auf dem Rücken liegend, die Gliedmaßen seltsam verrenkt. Um ihren Kopf hatte sich, wie ein Heiligenschein, eine tiefrote, klebrige Pfütze gebildet, die bereits in den Teppich zu sickern begann.

»Oh Gott! Mama!«, schrie er, als er zu ihr stürzte.

Unsicher, ob er sie berühren oder bewegen durfte, tätschelte er sanft ihre Wange. Ein leises, kehliges Röcheln war zu hören. Ihr Gesicht sah schrecklich aus. Eines ihrer Augenlider war gänzlich zugeschwollen, die Lippen aufgeplatzt, und der verschobene Kiefer verlieh ihrem malträtierten Gesicht einen beinahe hämischen Ausdruck.

»Mama! Hörst du mich?! Alles wird gut. Ich rufe einen Krankenwagen«, stammelte er.

Gleich einem sterbenden Fisch zuckte ihre Zunge unkontrolliert in ihrem Mund hin und her.

»Pscht, Mama, nicht sprechen! Ich bin gleich zurück. Ich geh nur schnell hinunter ans Telefon. Ich bin gleich wieder zurück, okay!?«

Für einen Augenblick schloss sie das unversehrte Auge. Sie hatte verstanden.

Obwohl es nur acht Minuten dauerte, bis der Krankenwagen und die Notärztin eintrafen, war es ihm wie eine Ewigkeit vorgekommen. Gerne hätte er ihr eine frische

Bluse übergestreift oder ihr die Hose gewechselt, in die sie gepinkelt hatte. Es war entwürdigend, seine Mutter so dem Anblick der Sanitäter zu überlassen. Er hatte es versucht. Aber bei der kleinsten Bewegung hatte sie schmerzvoll aufgestöhnt, weshalb er sich letztlich darauf beschränkte, ihr mit einem Waschlappen sorgsam das Blut aus dem Gesicht zu tupfen, bis der Rettungswagen eintraf.

Wie in Trance beobachtete er, wie die Sanitäter und die Notärztin ruhig und routiniert seine Mutter versorgten, ihr Zugänge legten, einen Tropf anschlossen und ihr einen sonderbaren Kragen anlegten, der, wie er erst Jahre später erfuhr, Cervikalstütze genannt wurde.

Danach war sie mit Blaulicht und Martinshorn ins Krankenhaus gebracht worden.

Zwei Stunden war er unruhig vor dem OP- Trakt auf und ab getigert, bis Dr. Kauder und seine Kollegin endlich durch die automatische Schwingtür traten.

»Also?«, sagt die junge Ärztin, die ihn von der Seite mustert, als könnte sie in seinem Gesicht lesen.

»Also was?!«, antwortet er schärfer als beabsichtigt.

»Möchtest du mir erzählen, was deiner Mutter widerfahren ist?«

»Sie ist gestürzt. Das habe ich bereits den Rettungskräften erklärt«, erwidert er, die Arme trotzig vor der Brust verschränkt.

»Okay. Ich verstehe. Du hast sie also auf der Treppe liegend aufgefunden und sie in dein Zimmer getragen. Richtig?!«

»Genau!«

»Wieso hast du dann kein Blut auf deinem T-Shirt?«, bohrt sie weiter.

Ertappt blickt er an sich hinunter und zupft nervös am Saum seines Shirts. Für einen kurzen Augenblick überschlägt er, wie wohl seine Chancen stünden, einfach aufzustehen und aus dem Raum zu rennen, ohne dass die Ärztin ihm nacheilen oder den Sicherheitsdienst alarmieren kann. Sofern es denn einen gibt.

»Schon gut!«, sagt sie beschwichtigend, als sie seine Gedanken zu erraten scheint.

Ergeben lehnt er sich im Stuhl zurück und nimmt sie zum ersten Mal bewusst wahr. Ihr schwarzes Haar ist lang und zu einem aufwendigen Zopf geflochten. Die dunklen Augen, die dichten Brauen und das schwarze Haar lassen ihn vermuten, dass sie aus dem Nahen Osten stammt. Sie ist um einiges kleiner als er. Der Arztkittel, den sie trägt, wirkt an ihrem dürren Körper etliche Nummern zu groß.

Es fällt ihm schwer, ihrem durchdringenden Blick standzuhalten, weshalb er unbeholfen versucht, mit der Serviette das bereits angetrocknete Blut in seinen Handflächen fortzuwischen.

»Wie geht es meiner Mutter?«, erkundigt er sich flüsternd.

»Im Moment ist sie stabil.« Sie beugt sich nach vorn und neigt den Kopf etwas, um sein Gesicht besser sehen zu können.

»Sie hatte eine schlimme Blutung im Kopf. Wir mussten den Schädel öffnen, um die Blutung zu stillen. Außerdem ist ihr Kiefer gebrochen, ihre linke Elle und Speiche und der kleine Finger der linken Hand. Deine Mama muss schon sehr ungeschickt gefallen sein, zumal sie am ganzen Körper unzählige Blutergüsse hat.« Sie mustert ihn aufmerksam und zieht dabei eine ihrer buschigen Augenbrauen hoch.

»Sie wird doch wieder ganz gesund? Oder?!«, fragt er mit dünner Stimme.

»Das werden die nächsten Wochen zeigen. Ob ihr

Auge geschädigt wurde, können wir noch nicht sagen. Aber, ja. Ich gehe davon aus, dass deine Mutter wieder ganz gesund wird. Wir werden jedenfalls alles für sie tun. Du müsstest uns helfen, deinen Vater zu erreichen, da wir ihn ebenfalls informieren müssen und sein Einverständnis benötigen, deine Mutter in ein neurologisches Traumazentrum zu verlegen.«

»Nein, auf keinen Fall werden Sie meinen Vater informieren«, fällt er ihr harsch ins Wort.

»Aber …«

»Nein! Ich möchte das nicht!«

Die Ärztin nickt wissend. Mit seiner Reaktion bestätigt er ihren Verdacht.

»Entschuldigst du mich bitte für ein paar Minuten? Ich bin gleich wieder bei dir.«

Verwundert, was sie nun tun würde, sieht er ihr nach, als sie die Cafeteria verlässt.

Er würde ihn töten! Eigenhändig würde er ihn umbringen. Seit er den Ersten Dan in Karate besitzt, weiß er genau, welche Stellen er wie mit der Faust oder Handkante treffen muss, um einen Gegner tödlich zu verletzen. Dass er dazu in der Lage sein würde, daran hegt er keine Zweifel. Zu heiß und intensiv lodert der Hass in ihm. Wie viele Jahre schon hatten er und seine Mutter unter dem narzisstischen Despoten gelitten? Wäre der Tod für das Dreckschwein nicht zu gnädig? Schließlich war er es, der sein Leben ruiniert hatte, ihm alle Hoffnung auf ein neues Leben genommen hatte und die Schuld daran trug, dass er hinkend durchs Leben gehen musste, für alle Zeiten ein Krüppel. Nun rang seine Mutter ums Überleben und lief Gefahr, durch ihn ebenfalls zum Krüppel geschlagen worden zu sein.

Ohne es zu bemerken, hat er wieder die Fäuste geballt, und die halbmondförmigen Schnitte begannen erneut, diesmal stärker, zu bluten.

Fasziniert betrachtet er seine Handfläche und wie das Blut bizarre Linien auf seine Haut zeichnet.

Blitzartig trifft ihn die Erkenntnis. Es war Dr. Kauder, der ihm vor drei Jahren den Magen auspumpte und ihn rettete, nachdem er versucht hatte, seinem Leben mit Schlaftabletten ein Ende zu setzen.

Warum nur hatte seine Mutter ihn damals *rechtzeitig* gefunden? Warum? Manchmal wünschte er, tot zu sein!

40. Kapitel

Polizeipräsidium Konstanz

»Dieser Einfaltspinsel. Was glaubt der eigentlich, wer er ist?«

Wütend massakrierte Hagedorn mit der Gabel seinen Hackbraten. »Wenn der uns noch mal so in die Quere kommt, mach ich Burger fertig. Das schwör ich dir! Und wenn ich das zu meiner Lebensaufgabe mache.«

Bannert fühlte sich angesichts Hagedorns Loyalität geschmeichelt. Vielleicht hätte er Burger schon viel früher in seine Schranken weisen sollen, er bezweifelte aber, dass er denselben Schneid aufgebracht hätte wie Hagedorn. Viel zu lange hatte er sich von Burger auf der Nase herumtanzen lassen, dabei entsprach das eigentlich überhaupt nicht seinem Naturell. Und das ärgerte ihn. Es ärgerte ihn, jahrelang vor dem Mann gekuscht zu haben. Was hatte er denn zu verlieren? Schließlich hatte er das Ende seiner Karriere erreicht, war als Beamter auf Lebenszeit unkündbar, und solange er sich nichts Schwerwiegendes zuschulden kommen ließ, konnte ihm Burger auch nicht gefährlich werden. Seine Ermittlungsmethoden waren zuweilen unorthodox und unkonventionell, das wusste er. Wenn es dem jeweiligen Fall geschuldet war, setzte er sich gelegentlich auch über Anordnungen hinweg oder dehnte so manche Rechtsvorschrift bis an die Grenze der Legalität.

Aber wie naiv und töricht war es, anzunehmen, irgendwann Burgers Anerkennung oder Wohlwollen zu erlangen.

»Wie bescheuert!«, murmelte Bannert.

»Was ist bescheuert?«, horchte Hagedorn schmatzend auf.

»Nichts«, wiegelte Bannert ab.

Bannert schob seinen Teller von sich, ihm war der Appetit gründlich vergangen.

Da für den frühen Nachmittag eine weitere Besprechung der Sonderkommission angesetzt war, hatte er Hagedorn vorgeschlagen, die hauseigene Kantine aufzusuchen, um Zeit und unnötige Wege zu sparen. Zudem stand heute eines seiner Lieblingsgerichte auf der Karte: Hackbraten, Kartoffelbrei und Mischgemüse.

Bannert beobachtete Hagedorn, wie dieser mit sichtlichem Appetit aß. *Irgendwie scheint der Kerl nie seinen Appetit zu verlieren,* ging es ihm durch den Kopf.

Kauend deutete Hagedorn mit der Gabel auf Bannerts halb geleerten Teller.

»Isst du das nicht mehr?«

»Nein. Bitte, bedien dich.« Lächelnd schob Bannert seinen Teller näher zu Hagedorn.

Bannert ließ seinen Blick durch den Raum schweifen. Die Polizeikantine war gut besucht. Er erkannte überwiegend Kollegen aus der Verwaltung und dem Führungsstab. Offenbar verirrten sich nur wenige Kollegen der Kriminalpolizei und noch weniger des Streifendienstes in die Kantine, da er nur vereinzelt eine Uniform ausmachen konnte.

Eine junge Frau bahnte sich zielstrebig, ein Tablett balancierend, einen Weg durch die engen Tischreihen.

Erst auf den zweiten Blick erkannte Bannert in ihr die junge Kollegin des LKA, die geradewegs auf ihren Tisch zusteuerte.

»Darf ich mich setzen?«, fragte sie schüchtern.

Bannert schob einen der freien Stühle zurecht und machte eine einladende Geste.

»Sehr gerne, Nathalia. Setz dich«!«

Bannert schenkte ihr ein freundliches Lächeln, was ihre Wangen zum Erröten brachte.

Hagedorn brummte kauend ein »Hallo« in ihre Richtung, ohne ihr weiter Beachtung zu schenken.

»Wie gefällt es dir bei uns?«, erkundigte sich Bannert.

»Gut! Sehr gut sogar.« Nach einer kurzen Pause sagte sie: »Danke!«

Bannert war irritiert.

»Wofür?«

»Na ja …«, druckste sie herum, »… dafür, dass du mir Aufträge erteilst und mir – na ja, wie soll ich sagen? – auch mal etwas Wichtiges überträgst.«

»Machst du Witze? Du bist ausgebildete Kriminalbeamtin und warst, wie ich gehört habe, eine der Besten deines Studienjahrgangs. Ich gehe also davon aus, dass ich dir auch komplexere Aufgaben übertragen kann und du tough genug bist, dir Rat oder Hilfe zu suchen, wenn es erforderlich ist. Nicht wahr?«

»Ähm, na klar!«, stimmte sie eifrig zu. »Beim LKA ist das alles etwas anders. Obwohl ich bald ein Jahr dort bin, darf ich kaum etwas selbstständig machen. Ständig bin ich nur am Aktenwälzen, Sortieren, Kopieren oder werde mit ähnlich banalen Aufgaben zugemüllt.«

»Du klingst ziemlich frustriert!«, stellte Bannert fest.

»Ja, das ist typisch für das LKA«, kommentierte Hagedorn als er sich den Mund mit einer Serviette abwischte.

»Statt die jungen Kolleginnen und Kollegen an die Hand zu nehmen und vernünftig anzuleiten, überlässt man sie meistens sich selbst und missbraucht sie als Handlanger oder Kaffeeträger.«

»So drastisch würde ich es jetzt nicht darstellen wollen, Herr Hagedorn, aber für einige Abteilungen trifft das schon zu.«

»Nein bitte! Nenn mich Falk, aber bloß nicht Herr Hagedorn«, fiel er ihr augenrollend ins Wort.

Nathalia Buday nickte verlegen.

Seit das LKA Nathalia Buday und Justus Köber seinem Team zur Unterstützung zugeordnet hatte, war Bannert nicht recht schlau aus der jungen Frau geworden. Er schätzte ihr Alter auf siebenundzwanzig. Ihr rotbraunes Haar war zumeist zu einem lockeren Pferdeschwanz gebunden und wirkte genauso bieder wie ihre Kleidung. Seine Ex-Frau hatte ihm oft unterstellt, ein Modemuffel zu sein, aber selbst er konnte beurteilen, dass sich Buday unvorteilhaft kleidete. Trotz der paar Pfunde, die sie mehr auf die Waage brachte, wirkte sie nicht unattraktiv. Sie hatte ein hübsches Gesicht und große blaue Augen. Und dennoch störten ihn die viel zu weiten Jeans und die schlabbrigen Pullover, die sie, gerade in den letzten Tagen, wegen der gefallenen Temperaturen, trug. Ihm war die winzige Hautperforation an ihrem rechten Nasenflügel nicht entgangen. Einmal glaubte er, unter dem rechten Ärmel sogar ein großflächiges Tattoo hervorblitzen zu sehen. Keine junge Frau mit Nasenpiercing oder Tattoos würde sich derart bieder kleiden, wenn sie nicht etwas zu kaschieren versuchte. Ein Widerspruch, der Bannert rätselhaft war.

Während er noch überlegte, ob er überhaupt daran interessiert war, ihr Geheimnis zu ergründen, schaufelte sie Schokoladenpudding in den Mund.

»Ich habe möglicherweise einen Hinweis auf den Urheber des Tattoos unseres letzten Opfers«, sagte sie schmatzend.

Bannert horchte auf.

»Ehrlich? Das wäre ja großartig!«

»Ein Studio nicht weit von hier«, fuhr sie fort. »Ein gewisser Bobby hat via Mail mitgeteilt, dass er mit großer Wahrscheinlichkeit das Tattoo gestochen hat. Soll ich ihn kontaktieren?«

»Ja, mach das! Vielleicht kann er uns sagen, wann und vor allem wem er die Rose gestochen hat.«

Bannert kramte entschuldigend sein Handy aus der Hosentasche, das nervös zu brummen begonnen hatte.

»Bannert? Hallo, Karsten!«

Hagedorn und Buday beobachteten Bannert, wie er einige Minuten mit wachsender Begeisterung lauschte und Kieferles Redefluss mit einem gelegentlichen »Hm« oder »Okay« kommentierte.

»Sehr gut! Wirklich hervorragende Arbeit, Karsten!«

Bannert bemerkte die fragenden Blicke Hagedorns und Budays, als er das Handy in seine Hosentasche zurücksteckte.

»Tolle Neuigkeiten! Kieferle hat endlich etwas im Schilffeld gefunden. Eine Reihe brauchbarer Schuhabdrücke.«

Bannert hieb triumphierend mit der Faust auf den Tisch, was ihm einige missmutige Blicke umliegender Tischnachbarn einbrachte.

»Nathalia, du begleitest mich. Und such die Adresse des Tattoostudios heraus, das besuchen wir im Anschluss.«

An Hagedorn gewandt fuhr er fort: »Ich hoffe, das ist in Ordnung für dich, Falk? Das Gelände dort ist für einen Rollstuhl unzugänglich.«

»Immer diese Diskriminierung gehandicapter Menschen«, entgegnete Hagedorn mit gespielter Empörung. Doch bevor er weitere spitzzüngige Bemerkungen abfeuern konnte, waren Bannert und Buday schon davongeeilt.

»Danke, dass ich eure Tabletts abräumen darf«, rief er den beiden nach.

41. Kapitel

Irgendwo in der Nähe von Konstanz

Vollkommene Dunkelheit und Stille. Obwohl sie die Augen weit geöffnet hatte, durchdrang nicht der geringste Lichtstrahl ihre Netzhaut. Ebenso verhielt es sich mit dem Hörsinn. Fühlte es sich so an, wenn man taub und blind war? Oder tot?

Sie vernahm ihren Atem und das pulsierende Rauschen des Blutes in den Ohren, so intensiv, als wenn man sich einen Finger ganz fest in den Gehörgang steckte. Die Zunge klebte wie zähes Leder am Gaumen. Dennoch schaffte der ausgedörrte Mund ein Schnalzen. Das Geräusch, das dabei entstand, klang seltsam dumpf und leise, aber sie konnte es deutlich hören.

Abgesehen von einer sonderbaren Taubheit, die sich ihres Körpers bemächtigt hatte, hämmerten im Rhythmus ihres Herzschlags schreckliche Schmerzen in ihrem Schädel, die jeden klaren Gedanken vereitelten. Krampfhaft kniff sie die Augenlider zusammen und versuchte den Schmerz zu verdrängen. Erst nach mehreren tiefen Atemzügen sank der Schmerz auf ein erträgliches Maß herab. Wüsste sie es nicht besser, hätte sie die Kopfschmerzen dem Kater einer durchzechten Nacht zugeschrieben. Aber sie wusste es eigentlich gar nicht. Sie wusste überhaupt nichts mehr. Weder hatte sie eine Ahnung, wo sie war, noch, wie sie hierhergekommen oder wo sie zuvor gewesen war. Blasse, konturlose Bildfetzen trieben durch ihren Geist, in denen sie sich selbst sah, redend, gestikulierend vor einer Gruppe Menschen, die sie nicht kannte. Wut, Traurigkeit und Enttäuschung waren mit dem Bild verknüpft, ohne dass sie die Empfindungen in einen Zusammenhang mit der Szene hätte bringen können. Immer mehr der Bilder und Emotionen blitzten stroboskopartig wie wirre und ungeordnete Filmschnipsel vor ihrem inneren Auge auf.

Sie presste die Handballen gegen die Schläfen, versuchte so, die sich überlagernden Bilder zu verdrängen und sich auf das Hier und Jetzt zu konzentrieren. Regungslos lag sie auf dem Rücken, atmete, wie sie es einst gelernt hatte, tief in den Bauch hinein. Wenngleich sie sich nicht erinnern konnte, wo sie die Technik erlernt hatte, gelang es ihr, sich allmählich auf die Atmung und den Herzschlag zu konzentrieren. Sie war sich nicht sicher, ob die Stille und Dunkelheit, die an die Stelle der wirren Bilder in ihrem Kopf getreten waren, für sie besser war. Aber wenigstens war es real. Zumindest nahm sie das an.

Warum nur fühlte sie sich so müde und matt? Die Beine und Oberarme schmerzten, als wäre sie Marathon gelaufen.

Allmählich klärte sich ihr Geist. Der Nebel der Betäubung wich einem sich stetig steigernden Gefühl der Panik.

»Wo bin ich bloß?«, flüsterte sie.

Nur um sich ihrer selbst bewusst zu werden, betastete sie ihren Körper. Irgendwie schien es ihr wichtig, sich zu spüren. Sie war nackt bis auf ihren Slip. Das machte es nicht einfacher, die unterschwellige Panikattacke niederzukämpfen, die sie wie ein Tsunami zu überrollen drohte. Der Puls begann erneut zu rasen. Die Atmung ging stoßweise.

Sie zog die Beine an und presste sie mit beiden Armen eng umschlungen an den Oberkörper.

Langsam vor- und zurückwippend, mit geschlossenen Augen, zwang sie sich, kontrolliert zu atmen.

»Du darfst jetzt nicht durchdrehen, Karina. Bleib ruhig, atme ruhig, bleib fokussiert«, widerholte sie mantrahaft.

Jeglichen Zeitgefühls beraubt, wiegte sie sich eine gefühlte Ewigkeit hin und her. Als sie überzeugt war, ihre Panik unter Kontrolle zu haben, entließ sie sich zögerlich aus der tröstlichen Umarmung und begann vorsichtig ihre Umgebung zu ertasten.

»Fuck!«, fluchte sie ungehalten. »Warum ist es hier so dunkel?«

Sie schien auf einer Art Pritsche zu liegen, in deren hölzernem Rahmen eine dünne, unbezogene, feinporige Schaumstoffmatratze eingelassen war. Zu ihrer Linken ertastete sie den Rand. Vorsichtig, um sich nirgends zu stoßen, schwang sie die Beine über den Rand. Der Boden unter ihren nackten Füßen fühlte sich glatt und kühl an, und sie glaubte mit ihrem großen Zeh ein metallenes Ablaufgitter zu erfühlen, das in den Betonboden eingelassen war. Wacklig und zittrig auf den Beinen stemmte sie die Knie durch und richtete sich langsam auf, die Arme wie eine Schlafwandlerin ausgestreckt. Sie hatte keine Ahnung, was ihr verabreicht worden war, aber der plötzlich einsetzende Schwindel und die aufkeimende Übelkeit hätten sie beinahe auf die Pritsche zurücksinken lassen. Den Brechreiz hinunterwürgend streckte sie langsam die Arme seitlich des Körpers aus. Der Raum musste sehr schmal sein, da ihre Fingerspitzen die Wände zu beiden Seiten ertasten konnten. Sie wandte sich der Wand zu ihrer Linken zu und begann sich daran entlangzutasten. Ihre Hände strichen über glattes, fugenloses Material.

Da es sich warm und strukturlos anfühlte, mutmaßte sie, dass es sich um glatt geschliffene oder lackierte Holzplatten handelte.

Metall oder Beton schloss sie aus, da jegliches Geräusch in dem Raum unreflektiert verschluckt zu werden schien.

Klackernd tippte sie mit den Fingernägeln dagegen. Kein Zweifel, es musste Holz sein. Wenn sie einen spitzen Gegenstand fände, etwas aus Metall oder Glas, würde sie sich vielleicht durch das Holz bohren können.

Schnell hatte sie den Raum abgeschritten. Ein enger, schmaler Kasten, der gerade genug Platz bot, um aufrecht zu stehen. Ein eiserner Ring legte sich unbarmherzig um ihre Brust, der ihr gänzlich den Atem nahm. Da war sie wieder, die Panik. Rasend vor Angst und Wut hämmerte sie wild mit den Fäusten auf die Wände ein.

»Hilfe! Lasst mich hier raus!«, brüllte sie voller Verzweiflung. »Hallo? Hört mich denn keiner? Warum bin ich hier? Hiiiieeeeelfe!«

Der hölzerne, schallisolierte Kasten verschluckte ihre Schreie ebenso erbarmungslos wie jedes andere Geräusch, das sie von sich gab. Ihre Rufe verhallten – ungehört.

Zitternd ließ sie sich auf die Pritsche nieder, umarmte die angezogenen Beine und begann sich erneut schluchzend hin und her zu wiegen.

Ihr Vater hatte sie zu einer Kämpferin erzogen. Aufgeben, so hatte er einmal gesagt, ist niemals eine Option. »… wenn du etwas erreichen willst, musst du darum kämpfen! Im Leben wird dir selten etwas geschenkt!«

Warum ihr gerade jetzt seine Worte in den Sinn kamen, wusste sie nicht. Leichter gesagt als getan! Aber –

ja – ihr Vater war ein solcher Kämpfer. Als ihre Mutter sie beide verließ, hatte er selbst das Psychologiestudium abbrechen müssen und sich schlagartig in der Rolle des alleinerziehenden Vaters wiedergefunden. Er hatte nie aufgehört zu kämpfen. Nicht einmal nach dem schrecklichen Unfall, seitdem er querschnittsgelähmt an den Rollstuhl gefesselt war, hatte er sich unterkriegen lassen.

Er war ein Kämpfer, und sie war es auch. Sie würde hier herauskommen, koste es, was es wolle!

42. Kapitel

Polizeipräsidium Konstanz

Wutschnaubend kickte Lars Burger den Mülleimer quer durchs Zimmer. Mit dem Ergebnis, dass dessen kompletter Inhalt im Büro verstreut wurde. Papierschnipsel, Bonbonpapierchen, gebrauchte Taschentücher und eine Bananenschale.

»Was bildet sich das arrogante Arschloch eigentlich ein!«, maulte er ungehalten vor sich hin, als er sich bückte und die Unordnung einzusammeln begann.

»Das hat Konsequenzen, Hagedorn, das schwöre ich dir!«

Dass es damals bei dem Zugriff auf das Bordell in Mannheim zu dem – zugegeben bedauerlichen – Zwischenfall gekommen war, ließ er sich nicht ankreiden. Das war nicht sein Fehler, sondern der der Ermittlungsgruppe gewesen. Hätten die Beamten saubere Aufklärung betrieben, wäre es nie so weit gekommen. Man hatte ihm in der heißen Phase des Verfahrens die Führungsverantwortung übertragen und seine Führungsleistung war tadellos gewesen. Deswegen hatte man das Verfahren gegen ihn auch eingestellt. Die Untersuchungskommission und die Staatsanwaltschaft waren schließlich zu dem gleichen Ergebnis gekommen. Mit welchem Recht erlaubte sich der Schnösel Hagedorn also, alte Kamellen hervorzukramen und ihn damit unter Druck zu setzen? Er hatte ihm offen gedroht. Das war zu viel!

Vielleicht war es nicht der schlaueste Schachzug von ihm gewesen, die Einstellung der Ermittlungen gegen Zahnert zu fordern.

Aber es war nun mal so, dass Zahnert für ihn über jeden Verdacht erhaben war. Ganz gleich, ob es in der Pathologie seiner Klinik Unregelmäßigkeiten gegeben haben mochte oder nicht.

Er selbst wusste, welchen Zwängen man als Leiter einer großen Organisation gelegentlich unterworfen war. Selbst wenn es solch ungeheure Vorgänge, wie von Hagedorn unterstellt, gegeben hatte, wären sie Zahnert nicht unmittelbar anzulasten. Selbstverständlich hatte er die außerordentlich gute Reputation der Klinik zu wahren und zu schützen. Das bedeutete im Einzelfall auch, unpopuläre Entscheidungen treffen zu müssen. Oft genug war er selbst gezwungen, zum Schutz der Kriminalpolizei und deren Ruf, Entscheidungen zu treffen. So wurde natürlich das ein oder andere unter den Teppich gekehrt. So war das nun mal!

Burger ließ sich schwer in den Sessel hinter seinem Schreibtisch fallen und verschränkte die Hände im Nacken.

Ihm war völlig gleichgültig, ob Hagedorn einen persönlichen Groll gegen ihn hegte. Wenn er ihm nachtrug, dass er sich damals gegen die Anerkennung eines qualifizierten Dienstunfalles ausgesprochen hatte, so war das Hagedorns ureigenstes Problem. Er jedenfalls konnte bei dem, was Hagedorn passiert war, im Vorfeld des Unfalls keine besondere objektive Lebensgefahr erkennen. Und genau das hatte er in seinem Abschlussbericht ans Ministerium damals zum Ausdruck gebracht.

Hagedorn würde er so schnell nicht los, da er keine Personalhoheit über ihn hatte. Das war ihm klar. Es würde aber auch keinen Sinn ergeben, bei der Staatsanwaltschaft die Entlassung Hagedorns als Berater zu fordern, ohne sich damit selbst Vorwürfen oder Gerüchten auszusetzen.

Verdammt! Bannert war ihm ja schon länger ein Dorn im Auge, deshalb hatte er ihn auch gezwungen, die Soko-Leitung zu übernehmen. Insgeheim hatte er gehofft, dass Bannert es ablehnen würde. Damit hätte er endlich eine Handhabe gehabt, wegen Befehlsverweigerung disziplinarrechtlich gegen ihn vorzugehen. Aber die Genugtuung wollte Bannert ihm offenbar nicht geben. Zähneknirschend hatte er sich schließlich gefügt. Burger konnte warten. Warten, wie er es immer getan hatte. Die Zeit würde für ihn arbeiten, auch im Fall Bannert.

Mit Argusaugen hatte er die Arbeit Bannerts verfolgt. Doch obwohl er immer wieder eigenmächtig Anordnungen getroffen hatte, wie auch die Konsultation Hagedorns, hatte er ihm noch nichts geliefert, was seine Absetzung oder gar die Entfernung aus dem Dienst rechtfertigte.

Lars Burger wischte sich über die Stirn. *Egal,* dachte er. Bannert war ein anderes Problem, das sich früher oder später lösen ließe. Hagedorn bereitete ihm größere Sorge.

Plötzlich war er sich nicht mehr so sicher, ob Hagedorn nicht doch einen Trumpf im Ärmel hatte, den er gegen ihn ausspielen könnte. Zuzutrauen war es ihm, ohne Zweifel.

Er musste Hagedorn loswerden. Auf die eine oder andere Art!

43. Kapitel

Konstanz – Ried

Kieferle führte Bannert und Buday einen ausgetrampelten Pfad entlang durchs Ried, gleich nachdem sie am äußersten Rand des Schilffeldes angekommen waren.

»Siehst du? Dort!« Kieferle deutete auf eine beachtlich breite Schneise, die die Kriminaltechniker mit ihren Sicheln ins Schilf geschlagen hatten.

»In dem sumpfigen Abschnitt dort haben wir über eine Länge von etwa zwanzig Metern eine ganze Reihe guter Schuhabdrücke sichern können, die sowohl zum Leichenfundort hin- als auch wieder davon wegführen. Wir hätten sie fast nicht entdeckt!«

»Wieso?«, erkundigte sich Bannert.

»Die Eindrücke sind zwischen zehn und fünfzehn Zentimeter tief. Ich vermute, dass sie sich relativ schnell mit einsickerndem Wasser gefüllt haben. Wir haben zunächst nur Pfützen gesehen, die durch Tiere, Erosion oder sonst was verursacht worden sein könnten. Aber Sascha ist ein pfiffiges Kerlchen!« Kieferle deutete auf den jungen Kollegen, der sich in einiger Entfernung am Boden kniend an etwas zu schaffen machte.

»Ihm ist es zu verdanken, dass wir sie überhaupt erst entdeckt haben.«

»Und wie ist er darauf gekommen?«, erkundigte sich Bannert.

»Ich habe nicht die leiseste Ahnung, aber er hat angefangen, das Wasser aus einer der kleinen Pfützen abzuschöpfen und die Vertiefung trocken zu legen. Und siehe da! Ein wunderschöner, scharf profilierter Abdruck eines Gummistiefels kam zum Vorschein.«

Bannert glaubte so etwas wie Vaterstolz in den Augen Kieferles aufblitzen zu sehen, als der mit vor der Brust verschränkten Armen in Richtung seines Zöglings blickte.

Wie um seine Vermutung zu bestärken, fuhr Kieferle fort:

»Aus Sascha wird mal ein richtig guter Forensiker. Du wirst schon sehen!«

Bannert machte sich eine geistige Notiz, die Leistungen und das Engagement Sascha Winklers besonders zu würdigen.

Nathalia Buday stand, die Hände tief in den Jackentaschen vergraben, neben Bannert und hatte fasziniert den Ausführungen des Kriminaltechnikers gelauscht.

»Darf ich?«, fragte sie Kieferle schüchtern und deutete mit dem Kopf in die Richtung, in der der junge Kriminaltechniker kniend arbeitete.

»Klar, geh nur!«, antwortete Kieferle knapp. »Aber halte dich bitte nur innerhalb des Flatterbandes auf.«

»Hervorragend, Karsten! Ich bin stolz auf euch! Wie geht's nun weiter?«

»Ganz einfach. Wir legen die restlichen Abdrücke trocken, werden jeden einzelnen Abdruck mit Alabaster-Gips ausgießen und die Formabdrücke dem LKA zur Auswertung übersenden. Und dann heißt es abwarten.«

»Was denkst du, bis wann ihr fertig seid?«

Kieferle schien kurz zu überschlagen. »Ich denke, heute werden wir fertig. Auf jeden Fall vor Einbruch der Dunkelheit.«

»Und wie lange wird es dauern, bis wir vom LKA das Gutachten bekommen?«

»Puh«, schnaubte Kieferle das Kinn kratzend. »Das LKA bearbeitet unsere Spuren ohnehin schon mit der allerhöchsten Priorität. Zwei bis drei Tage? Vielleicht auch schneller!«

»Gut«, brummte Bannert wenig begeistert.

Nach so vielen Monaten hatten sie die ersten brauchbaren Spuren gefunden, jetzt kam es auf ein oder zwei Tage mehr auch nicht an.

Bannert wandte sich bereits um, als Kieferle ihn zurückhielt.

»Augenblick, da gibt es noch etwas, das du wissen musst.« Der Hauptkommissar drehte sich wieder um und starrte Kieferle erwartungsvoll an.

»Die Eindrucksspuren sagen uns möglicherweise noch mehr.«

»Ach ja?«, rief Bannert überrascht aus.

»Möglicherweise sagt uns das, abgesehen von der Schuhgröße und dem Schrittbild des Spurenlegers, auch etwas über seine Statur und sein Gewicht aus. Wir führen an anderer Stelle gerade eine Testreihe durch, um herauszufinden, mit wie viel Gewicht jemand aufgetreten sein muss, um diese Eindrucktiefe zu hinterlassen. Die Spuren, die zum Leichenablageort führen, sind deutlich tiefer als die, die davon zurückführen. Das bestätigt, dass es sich hier mit an Sicherheit grenzender Wahrscheinlichkeit um Täterspuren handelt. Auf dem Hinweg mit der Last der Leiche beschwert, auf dem Rückweg unbelastet. Wenn es uns gelänge, Schuhgröße, Schrittweite und Gewicht in die richtige Proportion zu bringen, kämen wir ein ganzes Stück voran! Denke ich.«

Ganz sicher schien sich auch Kieferle nicht zu sein.

»Brillant!«, kommentierte Bannert.

Das erste Mal seit Wochen keimte so etwas wie Hoffnung in ihm auf, dem Täter endlich etwas näher gekommen zu sein.

»Auch wenn ich mich wiederhole. Großartige Arbeit, Karsten!«

»Ich nehme dein Lob trotzdem gerne noch einmal an«, erwiderte Kieferle grinsend.

Bannert klopfte ihm zum Abschied freundschaftlich auf die Schulter.

Nathalia Buday war mittlerweile zurückgekehrt. An ihren Schuhen klebte Schlamm aus dem Schilffeld. Es war ihr deutlich anzusehen, wie sehr sie fror.

»Sehr beeindruckend, wie akribisch deine Spurensicherung arbeitet.«

»Du bist ja völlig durchgefroren«, sagte Bannert, der sich ein leichtes Grinsen angesichts ihrer roten Nase nicht verkneifen konnte.

»Dann lass uns mal fahren und uns um deinen Tätowierer kümmern, Nathalia.«

44. Kapitel

Irgendwo bei Konstanz

Er sträubte sich heftiger als erwartet. Erst als er ihm mit Daumen und Zeigefinger die Nase zuhielt, war er gezwungen, den Trank zu schlucken, den er ihm einflößte. Hustend und würgend sperrte der Mann sich dagegen. Und wenn schon, er hatte genug von den Tabletten in einem Glas mit billigem Cognac aufgelöst. Selbst wenn nur die Hälfte davon in seinem Magen und später in seinem Kreislauf landete, wäre die Dosis immer noch tödlich.

»Nils …, Nils!«, flüsterte er beschwichtigend. »Es hilft nichts, wenn du dich dagegen wehrst.«

»Warum?«, fragte Nils mit brüchiger Stimme. »Warum tun Sie mir das an? Ich dachte …, ich dachte, wir wären …«

»Was? Was dachtest du? Brüder im Geiste?« Er lachte höhnisch. »Ich sage dir, was du bist, Nils. Ein kleiner, dummer Junge und das perfekte Bauernopfer. Ich hatte dir zwar gestattet, deinen Neigungen nachzugehen, hatte dir sogar aufgetragen, vorsichtig zu sein und nicht leichtsinnig zu werden. Aber das macht uns noch lange nicht zu Brüdern im Geiste oder gar Komplizen. Du konntest es nicht sein lassen, nicht wahr? Jetzt leb mit den Konsequenzen!«

Es war einfacher, als er angenommen hatte. Lediglich

mit einem um die Hüfte gewickelten Handtuch hatte Nils ihm die Tür geöffnet.

Weder überrascht noch argwöhnisch hatte er ihn hereingebeten und aufgefordert, sich irgendwo niederzulassen.

»Ich muss mich nur schnell abtrocknen und mir etwas überziehen«, hatte Nils gesagt, als er schon halb auf dem Weg ins Badezimmer war.

»Du hast es mir wirklich leicht gemacht, warst vermutlich zu überrascht. Das ist perfekt. Wir wollen ja nicht, dass man irgendwelche Kampfspuren an dir findet, nicht wahr? Es war so einfach, dir die Spritze mit dem Muskelrelaxans in den Hintern zu jagen. Du hast den Pikser nicht mal richtig gespürt. Oder, Nils?« Er kicherte leise.

»Weißt du, die Wirkung des Mittels tritt sehr schnell ein. Selbst bei normaler Dosierung setzt die Wirkung des Muskelrelaxans bereits nach dreißig Sekunden ein, bei dir habe ich bewusst eine etwas höhere Dosis gewählt. Ich hoffe nur, dass du mir nicht gleich an einer Lähmung der Atemmuskulatur abnippelst. Weißt du, was das Beste daran ist? Na, Nils? Weißt du das? Das Präparat ist toxikologisch kaum nachweisbar, da dein Körper es ziemlich schnell verstoffwechselt und abbaut. Ist das nicht genial?«

Paralysiert und mit aufgerissenen Augen glotzte Nils ihn nun an, ein dünner Speichelfaden hing zitternd an seinem Kinn. Er selbst hatte sich ihm gegenüber auf den Wäschekorb gesetzt und beobachtete ihn mit auf den Schenkeln aufgestützten Armen wie eine Laborratte.

Nils' Atem ging stoßweise.

»Möglicherweise habe ich das Medikament doch zu hoch dosiert, oder die Wirkung des Rohypnols setzt langsam ein. So oder so, mein Freund, es ist an der Zeit.«

Entschlossen hieb er sich mit den flachen Händen auf die Schenkel und erhob sich.

»Dann werde ich mal das Werkzeug holen.«

Zu mehr als einem Grunzen war Nils nicht in der Lage.

»Und dass du mir ja nicht wegläufst!«, sagte er augenzwinkernd.

Mit dem Zeigefinger deutete er einen Pistolenfinger an und schnalzte mit der Zunge. »Geh mir ja nicht weg!«

45. Kapitel

Tattoostudio

»Ihr beide habt mir gerade noch gefehlt«, stöhnte der Tätowierer entnervt, als Bannert und Buday ihre Dienstmarken vorzeigten. Sie waren an die breite Theke getreten, an der der Mann saß.

»Ich mag keine Bullen im Haus. Ihr macht mir das Geschäft kaputt!«

Da sie die Jüngere sei, wäre es besser, wenn sie die Gesprächsführung übernähme, hatte Nathalia Buday im Auto vorgeschlagen. Bannert hatte keine Einwände erhoben, wenngleich der Tätowierer sogar etwas älter zu sein schien als er selbst.

Bobby, wie er sich selbst vorstellte, war das perfekte Klischee eines Tätowierers. Leicht ergraute, schulterlange Haare, die er zu einem Pferdeschwanz gebunden hatte, und die Arme über und über mit Tattoos bedeckt. Ob die restlichen Partien des Körpers ebenfalls tätowiert waren, konnte er nur erahnen. Seinem ersten Impuls folgend hätte er den Kerl der Rockerszene zugeordnet. Groß, breitschultrig, muskulös, aber mit leichtem Bauchansatz. Außerdem glaubte Bannert in seinen Augen einen Ausdruck zu erkennen, der Menschen zwangsläufig anhaftete, wenn sie unzählige brutale Auseinandersetzungen hatten ausfechten müssen.

Auf keinen Fall hätte er sich auf einen Clinch mit dem Kerl einlassen wollen.

Offenbar schien er an einem Entwurf für ein Motiv zu

arbeiten. Vor ihm lag eine Matrize, deren filigranes Muster einer Blumenranke er durchpauste, bis er von ihnen unterbrochen worden war.

»Ihr hättet doch auch einfach anrufen können! Was wollt ihr denn?«

Sein Tonfall wurde versöhnlicher, als sein Blick auf die Unterarme Budays fiel, die die Ärmel ihres Schlabberpullis zuvor etwas nach oben geschoben hatte. Demonstrativ hatte sie die Arme auf dem Tresen vor sich verschränkt.

Habe ich mich doch nicht geirrt, schoss es Bannert augenblicklich durch den Kopf. Nun erschloss sich ihm auch der wahre Grund ihres Vorschlags. Nathalia Buday musste wohl geahnt haben, dass sie als Tattooträgerin leichter Zugang zu dem Tätowierer fände als er.

»Oh! Eine Bullette, die tätowiert ist, sieht man auch nicht alle Tage«, bemerkte er anerkennend. »Das ist eine schöne Arbeit! Wo hast du das stechen lassen?«

»In den Staaten«, entgegnete sie knapp.

»Darf ich?«, fragte er, während sein Zeigefinger bereits über ihren Unterarm strich.

»Hm, da gäbe es ein paar Stellen nachzubessern. Ich stech zwar prinzipiell keine Bullen, aber bei dir würde ich vielleicht eine Ausnahme machen. Wenn du magst, können wir einen Termin vereinbaren«, schlug er grinsend vor.

»Ich lasse es mir mal durch den Kopf gehen, danke. Aber wegen meiner Tattoos sind wir nicht gekommen.

Du – ich darf doch du sagen? – hast auf unseren E-Mail-Aufruf geantwortet und geschrieben, dass du das Tattoo gestochen hast?«

Buday entfaltete den Ausdruck einer Fotografie und hielt sie Bobby unter die Nase.

Bannert war überrascht, als der eine Brille aus seiner

Brusttasche kramte, sie sich einhändig auf die Nase setzte und ihr das Blatt aus den Fingern nahm, um das Bild eingehender zu betrachten.

»Japp! Das ist meine Arbeit.«

Bannert ergriff zum ersten Mal das Wort.

»Was macht Sie so sicher, dass das eines Ihrer Tattoos ist?«

Bannert erntete einen feindseligen Blick, den der Tätowierer ihm über den Rand seiner Brille hinweg zuwarf.

»Willst du mich verarschen, du Vogel? Wenn ich sage, dass das meine Arbeit ist, kannst du mir das glauben. Oder du schwingst deinen Arsch sofort aus meinem Laden! Ist das angekommen?«

Bannert hob beschwichtigend die Arme.

»Sorry! Tut mir leid. Ich wollte Sie nicht beleidigen.«

»Kannst du dich auch erinnern, wann und wem du die tolle Rose gestochen hast?«, griff Buday ein.

»Hm, an das genaue Datum kann ich mich nicht erinnern. Muss irgendwann letztes Jahr im Sommer gewesen sein.«

»Und wie hieß die Kundin?«

»Tina. Nein! Nina heißt sie.«

»Nina! Und weiter?«, drängte Buday.

Etwas genervt verdrehte er die Augen und wandte sich einem Monitor zu.

»Lass mich nachschauen.«

Bannert beobachtete den Mann, der sich flink und zielstrebig durch eine große Anzahl von Dateiordnern zu klicken begann.

»Darf ich fragen, warum Sie uns helfen, wenn Sie uns Bullen so geringschätzen?«, erkundigte er sich, wobei er das Wort »Bullen« besonders betonte.

Ohne Bannert eines Blickes zu würdigen, antwortete

er: »Weil es, denke ich, um das letzte noch nicht identifizierte Opfer des Serienmörders geht! Hab ich recht?«

»Wie kommen Sie darauf, Bobby?«

Schlagartig hielt der in seiner Suche inne.

»Sag mal, hältst du mich für einen Schwachkopf? Die Zeitungen sind voll davon. Ja, mein Freund, guck nicht so erstaunt, ich lese tatsächlich die Zeitung.« Bannert war sich nicht bewusst, den Mann in irgendeiner besonderen Weise angeschaut zu haben. Dennoch fügte er entschuldigend hinzu: »Das wollte ich damit auch nicht zum Ausdruck bringen. Es hat mich nur überrascht, nichts weiter!«

Außerdem würde jeder Tätowierer der Welt erkennen, dass es sich bei dem Bildausschnitt, den ihr verschickt habt, um totes Gewebe handelt.«

»Da kann ich Ihnen nicht widersprechen.«

»Ah ja, hier ist es. Nina Lehr, geboren am 15. Juni 1995.«

»Hast du auch noch eine Anschrift?«, erkundigte sich Buday.

»Nein, nur eine E-Mail-Adresse und eine Handynummer.«

Während er die Angaben für sie auf einem Zettel notierte, taxierte er sie über seine Brille hinweg.

»Und kommt ja nicht auf die Idee, mich wegen der neuen Datenschutzgrundverordnung anzupissen. Ich habe schon genug Probleme damit, alles auf den neuesten Stand zu bringen.«

»Nein, keine Sorge«, beruhigte in Buday. »Du glaubst gar nicht, wie sehr uns das weiterhilft. Danke dir!

»Schon gut!«, brummte Bobby, dem es sichtlich unangenehm zu sein schien, mit den *Bullen* zu kooperieren. »Tut mir bloß einen Gefallen. Hängt das bitte nicht an die große Glocke. Wenn man mir unterstellen würde, ein

Spitzel in euren Diensten zu sein, kann ich den Laden dichtmachen.«

»Versprochen, Bobby!«

»Haben Sie sich mit Nina unterhalten?«, erkundigte sich Bannert vorsichtig. »Ich meine, natürlich haben Sie das. Aber hat sie erwähnt, was sie beruflich macht? Oder wo sie gearbeitet hat?«

»Wenn ich mich recht erinnere, hat sie damals eine Physiotherapieschule in Konstanz erwähnt. Ich bin mir aber nicht mehr sicher, ob sie dort anfangen wollte oder ob sie schon in Ausbildung zur Physiotherapeutin war.«

Bannert notierte sich den Hinweis in sein Notizbuch.

»Was war sie denn für ein Mensch?«

Der Mann blähte die Backen und blies die Luft aus.

»Pffff, was war sie für ein Mensch? So der Typ *graue Maus*. Unscheinbar, schüchtern, introvertiert. Ich habe mich noch gewundert, dass sie sich ein Tattoo stechen lassen wollte. Das Motiv hatte sie schon dabei, als sie hier in den Laden kam. Ein Kundentermin war ausgefallen, weshalb sie gleich geblieben ist und ich ihr das Tattoo gestochen habe. Seitdem ist sie nicht mehr aufgetaucht, obwohl ich ihr sagte, dass ich das Tattoo nach zwei bis drei Monaten noch einmal sehen will.«

»Ich danke Ihnen. Sie haben uns wirklich sehr geholfen!« Bannert fand, dass der Typ trotz seiner anfänglichen Feindseligkeit ganz in Ordnung war.

Als sie sich verabschiedeten, versprach Nathalia Buday, sich sein Angebot wegen der Nachbesserung ihrer Tattoos durch den Kopf gehen zu lassen und sich zu melden.

»Denkst du wirklich über Bobbys Angebot nach?«, fragte Bannert mit einem Seitenblick, als sie zu ihrem Wagen liefen.

»Ja, warum denn nicht?«, antwortete Buday achselzuckend.

»Die Konturen sind wirklich nicht sehr schön gestochen, und die Farben könnten tatsächlich eine Auffrischung vertragen.«

»Es wird sich mir nie erschließen, warum man sich freiwillig einer so schmerzhaften Tortur unterziehen kann, nur um dann mehr oder weniger geistreiche Sprüche oder gruslige Motive auf seiner Haut verewigt zu haben«, sinnierte Bannert kopfschüttelnd.

Buday schien es vernünftiger, darauf nicht einzugehen, und sie verdrehte stattdessen nur die Augen.

Bannert war ihr Augenrollen nicht entgangen.

»Übrigens. Danke!«, sagte er anerkennend lächelnd, als er sie leicht in die Seite knuffte. »Das war richtig gut von dir, wie du mit dem Typ umgegangen bist. Das bringt uns einen gewaltigen Schritt weiter, das letzte Opfer vielleicht identifizieren zu können.«

»Ach!«, wehrte sie schüchtern ab und lief puterrot an.

»Ich meine das ganz ehrlich, das war richtig gut! Die nächsten Tage werden zeigen, ob wir, dank dir, dem armen Mädchen endlich einen Namen geben können.«

46. Kapitel

Irgendwo bei Konstanz

Das Kinn auf die Hände gestützt, starrte er auf das Schwarz-Weiß-Bild auf dem Monitor. Dank der Infrarotbeleuchtung lieferte die Kamera gestochen scharfe Bilder. Verbaut in einer der oberen Ecken des Raumes bot sie einen erstklassigen Überblick. Zudem war sie, dank ihres massiven gläsernen Doms, in dem sich die Kamera ferngesteuert rotieren ließ, vor Zerstörung geschützt. Ganz sicher war er sich da nicht. Aber bei dem Preis, den er für die Kamera bezahlt hatte, war er geneigt, den Angaben des Händlers zu glauben.

Es hatte beinahe etwas Hypnotisches, sie mit angezogenen Beinen sich hin- und herwiegen zu sehen. Mit geschlossenen Augen schien sie etwas vor sich hin zu murmeln, da ihre Lippen sich leicht bewegten. Obwohl er die Empfindlichkeit der beiden Mikrofone bis an die Grenze des Übersteuerns hochgedreht hatte, konnte er ihre Worte nicht verstehen. Wie die anderen, würde sie sich selbst zu beruhigen versuchen, Lara und Romina hatten sogar gebetet. Karina machte auf ihn nicht den Eindruck, als wäre sie eine gläubige Frau. Ganz im Gegenteil. Im Vergleich zu den anderen schien sie viel beherrschter zu sein. Nachdem die anderen aus der Narkose erwacht waren, verfielen sie sofort in Panik. Schrien, brüllten, kreischten, flehten, weinten – waren völlig außer sich vor Angst. Nina hatte er gleich *operiert,* sie hatte erst gar keine Gelegenheit gehabt, aus der Narkose aufzuwachen.

Karinas Selbstbeherrschung war beeindruckend. Und genau jene Selbstbeherrschung gemahnte ihn, sie auf keinen Fall zu unterschätzen. Von allen Frauen, die vor ihr in dem Kasten waren, würde sie sich am wahrscheinlichsten zur Wehr setzen.

»Verdammt, bist du schön!«, flüsterte er, wobei sein Zeigefinger zärtlich über den Monitor strich.

Als hätte sie die Berührung gespürt, hob sie ruckartig den Kopf und horchte angestrengt in die Dunkelheit. Ihre Augen, angestrahlt durch das für sie nicht wahrnehmbare Infrarotlicht, wirkten gespenstisch, als sie zufällig genau in das Kameraauge blickte.

Er betätigte einen der Pfeile auf der Tastatur und zoomte ihr Bild näher heran.

Abgesehen von ihrer langen pechschwarzen Mähne besaß sie einen schon übernatürlich anmutenden Körper. Nachdem er sie hergebracht und entkleidet hatte, konnte er sie eingehend untersuchen. Sie war so, wie Gott sie geschaffen hatte. Weder eine noch so kleine Narbe oder Pigmentflecken noch Tattoos oder Piercings an irgendwelchen Stellen verunstalteten diesen makellosen Körper. Die Haut war straff, feinporig und samtig weich und hatte einen südländischen Teint, der seinem sehr ähnlich war. Die Brüste waren perfekt geformt, mit kleinen rosigen Nippeln.

Den Atem hatte es ihm aber verschlagen, als er ihr das Höschen ausgezogen hatte. Obwohl er schon Hunderte gesehen hatte, präsentierte sich ihm die schönste Vulva, die er je zu Gesicht bekommen hatte. Ein unbeschreibliches Glücksgefühl hatte ihn durchströmt.

In seinen schönsten Tagträumen hatte er sich ausgemalt, einmal so schön zu sein wie sie, einen ebenso schönen Körper, wohlgeformte Brüste und eine schöne Vagina zu besitzen. Genauso hätte sie sein müssen. Bedauerlicherweise war ihm das für immer verwehrt. Auf ewig gefangen in der grotesken, fremden Hülle, ohne Aussicht auf Freiheit oder Erlösung, war er des täglichen Schauspielerns müde.

Hineingeprügelt in eine Geschlechterrolle, die er nie wollte. Und als die Chance endlich gekommen schien, seinem Leben eine andere Wendung zu geben, musste er für seine Mutter da sein. Nein, er machte ihr keine Vorwürfe, dennoch war er gezwungen, zwei Leben zu führen. Nur hier im Keller seiner Jagdhütte, in seinem Refugium, spielte sich sein wahres Leben ab, räumlich begrenzt zwar, aber nur hier fühlte er sich echt.

Er wischte sich eine Träne von der Wange und blickte auf zum Monitor. Immer noch wiegte Karina sich hin und her. Ihre Schönheit würde ihm, wenn auch nur für kurze Zeit, das geben, wonach er sich am meisten sehnte.

Er stieß sich von dem Schreibtisch ab und erhob sich langsam aus dem Bürosessel. Es war an der Zeit, ihr einen Besuch abzustatten!

47. Kapitel

Konstanz

Hagedorn war gleich nach dem Mittagessen in den Soko-Raum geeilt, um einige Recherchen durchzuführen. Da er jedoch eine ruhigere Umgebung bevorzugte, hatte er sich den lärmenden Kollegen und dem penetranten Klingeln eines halben Dutzends Telefonen entzogen und sich kurzerhand in Bannerts Büro eingenistet. Stoisch betrachtete Hagedorn das Telefon, das bereits seit mehreren Minuten klingelte, ehe er sich entschied, den Hörer abzunehmen.

»Grundgütiger! Sie sind aber ganz schön hartnäckig«, blaffte er ins Telefon. »Hagedorn, hier. Kripo Konstanz.«

Gebannt lauschte er, während er leidenschaftlich in der Nase bohrte, was er zuweilen tat, wenn er sich unbeobachtet fühlte. Plötzlich hielt er inne.

»Ist nicht wahr?!«, rief er überrascht aus. »Und Sie sind sich hundertprozentig sicher? Würden Sie mir das Ergebnis per Fax zukommen lassen? Warten Sie!«

Hektisch sah er sich auf Bannerts Schreibtisch um, bis er unter den vielen Schriftstücken, die sich darauf türmten, eines mit einem Briefkopf der Dienststelle entdeckte und dem Anrufer die Faxnummer diktierte.

»Ich danke Ihnen sehr, Professor Strasser!«

Nachdenklich strich er sich übers Kinn, als er den Hörer auflegte.

Hagedorn wandte sich wieder Bannerts PC zu. Verständlicherweise hatte man ihm mit Dienstaustritt sämtliche Zugänge zu polizeilichen EDV-Anwendungen entzogen. Doch Bannert hatte ihm bereitwillig sein Passwort gegeben, sodass er, falls nötig, Zugang zu der elektronischen Fallakte hatte. Wenn Burger davon Wind bekäme, würde er ihn und Bannert lynchen. So viel stand fest.

Es gab ein Rechercheprogramm namens ViCLAS, ein von der kanadischen Polizei entwickeltes Analysesystem, das in der operativen Fallanalyse zu einem unverzichtbaren Hilfsmittel geworden war, um sexuell assoziierte Straftaten zu untersuchen. Vorausgesetzt, alle Details einer Tat waren sorgfältig in das System eingegeben worden, ließen sich damit Serienmorde und komplexe Informationen zu einzelnen Taten und Verhaltensmustern recherchieren. Nur wenige Sachbearbeiter hatten Zugriff auf die Datei, und Hagedorn bezweifelte, dass Bannert einer davon war. Hagedorn war neugierig, ob er noch Zugang zu ViCLAS hatte. Er öffnete das Programm und gab seinen alten Benutzernamen ein. Und tatsächlich: Anscheinend hatte man vergessen, ihn für die ViCLAS-Datenbank zu sperren! Vermutlich hatten die Administratoren gedacht, dass es nicht nötig sein würde, da man auf ViCLAS nur Zugriff hatte, wenn man sich ins Intranet der Polizei einloggte, was wiederum nur möglich war, wenn man die Zugangsberechtigung auf einen dienstlichen Rechner hatte. Doch Hagedorn fand nichts, was ihm weitergeholfen hätte. Obwohl er auf ähnlich grausame Taten gestoßen war, bei denen die Opfer furchtbar verstümmelt worden waren, fanden sich weder in der Tatausführung noch in der Vorgehensweise irgendwelche Parallelen zu ihrem Mörder. Und das machte ihn fuchsig.

Hagedorn betätigte einen der zahlreichen Knöpfe,

und die Rückenlehne seines Rollstuhls senkte sich summend nach hinten, bis er in einer fast liegenden Position, die Arme über der Brust verschränkt und mit geschlossenen Augen, nachdachte.

»Komm schon, Falk! Was übersiehst du?«, murmelte er leise vor sich hin.

»Was tust du, du Bastard? Du tötest junge Frauen, die sich in gewisser Weise ähneln. Bevor du sie tötest, skalpierst du sie und entfernst ihnen chirurgisch die Geschlechtsorgane. Du desexualisierst sie, raubst ihnen Geschlecht und Identität. Die Entfernung führst du prämortal durch und dennoch lässt du die Opfer nicht leiden, weil du sie sedierst und narkotisierst. Vielleicht bist du gar nicht das sadistische Dreckschwein, für das ich dich anfangs gehalten habe. Also, was machst du mit den Teilen, die du den Frauen raubst? Vergehst du dich an ihnen und behältst sie als Trophäen? Folgst du einem religiösen Ritual? Was treibt dich an, du Scheißkerl?«

Hagedorn hing noch eine Zeit lang seinen Gedanken nach, brachte sich dann aber zurück in eine aufrechte Position und massierte sich mit Daumen und Zeigefinger die Nasenwurzel.

»Hm«, brummte er grimmig, als er den Nachrichteneingang auf seinem Handy kontrollierte. Keine E-Mails, keine Sprachnachricht, nichts. Bannert hatte sich auch noch nicht gemeldet.

Da er nicht das Gefühl hatte, hier weiterzukommen, entschied er sich nachzusehen, ob das Fax des Gerichtsmediziners schon eingegangen war. Nachdem er sich abgemeldet und Bannerts Rechner heruntergefahren hatte, rollte er in den Gang hinaus. Ihm war so, als hätte er aus den Augenwinkeln die Gestalt Burgers gesehen, der rasch kehrtmachte und in sein Büro verschwand. Unweigerlich musste er grinsen.

»Ach, Falk! Gut, dass ich dich treffe«, erklang eine Stimme hinter ihm.

»Hallo, Justus!«, begrüßte er Köber. Sie kannten sich vom Amt, hatten aber selten zusammen zu tun gehabt. Justus Köber hatte schon einige Jahre vor ihm beim Landeskriminalamt angefangen und war in den Achtzigern maßgeblich an einigen herausragenden Fällen beteiligt gewesen, was ihm eine hohe Reputation und rasche Beförderungen eingebracht hatte. Hagedorn fand, dass Köber sich seit Jahren schon auf seinen Lorbeeren auszuruhen schien, da es im Amt danach ruhig um den Ermittler geworden war.

»Sag mal, Justus – du müsstest es doch auch bald hinter dir haben?«

Köber nickte lächelnd. »Mit dem Rest des heutigen Tages sind es exakt hundervierundzwanzig Tage bis zu meiner Pensionierung. Und soll ich dir was sagen? Ich kann's kaum erwarten!«

»Das glaube ich dir gerne. Dann hoffe ich, dass du noch viele, viele Jahre von deiner Pension zehren kannst. Was kann ich denn für dich tun?«, erkundigte sich Hagedorn.

»Kieferle hat mir heute Morgen eine Videodatei zur Auswertung gebracht.«

»Der KT-Mann?! War was drauf auf dem File?«

»Allerdings! Aber außer einem Haufen kranken Scheiß kann man darauf nur sehr wenig erkennen.«

»Ich dachte, der Bewegungsalarm in der Prosektur war eine Fehlauslösung?«, merkte Hagedorn mit hochgezogener Augenbraue an.

»Na, eben nicht! Das Problem war wohl, dass der Bewegungsmelder das Signal mittels GSM-Sender überträgt. Du musst dir das so vorstellen, dass …«

»Schon klar, Justus. Handyübertragung! So lange bin

ich nun auch wieder nicht im Ruhestand. O. k., weiter!«, drängte er.

»Durch die dicken Betonwände war das Funksignal gestört. Das Handy hat sich wieder und wieder ins Netz eingewählt, bis die Übertragung erfolgen konnte.«

»Das bedeutet, dass die Alarmmeldung also sehr viel später einging?«

»Richtig! Laut Zeitstempel der Videoaufzeichnung über eine Stunde später.«

»Klar, dass die Kollegen der Streife niemanden mehr dort angetroffen haben«, nickte Hagedorn bestätigend.

»Was meinst du mit einem Haufen kranken Scheiß?«

»Deshalb habe ich dich ja gesucht, das musst du dir selbst ansehen. Weißt du, wann Bannert zurück ist?«

»Nein, keine Ahnung!«

»Nicht so schlimm. Ich habe ihm die Datei per Mail geschickt.«

Köber deutete zum Soko-Raum. »Ich habe die Aufnahme auf meinem PC schon geöffnet.«

Hagedorn folgte ihm zu seinem Arbeitsplatz.

Als Köber die Videodatei startete, flimmerte zunächst eine Schwarz-Weiß-Aufnahme über den Monitor, die plötzlich an Schärfe gewann und farbig wurde, als das Licht in der Pathologie anging.

Köber klickte auf ein Symbol, das die Aufnahme in schnellerem Tempo ablaufen ließ.

Während Köber nur mit Abscheu in den Monitor blickte, folgte Hagedorn den raschen Bilderfolgen mit perfider Neugier, bis die Aufnahme zum Ende gelangte.

»Nun? Was denkst du?«, fragte Köber ihn von der Seite.

»Na ja, im Wesentlichen sehen wir einen Mann, der sich in schäbigster Art und Weise vaginal, anal und oral an einer Leiche vergeht, ohne dass man sein Gesicht zu sehen bekommt. Aber trotzdem aufschlussreich.«

»Inwiefern?«, wunderte sich Köber.

»Es ist die Art, wie er mit ihr umgeht. Er subjektiviert sie nicht, behandelt sie nicht wie eine Tote, eher wie etwas Lebendiges, ja wie eine Geliebte. Du verstehst, was ich meine?«

»Ich glaube schon«, erwiderte Köber bedächtig.

»Hast du die Datei bereits der elektronischen Fallakte hinzugefügt?«, wollte Hagedorn wissen.

»Klar! Ist eingestellt.«

»Gut. Ich muss mir das wahrscheinlich noch ein paarmal anschauen.«

Hagedorn friemelte mit spitzen Fingern einen USB-Stick aus der Watch-Pocket seiner Jeans, den er Köber reichte.

»Könntest du mir einen Teil der Aufnahme oder zumindest einige Screenshots auf den Stick ziehen, Justus?«

»Klar! Wieso? Was willst du denn damit?«, erkundigte sich Köber verwundert, als er den USB-Stick in den entsprechenden Port steckte.

Hagedorn blickte ihn ungeduldig an.

»Tu einfach, worum ich dich gebeten habe.«

»Schon gut«, brummte Köber.

Rasch nahm Hagedorn den USB-Speicher in Empfang und rollte surrend aus dem Soko-Raum. Auf dem Weg zurück zu Bannerts Büro pflückte er im Vorbeirollen das Fax aus dem Gerät, das im Flur neben dem Kopierer stand, schnappte sich seine Jacke und verließ das Gebäude.

48. Kapitel

Fünfundzwanzig Jahre früher

Eine Stunde ist es jetzt her, seit die Ärzte sie aus dem künstlichen Koma erweckt hatten.

»Wir können erst in den nächsten Tagen Genaueres sagen. Aber die ersten Untersuchungen und Tests sind vielversprechend. Da ihr Allgemeinzustand befriedigend ist, planen wir, sie bereits in den nächsten Tagen in eine neurologische Rehaklinik zu verlegen«, hat Dr. Kauder vage angedeutet, als er, wie jeden Tag, auf die Station kam, um seine Mutter zu besuchen. Was immer er damit meint.

»Hallo, Mama!«, sagt er leise und ergreift zärtlich ihre Hand, als er sich auf der freien Kante ihres Bettes niederlässt. Ihr Blick scheint durch ihn hindurchzugehen, wenngleich er so etwas wie Erkennen darin zu sehen glaubt. Etwas fester drückt er ihre Hand und küsst sie auf die Stirn.

»Du musst jetzt ganz rasch wieder gesund werden, hörst du!«

Zu seiner Überraschung deutet sie ein fast unmerkliches Kopfnicken an, was ihm ein erleichtertes Lächeln entlockt.

»Ich komme gut klar, mach dir keine Sorgen. Ich weiß mittlerweile auch, wie man die Waschmaschine bedient.«

Das Monokelhämatom, das das linke Auge überzieht, hat sich in den vergangenen Tagen auffallend zurückgebildet.

Auch die Schwellung des rechten Auges ist zurückgegangen, wenngleich es immer noch stark eingeblutet ist. Dr. Kauder hat diagnostiziert, dass sie möglicherweise über achtzig Prozent der Sehkraft dieses Auges verloren habe und das Augenlid zeitlebens eine Lähmung haben würde.

Den Unterkiefer hat man für eine schnellere Heilung mit mehreren Titanschrauben und Platten fixiert. Die Hämatome würden verschwinden, der gebrochene Arm und der Finger würden heilen. Aber würde sie sich vollständig erholen? Würde sie wieder ganz die Alte sein?

Er will so sehr daran glauben. Zuversichtlich blickt er in das Gesicht seiner Mutter. Weder die wenigen noch verbliebenen Schwellungen noch das leicht hängende Augenlid können ihre Schönheit schmälern.

Schon in frühen Jahren war er dankbar, dass er kaum Ähnlichkeit mit seinem Vater hatte. Er war schon immer das Abbild seiner Mutter, äußerlich wie charakterlich. Die gleichen dunklen Haare, der südländische Teint und die gleichen hell strahlenden blauen Augen.

Zärtlich streicht er ihr über die Wange. Unsicher, was er ihr erzählen soll, entscheidet er sich zu schweigen. Flatternd schließt sie die Augen und schläft ein, während er bei ihr sitzt. Drei Wochen hat sie im Koma gelegen, und viel ist in der Zeit geschehen. Nachdem er sich ihm anvertraut hatte, riet Dr. Kauder ihm, ihr nichts von den Geschehnissen zu erzählen. Zumindest noch nicht. Wann? Wann war der richtige Zeitpunkt? Sollte er damit warten, bis sich ihr Zustand in der Rehabilitation verbessern würde?

Das Schwein, das sie so zugerichtet und fast totgeprügelt hatte, ließ sich mehr als eine Woche nicht zu Hause blicken. Als er kam, zog er die Springerstiefel aus, warf sein Schiffchen auf die Garderobe und schleuderte seinen Seesack mit der Schmutzwäsche in die Ecke, als wäre nie etwas geschehen, als käme er wie jeden Tag von der Kaserne nach Hause. Nur dass eben nichts wie früher war. Der Drecksack hatte nicht mal die Eier, sich zu erkundigen, wie es ihr ging. An dem gefühllosen Mistkerl so etwas wie Reue zu spüren, hatte er gar nicht erwartet. Auch schien es ihn nicht im Mindesten zu interessieren, wie es seiner Frau ging. Keine drei Stunden später hatte er sturzbesoffen auf der Couch gelegen. Lange saß er ihm im Sessel gegenüber und beobachtete das schnarchende und furzende Scheusal. Mit jeder Minute, die er ihn anstarrte, wuchs sein Zorn und Hass ins Unermessliche. Es wäre kinderleicht gewesen, ihm ein Messer in die Brust zu rammen, ihm eine Plastiktüte überzustülpen oder ihn einfach mit dem Kissen zu ersticken. Stattdessen ging er in den Keller. Klickend öffnete sich die Stahltür des Waffenschrankes, als er mit flinken Fingern den achtstelligen Code ins Zahlenschloss eingetippt hatte.

Außer seinem eigenen Kleinkalibergewehr und seiner Kleinkaliberpistole befanden sich darin die Jagdwaffen seines Erzeugers. Erst hatte er sich für das Jagdgewehr mit Schalldämpfer entschieden, bis ihm klar wurde, wie bescheuert das ausgesehen hätte. Er war kein Kriminalist, aber er hatte vermutet, dass es einem verzweifelten Selbstmörder relativ egal war, ob man den Knall der Selbsthinrichtung hören könnte oder nicht. Mit dem Risiko, dass jemand den Schuss hören konnte, musste er leben.

Deshalb hatte er die Waffe zurückgestellt und nach

der doppelläufigen Schrotflinte gegriffen. Beladen mit einer einzigen Schrotpatrone war er damit ins Wohnzimmer zurückgeeilt. Unter widerwilligem Knurren war es ihm gelungen, ihn in eine halbwegs sitzende Position aufzurichten. Mit hängenden Armen, das Kinn auf der Brust ruhend, hatte er ihn in genau der Position, die er haben wollte. Dann war er vor seinem Vater in die Knie gegangen, hatte den Gewehrschaft auf dem Teppichboden aufgestellt und dessen schwieligen rechten Daumen zum Abzugsbügel geführt. Es genügte ihm, den Lauf an die Lippen anzulegen. Einen tiefen Atemzug nehmend hatte er seinen auf dessen Daumen gelegt und, ohne zu zögern, abgedrückt.

Der Knall war ohrenbetäubend gewesen. Noch Tage später hatte er ein Pfeifen in den Ohren, von dem er befürchtete, es nie wieder loszuwerden.

Die Sauerei war gewaltig. An der Decke und der Wand hinter ihm klebten Hirnmasse, Blut, Zähne, Teile der Schädelschwarte und Knochensplitter. Überrascht hatte ihn die seltsame Ruhe, die er empfand, als er abgedrückt hatte, und die sich anschließende Erleichterung. Natürlich brächte es nicht zurück, was das Scheusal ihm genommen hatte, aber es würde ihn und seine Mutter nie wieder verletzen können. Allein das zählte! Nun waren sie endlich in Sicherheit!

Zeugen hatten der Polizei später von einem Schuss berichtet, den sie gehört hatten.

Er selbst war erst nach Hause gekommen, als der Leichnam abtransportiert wurde. Sein Alibi wurde nie angezweifelt, dafür hatte er gesorgt.

Natürlich musste er, um den Schein zu wahren, den trauernden, liebenden Sohn mimen, was ihm nicht schwergefallen war.

Nur wenige Trauernde waren zu der Urnenbeisetzung gekommen. Einige Kameraden seiner Einheit und ein paar ihm unbekannte Menschen aus der Gemeinde, von denen er annahm, dass es die Art von Leuten war, die aus reiner Neugier oder in der Hoffnung, sich an einem Leichenschmaus gütlich zu tun, aufgetaucht waren.

Liebevoll schaut er auf seine schlafende Mutter. Noch immer hält er ihre Hand.

Weder in der neurologischen Reha noch in den Jahren, die folgten, hatte sie ihn je danach gefragt, was genau geschehen war. Die Tatsache, dass er tot war, hatte sie gleichgültig zur Kenntnis genommen. Möglicherweise ahnte sie, was er getan hatte. Deshalb ließ sie es auf sich beruhen. Sie hatten danach nie wieder darüber geredet.

49. Kapitel

Jagdhütte

Ein leises Brummen ließ Karina zusammenschrecken. Sie hob den Kopf und lauschte angestrengt, ob sich das Geräusch wiederholen würde. Einige Sekunden lang geschah nichts. Hinter oder unterhalb der Wand zu ihrer Linken setzte sich ein elektromechanischer Prozess in Gang. Plötzlich begann die Wand sich zu bewegen, und ein immer breiter werdender Lichtspalt öffnete sich. Kaltes künstliches Neonlicht fiel herein, das sie blendete. Sie kniff die Augen zusammen, öffnete sie erneut und blinzelte, um sich an das Licht zu gewöhnen. Durch das Fehlen natürlichen Lichts war ihr jegliches Zeitgefühl verloren gegangen. War es Tag? War es Nacht? Sie konnte es nicht sagen. Nicht einmal, wie lange sie schon hier eingesperrt war. Gefühlt waren es Tage, obwohl es erst wenige Stunden sein konnten. Und noch immer wusste sie nicht, wie sie hierhergekommen war.

Sie schwang die Beine über die Kante der Pritsche und erhob sich langsam. Die Muskeln angespannt, war sie bereit, alles und jeden anzufallen, der durch die Öffnung treten würde. Wie sie es vor ewiger Zeit gelernt hatte, nahm sie Kampfhaltung an, als ein Schatten durch den Spalt ins Innere trat. Ihre Augen hatten sich noch immer nicht vollständig an das Licht gewöhnt. Dennoch machte sie einen Ausfallschritt nach vorne und hieb und trat nach der formlosen Gestalt.

Das Phantom parierte gekonnt ihre Angriffe und

streckte sie mit einem einzigen präzise geführten Schwinger zu Boden.

Als sie zu sich kam, lag sie an Händen und Füßen gefesselt rücklings auf der Pritsche. Ihr Schädel dröhnte, der Kiefer schmerzte, und sie hatte den metallischen Geschmack von Blut im Mund.

»Alle Achtung!«, sagte eine männliche Stimme. »Ich hatte ja keine Ahnung, dass du so gut Karate kannst.«

Da sich das Licht im Rücken des Sprechers befand, konnte Karina nur die Umrisse des Mannes erkennen, der über ihr stand und auf sie hinabblickte.

»Fahr zur Hölle, du Bastard!«, zischte sie.

»Oh, eines Tages werde ich das ganz bestimmt«, antwortete er belustigt.

»Warum bin ich hier? Was wollen Sie von mir?«

»Das erfährst du noch früh genug.«

»Glauben Sie ja nicht, dass nicht schon nach mir gesucht wird. Mein Vater ist beim Landeskriminalamt. Wenn der Sie in die Finger bekommt, reißt er Ihnen den Arsch auf.«

Ein leises, kehliges Lachen erklang.

»War, meine liebe Karina. Dein Vater *war* beim Landeskriminalamt. Und eigentlich bist du nur seinetwegen hier.«

Karinas Gedanken überschlugen sich. Was hatte ihr Vater damit zu tun? Was hatte sie damit zu tun? Ihr Vater war schon eine ganze Weile nicht mehr beim LKA. Sollte das die späte Rache eines Verbrechers sein, den ihr Vater hinter Schloss und Riegel gebracht hatte?

Jemand, der vorzeitig aus der Haft entlassen worden war und geschworen hatte, Rache dafür zu üben?

»Abgesehen davon sitzt er im Rollstuhl und ist keine ernst zu nehmende Gefahr, nicht wahr?«

Karina zerrte an ihren Fesseln. Die Plastikschließen begannen unangenehm in die Haut zu schneiden.

»Machen Sie mich los, Sie Schwein, und ich zeig Ihnen, wie gut ich in Karate bin.«

Der Schemen schüttelte behäbig den Kopf.

»So läuft das nicht Karina. Du wirst …«

Wütend spie sie ihm ein Gemisch aus Blut und Speichel ins Gesicht, was von ihm augenblicklich mit einer schallenden Ohrfeige quittiert wurde.

»Der Apfel fällt wohl doch nicht weit vom Stamm, hm?! Du bist genauso unausstehlich und nervtötend wie dein alter Herr. Überheblich, selbstgefällig, herablassend und beleidigend. Eigentlich hatte ich nicht vor, dir Fesseln anzulegen. Das hat so etwas Entwürdigendes, finde ich. Und noch weniger hatte ich die Absicht, dich k. o. zu schlagen. Du solltest mal überdenken, ob dein Verhalten in deiner sagen wir besonderen Lage, wirklich zielführend oder hilfreich ist«, sagte er mit deutlich schärferem Tonfall.

»Ich hatte eigentlich vor, dir etwas zu essen zu bringen und mich zu unterhalten.«

»Ich wüsste nicht, worüber wir uns unterhalten sollten!«, spie sie ihm verächtlich entgegen. »Oder wollten Sie mir erzählen, wo und wann Sie mich entführt haben? Und vor allem zu welchem Zweck?«

»Hm, nein! Das war nicht meine Absicht«, erwiderte er hörbar schmunzelnd.

»Mich interessiert vielmehr, welche Mode du gerne trägst, welches Make-up du benutzt, welche sexuellen Erfahrungen du mit Männern gemacht hast.«

Karina verstand nicht.

»Was sind Sie denn für ein perverser Irrer?!«

Wieder erntete sie eine schallende Ohrfeige.

Dumm, Karina, saudumm! Du solltest echt deine vorlaute Klappe halten, rügte sie sich in Gedanken.

Erneut schmeckte sie Blut in ihrem Mund.

Er beugte sich ihr entgegen und schien sie eindringlich zu mustern.

»Du solltest mich wirklich nicht provozieren, weißt du! Ich bin kein Freund von Gewalt, und noch weniger will ich eine Frau schlagen. Wobei ich gestehen muss, dass es mir bei dir leichterfällt. Vielleicht liegt es daran, dass du deinem Vater so ähnlich bist.«

Die Gestalt wandte sich um und näherte sich dem Lichtspalt.

»Ach ja«, fuhr er fort, »deine Erinnerungen kommen wieder. Das ist nur eine vorübergehende Nebenwirkung des Medikamentencocktails, den ich dir verabreicht habe. Wirkt sich auf dein Kurzzeitgedächtnis aus.«

»Wo gehen Sie hin?«, wollte sie wissen. Sie war nicht scharf darauf, allein in der Dunkelheit zurückzubleiben.

»Na, ich habe zu arbeiten. Was denkst du denn?«

»Lassen Sie mir wenigstens das Licht an«, bat sie.

Ohne eine weitere Antwort verließ er ihr Gefängnis. Brummend setzte sich die Wand in Bewegung, begann sich zu schließen. Der Lichtspalt wurde immer schmaler, bis der Verschlag sich klickend verriegelte und jeden Lichtstrahl aussperrte.

Erneut umfangen von vollkommener Dunkelheit lag sie auf der Pritsche, diesmal durch Plastikfesseln ihrer Bewegungsfreiheit beraubt.

Toll, Karina! Klasse gemacht!

Tränen der Wut und Verzweiflung kullerten ihr über die Wangen.

50. Kapitel

Konstanz

Hagedorn stand unentschlossen auf dem Parkplatz des Polizeipräsidiums. Es hatte zu nieseln begonnen, und er stellte den Kragen seines Anoraks auf. Kurz hatte er überlegt, sich ein Rollstuhl-Taxi zu bestellen, war aber, nachdem er die Navigations-App seines Handys bemüht hatte, davon abgekommen. Die vier Kilometer würde sein Rolli spielend zurücklegen. Er würde zwar nass werden, aber das war ihm egal. Ein kurzer Blick auf den Ladezustand seiner Akkus zeigte ihm, dass er auch problemlos den Rückweg schaffen würde.

Fünfzehn Minuten später stand er staunend vor einem Anwesen im Musikerviertel, einem Stadtteil von Konstanz, der seinen Namen den Straßennamen verdankte, die den großen Komponisten gewidmet waren. Eine gehobene Wohngegend, in der schon im frühen neunzehnten Jahrhundert spätklassizistische Jugendstilvillen errichtet worden waren.

Vor einer jener Villen kramte Hagedorn verwirrt den zerknitterten Zettel aus seiner Jackentasche, um sich zu vergewissern, dass er sich nicht in der Adresse geirrt hatte. Er hatte sich nicht geirrt.

Umgeben von einer eingezäunten, weitläufigen Parkanlage hatte man von dem freistehenden Anwesen direkten Zugang zum Seeufer.

»Nicht schlecht, Herr Zahnert«, grummelte Hagedorn, als er langsam über den gepflasterten Weg auf den Eingang zurollte. Die kleine Stufe davor war für die großen Reifen seines Rollstuhls problemlos zu überwinden, wenngleich er hoffte, keine weiteren Hindernisse im Haus vorzufinden.

Ein angenehmer Dreiklang ertönte, als er die Klingel betätigte. Zaghaft wurde die Tür geöffnet, und ein hübsches Mädchen, das Hagedorn auf dreizehn Jahre schätzte, sah ihn irritiert an.

»Ja?«

»Guten Tag«, sagte er und bemühte sich dabei, seriös zu wirken. Ihm war bewusst, welchen Eindruck seine Gestalt und seine langen, nass am Kopf klebenden Haare erwecken mochten.

»Mein Name ist Falk Hagedorn. Ich arbeite für die Kriminalpolizei. Ist dein Vater oder deine Mutter zu Hause?«

»Haben Sie einen Dienstausweis oder eine Marke?«, erkundigte sie sich.

»Weder noch«, grinste er. »Aber ich finde es gut, dass du kritisch bist und nach einem Ausweis fragst.«

»Cynthia? Wer ist denn da?«, erklang eine Stimme aus einem der angrenzenden Räume.

»Ein Herr von der Polizei«, rief das Mädchen zurück.

Eine zierliche Frau mit kurzen blonden Haaren kam vorsichtig um die Ecke. Sie trug ein Paar orangefarbener Gummihandschuhe und eine scheußlich altmodische Schürze, wie sie Hagedorns Großmutter früher besessen hatte.

»Guten Tag! Worum geht es bitte schön?«, erkundigte sie sich höflich, mit deutlich hörbarem Wiener Akzent.

»Hagedorn mein Name. Falk Hagedorn. Guten Tag, Frau Zahnert!

Ich arbeite beratend für die hiesige Kriminalpolizei. Ist Ihr geschätzter Ehemann zu Hause?«

»Nein, tut mir leid. Der müsste in der Klinik sein.«

»Leider nein. Seine Sekretärin sagte mir, dass er außer Haus sei. Ich hatte die Hoffnung, ihn vielleicht hier anzutreffen.«

Hagedorn warf Cynthia, die ihn unverhohlen musterte und die unverkennbar Zahnerts Tochter war, ein Lächeln zu.

»Cynthia, Schatz. Geh doch bitte schnell nach oben und dreh das Wasser ab, sei so gut!«

Entschuldigend wandte sie sich erneut Hagedorn zu.

»Ich bitte um Entschuldigung. Ich war bis eben noch am Putzen und wollte mir gerade eine Wanne einlassen.«

»Im Gegenteil. Ich muss mich für die Störung entschuldigen«, erwiderte er abwehrend.

Cynthia stand immer noch in der Tür. Offenbar fiel es ihr schwer, den Blick von dem sonderbaren Kerl, der da in einem monströsen Rollstuhl vor ihrer Haustür stand, abzuwenden.

»Cynthia, bitte!«

Das Mädchen erwachte aus seiner Starre.

»Auf Wiedersehn, Herr Hagedorn! Hat mich sehr gefreut, Sie kennenzulernen.«

Erstaunt und irritiert zugleich sah er ihr nach.

»Sie haben eine sehr wohlerzogene Tochter.«

»Vielen Dank«, gab sie verlegen zurück. »Wie unhöflich von mir, Sie hier im Regen stehen zu lassen. Wollen Sie nicht hereinkommen?«

»Aber nur, wenn ich Ihnen mit meinem Gefährt und meinen nassen Klamotten nicht zur Last falle.«

Süßholzgeraspel hatte Hagedorn noch nie gelegen, genau genommen war es ihm zuwider. Ihm war herzlich egal, ob er mit seinen Rollstuhlreifen nasse Striemen auf dem Parkett oder der Teppichbrücke im Flur hinterlassen würde. Er war gekommen, um Zahnert zu sehen, ihn mit dem Video aus der Pathologie zu konfrontieren. Und da er offensichtlich nicht in der Klinik war, würde er eben hier auf ihn warten. Und wenn es den ganzen Nachmittag und den ganzen Abend dauern würde. Und das war deutlich angenehmer, wenn er sich zumindest etwas um Höflichkeit bemühte.

Theresia Zahnert trat einen Schritt zur Seite und machte eine einladende Geste.

»Sie fallen mir ganz und gar nicht zur Last. Kommen Sie doch bitte herein!«

Allein das geräumige und weitläufige Entree der Villa musste, so schätzte Hagedorn, gut und gerne die Hälfte der Gesamtwohnfläche seines bescheidenen Reiheneckhäuschens einnehmen. Der Flur schien sich über die gesamte Länge des Hauses zu erstrecken. An seinem Ende befand sich ein bogenartiger Durchgang, dem sich eine breite Treppe mit einem schmiedeeisernen Geländer anschloss. Rechts und links konnte er mehrere Räume ausmachen. Der Boden war mit altem, aber neu aufbereitetem Fischgrätparkett belegt, auf dem ein etwa sieben Meter langer und mehr als zwei Meter breiter, rot gemusterter Teppich ausgelegt war. Er hatte keine Ahnung wie hoch das Jahresgehalt eines Verwaltungschefs einer Klinik sein mochte, zweifelte aber, dass man damit einen derart feudalen Lebensstil würde finanzieren können.

Allein für den Teppich, mutmaßte er, würde man einen kleineren Mittelklassewagen erstehen können.

Vorsichtig setzte er den Rollstuhl in Bewegung und fuhr leise summend in den Eingangsbereich. Theresia Zahnert schloss die Eingangstür hinter ihm und eilte an ihm vorbei. Die Frau war so klein, dass sie ihn selbst in stehender Position kaum überragte.

»Wenn Sie mir bitte folgen würden?«

Vorsichtig, um nirgends anzuecken, manövrierte er sein Gefährt durch die Doppelflügeltür in einen großen, lichtdurchfluteten Raum. Salon? Wohnzimmer? Im fehlten die Worte. Die halbe Etage einnehmend, maß der Raum an die hundert Quadratmeter, war zu beiden Seiten mit geschwungenen Terrassentüren verglast, die einen atemberaubenden Blick auf den Bodensee ermöglichten.

»Darf ich Ihnen etwas anbieten? Kaffee? Tee?«, fragte sie höflich und holte ihn damit in die Realität zurück.

»Kaffee wäre toll! Vielen Dank!«

Wenige Augenblicke, nachdem sie den Raum durch die Flügeltür verlassen hatte, vernahm er das Mahlgeräusch eines Kaffeevollautomaten.

Hagedorn ließ seinen Blick langsam durch den Raum schweifen. Beherrscht wurde er von einer großzügigen Couchlandschaft, in deren Mitte ein schwerer Couchtisch, gefertigt aus Treibholz, stand. Mehrere Vasen auf Säulen, Blumengebinde und eine Yuccapalme in einem großen Terrakottatopf waren perfekt im Raum arrangiert. Dominiert wurde der Saal jedoch von einem für seinen Geschmack zu altmodischen und kitschig anmutenden Kronleuchter, der inmitten der gewölbten Decke angebracht war. Weitere Möbelstücke befanden sich nicht im Raum, auch keine Gemälde oder Fotografien, nicht einmal ein Fernsehgerät.

Er vermutete, dass sich ein weiteres Wohnzimmer in der oberen Etage befand. Der Raum war harmonisch eingerichtet und dekoriert. Dennoch stellte er eine Dekadenz zur Schau, die Hagedorn abstieß, aber Zahnerts Charakter uneingeschränkt widerspiegelte.

»Guten Tag«, erklang es schüchtern hinter ihm.

Er ließ den Rollstuhl einmal um die eigene Achse rotieren.

»Guten Tag! Na, wer bist du denn?«, erkundigte er sich höflich, obwohl er schon wusste, dass es sich um Zahnerts jüngste Tochter Lisanne handeln musste.

»Mein Name ist Lisanne.«

Obwohl er ihr nicht geheuer zu sein schien, trat sie beherzt einen Schritt auf ihn zu und reichte ihm höflich die Hand.

»Freut mich, dich kennenzulernen, Lisanne.«

»Bist du Polizist?«, fragte sie freiheraus, was Hagedorn ein Lächeln entlockte.

»So etwas in der Art, ja!«

»Lisanne, bitte! Sei nicht immer so vorlaut und neugierig«, ermahnte Theresia Zahnert, die, ein kleines Tablett tragend, den Raum betreten hatte.

»Ich wusste nicht, wie Sie ihn trinken. Deshalb habe ich Ihnen noch Milch und braunen Zucker mitgebracht.«

»Vielen Dank!«

Sie setzte das Tablett auf den schweren Couchtisch, und Hagedorn folgte ihr.

»Lisanne, bitte sei so gut und geh nach oben in dein Zimmer. Du weißt, was ich dir vorhin gesagt habe. Räum dein Zimmer auf!«

»Ja, Mama«, kam es kleinlaut zurück.

Sie winkte Hagedorn schüchtern zum Abschied und verschwand widerwillig.

»Sie konnten meinen Mann also in der Klinik nicht antreffen?«, erkundigte sie sich, während sie ihm die Tasse reichte.

»Ich war nicht dort«, korrigierte er. »Seine Sekretärin ließ mich auf telefonische Nachfrage wissen, dass er außer Haus sei.«

»Nun, dann würde ich vermuten, dass er anderweitige Termine wahrnimmt oder auf dem Golfplatz ist. Seine größte Leidenschaft, müssen Sie wissen. Mein Mann arbeitet sehr viel und hart, und das Golfen ist für ihn der perfekte Ausgleich.«

Hagedorn nahm ihr die verständnisvolle Ehefrau nicht ab.

»Ihrem Dialekt nach zu urteilen, stammen Sie aus Wien?«, fragte er, um auf ein anderes Thema zu lenken.

»Eigentlich aus der Steiermark. Aber aufgewachsen bin ich in Wien, das ist korrekt.«

»Darf ich fragen, wie Sie und Ihr Mann sich kennengelernt haben?«

Im ersten Moment schien sie von seiner Frage irritiert zu sein, antwortete aber dennoch mit einem freundlichen Lächeln.

»Wir haben uns an der Uni in Erlangen kennengelernt. Wir haben beide dort studiert.«

»Oh, das ist ja interessant! Was haben Sie denn studiert, Frau Zahnert?«

»Medizin. Oh, ich habe das Studium aber nicht abgeschlossen. Familiäre Dinge haben mich gezwungen, nach dem vierten Semester abzubrechen. Mein Mann hat Betriebswirtschaft studiert.

Sagen Sie, was wollen Sie denn von meinem Mann?«, wechselte jetzt sie das Thema.

»Wie Ihnen sicher bekannt ist, ermittelt die Kriminalpolizei Konstanz in einer Mordserie. Ich bin psychologischer Berater und versuche die Ermittlungen zu unterstützen. Herr Zahnert war uns bei einigen Fragen bezüglich der Opfer behilflich«, log er.

»Oh ja, die schrecklichen Morde«, stellt sie betroffen fest. »Sind Sie dem Scheusal denn schon auf der Spur?«

Noch während er überlegte, was er ihr darauf antworten sollte, fuhr ein großer BMW in die Hofeinfahrt. Der Kies knirschte mahlend unter den breiten Reifen des Wagens, bis dieser zum Stillstand gekommen war.

»Jetzt haben Sie aber Glück! Da kommt mein Mann.«

Theresia Zahnert schien von einer plötzlichen Nervosität und Unruhe ergriffen zu sein, die Hagedorn sich nicht erklären konnte. Sie schien jedoch recht zu behalten, was ihre Vermutung anging. Gernot Zahnert trug ein Golfer-Outfit.

Mit großen Schritten näherte er sich dem Anwesen. Sie war aufgesprungen und eilte ihm entgegen, als die Haustür entriegelt wurde. Was sie ihm sagte, konnte Hagedorn nicht genau hören, aber ihm fiel auf, dass die Begrüßung zwischen den beiden sehr distanziert wirkte. Achtlos ließ Zahnert seinen Schlüsselbund auf die Kommode im Flur fallen und betrat den Salon.

»Herr Hagedorn! Ich wusste nicht, dass wir einen Termin hatten? Schön, Sie zu sehen.«

»Ach, Herr Zahnert«, seufzte Hagedorn. »Sie mögen mich nicht, und ich mag Sie nicht, also schenken wir uns doch die wohlfeilen Höflichkeitsfloskeln und kommen gleich zur Sache.«

Theresia Zahnerts Blick wanderte irritiert, als würde sie dem Schlagabtausch einer rasanten Tennispartie folgen, zwischen Hagedorn und ihrem Gatten hin und her.

»Würdest du uns allein lassen, Theresia?«

Widerspruchslos schlich sie, wie ein getretener Hund, davon.

»Bemerkenswert!«, kommentierte Hagedorn süffisant.

»Nicht, dass es mich interessieren würde, aber was finden Sie so bemerkenswert?«

»Wie wohlerzogen Ihre Familie ist.«

»Kommen Sie zum Punkt, Hagedorn! Sagen Sie, was Sie wollen, und dann verschwinden Sie.«

Hagedorn nickte ergeben und präsentierte mit spitzen Fingern den USB-Speicherstift.

»Hierauf befindet sich eine Datei aus einer Videoüberwachung Ihrer Pathologie.«

Noch ehe Zahnert sich aufregen konnte, fiel ihm Hagedorn ins Wort.

»Ich möchte, dass Sie sich die Datei anschauen und mir verraten, wen Sie darauf erkennen. Es ist ein Mann, den ich allerhöchstens auf fünfundzwanzig bis dreißig Jahre schätzen würde, der sich an einer weiblichen Leiche vergeht. In Ihrer Pathologie, Herr Zahnert.«

Zahnerts Widerstand schien gebrochen, da er resigniert und mit leiser Stimme gestand: »Verstehen Sie doch, Herr Hagedorn, ja, ich wusste von den Vorgängen, und es ist richtig, dass ich versucht habe, sie zu vertuschen. Aber ich habe das nur zum Wohle der Klinik und ihres exzellenten Rufs wegen getan. Ich erwarte nicht, dass Sie das verstehen.«

»Sie haben recht. Sie und der Ruf Ihrer Klinik sind mir scheißegal«, fuhr Hagedorn ruhig fort. »Sie haben in Ihrem Versuch, die Sache zu vertuschen, unsere Ermittlungen behindert, wertvolle Zeit vergeudet, und das verstehe ich nicht. Wirklich nicht! Das wird Konsequenzen haben, verlassen Sie sich darauf!«

Zahnerts Blick glich einem waidwunden Tier, das um Gnade fleht.

»Nils Welte. Sein Name ist Nils Welte«, sagte Zahnert mit gesenktem Kopf. »Er ist sechsundzwanzig, und seit fünf Jahren arbeitet er bei uns als Pathologiehelfer.«

»Und seit wann läuft dieses Arrangement zwischen Ihnen und Welte schon?«, hakte Hagedorn aufgebracht nach.

Zahnert überlegte. »Seit etwas mehr als drei Jahren.«

In Hagedorns Blick lag tiefe Verachtung.

»Herrgott, Zahnert! Ist Ihnen klar, dass Ihr Pathologiehelfer fast einen Ihrer Pfleger totgeschlagen hätte?«

»Das muss erst noch bewiesen werden«, konterte Zahnert in dem Versuch, wieder Oberwasser zu gewinnen.

»Ach, hören Sie auf. Sie wissen so gut wie ich, dass der junge Mann bei seinem Tun überrascht wurde und er deshalb den Pfleger niederschlug.«

Zahnert pflichtete ihm zögernd bei.

»Als ich davon erfahren hatte, dass er dort seine Neigungen auslebt, habe ich ihm mit der fristlosen Entlassung gedroht, falls er damit nicht aufhören würde. Ich hatte den Eindruck, dass er sich daran hielt. Bis eben vor drei Tagen!«

»Haben Sie denn auch eine Adresse des Mannes?«

»Er bewohnt ein altes Bauernhaus, draußen in der Alten Dettinger Straße. Die Nummer weiß ich nicht, aber Sie können es nicht verfehlen. Es ist das letzte Haus am Ende der Straße.«

Hagedorn steuerte bereits kopfschüttelnd den Ausgang an.

»Hagedorn!«

Er stoppte und horchte, ohne den Rollstuhl zu wenden.

»Sie werden das doch nicht publik machen, oder?«

Zahnerts Frau stand bereits im Eingang und hatte ihm die Tür geöffnet. Ihre Lippen umspielte ein Lächeln, das Erleichterung oder Erheiterung zum Ausdruck brachte. Warum, das wollte sich Hagedorn nicht erschließen.

Hagedorn betätigte mit der Rechten den Steuerungshebel, während er ihm mit der Linken zum Abschied den Mittelfinger zeigte.

51. Kapitel

Führungs- und Lagezentrum Polizeipräsidium Konstanz

Marius Bannert saß müde, mit ausgestreckten Beinen und verschränkten Armen im Kaffeeraum des Führungs- und Lagezentrums. Auf der Rückfahrt hatte er Jules Stimme am Funk gehört und sich spontan entschlossen, sein Versprechen einzulösen und sie auf einen Kaffee zu besuchen. Nachdem er Nathalia Buday an der Pension abgesetzt hatte, in die sie sich mit Justus Köber für die Dauer ihres Aufenthalts in Konstanz eingemietet hatte, hielt er bei einem Bäcker und kaufte zwei große Stücke Schwarzwälder Kirschtorte. Er glaubte sich zu erinnern, dass Jule irgendwann einmal davon geschwärmt hatte.

Es hatte sich Bannert nie erschlossen, warum die Einsatzsachbearbeiter in der Leitzentrale, die intern nur ESB genannt wurden, ihren Dienst in Uniform zu verrichten hatten. Weder hatten sie Kundenkontakt, noch waren sie für irgendjemanden sichtbar. Eingebunkert in einem fensterlosen, feuerfesten und bombensicheren Käfig unter dem Dach des Gebäudes, sahen sie während ihrer Schichten so gut wie nie Tageslicht. Lediglich die Raucher unter den ESB frönten regelmäßig vor dem Gebäude ihrer Sucht.

Bannert beobachtete, wie sie den Wasserbehälter füllte, einen Kaffeepad in die Halterung legte und den Startknopf betätigte. Jule machte eine hervorragende Figur in ihrer Uniform. Schon lange vor ihrer Zeit beim FLZ war sie eine recht erfolgreiche Leichtathletin gewesen, hatte auf Polizeimeisterschaften reihenweise Preise und Pokale abgeräumt. Hochsprung war ihre Lieblingsdisziplin gewesen, hatte sie ihm erzählt.

Grinsend reichte ihm die Oberkommissarin die Tasse.

»Schwarz mit einem Teelöffelchen Zucker!«

»Dass du dir das gemerkt hast!«, stellte Bannert anerkennend fest. »Ich bin ehrlich beeindruckt.«

Sie lachte hell und herzlich auf.

»Ich bin beeindruckt, dass du dein Versprechen so schnell wahrgemacht hast. Ich habe frühestens Weihnachten mit dir gerechnet.«

»Oh, jetzt bist du aber gemein!«

Weihnachten war tatsächlich die Zeit, in der Bannert den Abteilungen, mit denen er eng und vertrauensvoll zusammenarbeitete, einen Besuch abstattete, sich für die Zusammenarbeit bedankte und auch immer etwas mitbrachte. Schokoküsse, Pralinen, Weihnachtsgebäck, Magenbrot, meistens das, was er selbst auch gerne mochte.

Jule saß ihm gegenüber. Über den Rand ihrer Tasse hinweg sah sie ihm tief in die Augen. Er erwiderte ihren Blick. Sie hatte braune Augen und um die Augen kleine Lachfältchen, die ihrem Blick immer etwas Verschmitztes verliehen. Auch jetzt fiel es ihm schwer, nicht zu grinsen.

»Was?«, fragte er: »Habe ich was auf der Nase?«

Lächelnd schüttelte sie den Kopf.

»Ich habe mich nur gefragt …«, fing sie an.

»Was hast du dich gefragt?«

»… ob du mir einen Korb geben würdest, wenn ich dich zum Essen einladen würde.«

Bannert senkte seinen Blick verlegen in die Kaffeetasse. Jule war hübsch, und er mochte sie, sehr sogar.

»Nein, ich würde dir keinen Korb geben. Im Gegenteil, ich würde mich sehr über eine Einladung freuen«, antwortete er und sah sie lächelnd an.

»Schön!« Ihre Augen leuchteten. »Samstagabend bei mir? Ich würde uns gerne etwas kochen.«

»Großartig. Ja, lass uns Samstag festhalten.«

»Muss ich irgendetwas beachten? Lebst du vegetarisch, vegan, keusch, oder bist du gegen irgendetwas allergisch? Nicht, dass du bei mir den Löffel abgibst?«, feixte sie.

»Nein«, gab er ihr lachend zur Antwort. »Ich ernähre mich weder vegan, noch bin ich gegen irgendwelche Sachen allergisch oder intolerant.«

»Schön. Ich freu mich! Du bringst den Wein mit, okay?«

»Versprochen!«

In seiner Brusttasche fing es an zu brummen. Entschuldigend fingerte er sein Smartphone hervor.

»Ja, Bannert. Falk! Wo bist du? Was? Wo? Wie hast du denn das rausbekommen? Ja, natürlich! Ich werde das ganze Team zusammentrommeln. Bis gleich!«

Bannert machte eine entschuldigende Geste und stand auf.

»Sorry, Jule! Die Arbeit ruft. Wir sehen uns Samstag!«

Jule sah ihm verträumt hinterher, als Bannert mit großen Schritten aus dem Kaffeeraum stürmte.

52. Kapitel

Irgendwo in Konstanz

Die Dämmerung brach herein, und es nieselte immer noch, als Bannert das alte, von Hagedorn beschriebene Haus erreichte.

Völlig durchnässt, die Haare strähnig am Schädel klebend, bot Hagedorn ein jammervolles Bild. Grimmig blies er warme Luft in seine Hände und rieb sie aneinander.

»Wird aber auch langsam Zeit«, maulte er mit vorwurfsvollem Blick.

»Ich bin so schnell gekommen, wie ich konnte. Ich musste ja erst mal einige Anrufe tätigen!«, versuchte sich Bannert zu rechtfertigen.

Hagedorn blickte an Bannert vorbei und sah mehrere Einsatzfahrzeuge den Weg zum Haus hinaufkommen.

»Burger?«, fragte Hagedorn skeptisch.

»Nein, ich glaube nicht. Ich konnte ihn persönlich nicht erreichen, habe ihm aber eine Nachricht auf der Sprachmailbox hinterlassen.«

»Gut, der hätte mir gerade noch gefehlt«, brummte Hagedorn. »Wo treibt der sich überhaupt rum an einem Freitagabend? Ich dachte, der Kerl ist Single?«

Bannert zuckte desinteressiert die Achseln.

»Erzähl mir lieber, was los ist?«, drängte er.

Hagedorn wischte sich den Regen aus der Stirn.

»Puh, wo fang ich an! Dein KT-Leiter hatte Köber

heute Vormittag die Speicherkarte der Kameraüberwachung zur Auswertung gegeben.«

»War denn was drauf auf der Kamera?«, fiel ihm Bannert überrascht ins Wort.

»Allerdings! Köber hat mir das File vorgespielt. Leider hätte das Material für eine Identifizierung niemals ausgereicht, weshalb ich hoch gepokert habe, damit zu Zahnert bin und ihn damit konfrontiert habe.«

»Du warst bei ihm? Und darauf ist er eingestiegen?«

»Worauf du wetten kannst!«, feixte Hagedorn schelmisch grinsend. »Es war gar nicht nötig, ihm das Material vorzuspielen. Er ist sofort eingeknickt und hat mir den Namen des Angestellten gegeben. Ein Nils Welte, er ist – er war«, korrigierte Hagedorn sich, »Pathologiehelfer in Zahnerts Klinik.«

»Und das ist der Tote da drin?«

»Das weiß doch ich nicht! Das ist dein Job, das herauszufinden. Aber ich denke schon, dass er es ist.«

»Wo liegt er?«

»Badezimmer«, antwortete Hagedorn einsilbig.

»Gut! Dann warten wir, bis die KT da ist.«

Karsten Kieferle war einer derjenigen, die im Konvoi angekommen waren. Gekleidet in einen weißen Einweg-Overall mit Kopfhaube und Überzieher über den Stiefeln, näherte er sich, mehrere schwer aussehende Koffer schleppend.

»Und?«, erkundigte er sich schwer atmend an Bannert gewandt.

Bannert deutete mit dem Daumen auf Hagedorn.

»Da sitzt der Zeuge, Herr Wachtmeister. Ich war noch nicht drin.«

»Ich war nicht lange drin«, schwor Hagedorn, als ihn Kieferles missbilligender Blick traf.

»Die Tür war nicht abgeschlossen, und da auf mein

Klingeln niemand geöffnet hat, bin ich rein. Am Ende des Flurs ist das Badezimmer. Als ich dort Wasser rauschen hörte, bin ich dort zuerst hin. Die Leiche liegt in der Dusche mit geöffneten Pulsadern.«

»Und du bist danach sofort wieder raus, ohne irgendetwas zu berühren?«, erkundigte sich Kieferle argwöhnisch.

»Ich schwöre!«, erwiderte Hagedorn, ein Kreuz über sein Herz zeichnend.

Kieferle brummte, wenngleich er nicht gänzlich überzeugt zu sein schien, was Hagedorns Schwur betraf.

»Wir werden sehen.«

Kieferle schulterte die Taschen und Koffer und stapfte ins Haus.

Allmählich hatten sich die bisher eingetroffenen Soko-Mitglieder um Bannert und Hagedorn geschart.

Kurz und knapp teilte Bannert sie in Zweiertrupps auf, die in der umliegenden Nachbarschaft herumfragen sollten, ob jemand etwas Auffälliges gehört oder gesehen hatte und wann Nils Welte zuletzt lebend gesehen wurde.

Kurz darauf waren sie allein. Da Kieferle sehr wahrscheinlich von der Dienstwaffe Gebrauch machen würde, wenn sie unaufgefordert seinen Tatort betraten, konnten sie nichts weiter tun als warten. Bannert hatte das unverschlossene Tor der offensichtlich zum Haus gehörenden Garage geöffnet, damit sie darunter vor dem Regen geschützt waren. Zumindest war das sein Plan gewesen. Viel Platz fanden sie allerdings nicht, da die Garage über und über mit alten Möbeln, Kartons und sonstigem Plunder gefüllt war.

Irgendwo mussten sich auch Müllsäcke hinein verirrt haben, denn es stank erbärmlich.

Hagedorn fand nur leidlich Platz, schien aber erleichtert, nicht mehr im Regen warten zu müssen. Bannert, die Hände tief in den Taschen seiner Jacke vergraben, beobachtete Hagedorn, wie er genervt und fahrig über das Display seines Handys wischte.

»Was machst du denn da?«, wollte Bannert wissen.

»Ach!«, schnaubte Hagedorn gereizt.

»Meine Tochter wollte heute kommen.«

»Du hast eine Tochter?«, fragte Bannert verwundert.

»Ja, aber ich kann sie nicht erreichen. Ans Telefon geht sie nicht, und die Nachrichten, die ich ihr geschickt habe, blieben alle unbeantwortet.«

»Vielleicht ist ihr etwas dazwischengekommen?«, gab Bannert zu bedenken.

Hagedorn schüttelte bedächtig seinen massigen Schädel.

»Nein, ich denke nicht. Wir hatten lange keinen Kontakt, aber ich hatte den Eindruck, als wollte sie mir etwas Wichtiges mitteilen. Zumindest war sie heute Morgen völlig aus dem Häuschen.«

Bannert musterte Hagedorns Gesicht.

»Du machst dir Sorgen?«

»Selbstverständlich mache ich mir Sorgen«, blaffte Hagedorn verständnislos. »Sie ist meine Tochter! Außerdem entspricht das so gar nicht ihrer Art. Du weißt, wie die jungen Leute sind. Meine Tochter ist da nicht anders, die bekommt ja schon Schnappatmung, selbst wenn der Handy-Akku noch zwanzig Prozent anzeigt.«

Bannert kramte sein eigenes Smartphone aus der Tasche und wählte eine Nummer.

»Gib mir mal ihre Telefonnummer«, forderte er Hagedorn auf.

Hagedorn schien erst nicht zu verstehen, reichte ihm aber sein Smartphone mit der im Display angezeigten und gespeicherten Nummer.

»Prinzessin Karina?« Bannert hob eine Augenbraue und grinste Hagedorn breit an.

»Aha, der bärbeißige Kerl hat also doch einen wunden Punkt. Ist sie dein Kryptonit?«

»Sie ist was?«, murrte Hagedorn. »Sehe ich aus wie Kal-El?«

Bannerts Gesichtsausdruck wäre beinahe entgleist.

»Jetzt bin ich aber echt von den Socken. *Du* weißt, wie Supermans richtiger Name lautet?«

Hagedorn grinste säuerlich. »Idiot!«

»Hallo, Jule, Marius hier! Ich brauche eine Handy-Ortung von folgender Nummer.«

Bannert diktierte ihr die Zahlenreihe.

»Äh, ja, richtig, eine Präventivmaßnahme. Ja, bitte! Gib mir Bescheid!«

Bannert legte auf und glotzte Hagedorn an.

»Gut, Falk?«

Hagedorn nickte andeutungsweise und brummte kaum vernehmlich so etwas wie »Danke dir!«.

Eher als erwartet tauchte Kieferles Gestalt im Türrahmen auf.

»Ihr könnt reinkommen!«, rief er.

Banner zog den Kopf ein und rannte, gefolgt von Hagedorns summendem Vehikel, durch den Regen zur Haustür. Die beiden Stufen überwand der Rollstuhl mühelos.

Kaum dass sie das Haus betreten hatten, schlug ihnen feuchtwarme Luft entgegen, weshalb Bannert sich aus seinem Parka schälte und ihn über einen grotesk hässlichen Stuhl legte. Obwohl er nur den Flur überblicken konnte, wirkte alles wild zusammengewürfelt. Biedermeier mischte sich mit Gelsenkirchener Barock, dazwischen ein uralter Bauernschrank, an anderer Stelle ein Schuhschränkchen neueren Datums. Besonders auffällig war jedoch der muffig-modrige Gestank, wie er besonders alten Häusern oder Gebäuden, in denen alte Menschen leben, anzuhaften pflegt.

»Wo ist er?«, fragte Bannert naserümpfend.

Kieferle bedeutete ihm zu folgen.

»Ich werde mich hier etwas umsehen, wenn's recht ist. Ich habe den Toten ja schon gesehen«, meldete sich Hagedorn zu Wort.

»Mach das«, erwiderte Bannert beiläufig.

Entgegen Bannerts Erwartungen hielt sich die Sauerei in Grenzen. Weltes Leichnam saß, mit dem Rücken an die gekachelte Wand angelehnt, in der Duschwanne. Die Pulsadern waren in Längsrichtung, beidseitig, fast bis auf den Knochen geöffnet worden und klafften vulgär auseinander. Ausdruckslos blickten seine blutleeren Augen auf einen Punkt an der gegenüberliegenden Wand.

Bannert hatte schon in viele tote Gesichter geschaut. Obwohl sich hartnäckig die Mär hielt, dass Tote einen bestimmten Gesichtsausdruck hätten, je nachdem, wie sie zu Tode gekommen waren, konnte Bannert die Erfahrung nicht teilen. Tote Augen waren einfach nur *tot.*

»Also«, begann Kieferle.

»Der Tote ist mutmaßlich Nils Welte, sechsundzwanzig Jahre alt. Der Tod trat vermutlich vor zehn bis vierzehn Stunden ein. Neben ihm stand ein leeres Glas. Ob Cognac oder Whiskey, weiß ich nicht, ich saufe das Zeug nicht. Im Bodensatz war eine klumpig-weiße, ehemals pulvrige Substanz. Ich nehme an, dass er sich darin eine größere Menge Schlaftabletten aufgelöst hat. Der Klassiker! In der Küche liegen drei leere Tablettenblister Rohypnol. Genau wissen wir erst, was er sich eingeworfen hat, wenn wir das Glas zur Toxikologie schicken.«

»Womit hat er sich die Adern aufgeschnitten?«

»Hiermit.« Kieferle wedelte mit einem Beutel vor

Bannerts Gesicht herum. »Mit einem Skalpell. Wenn der Typ im Krankenhaus gearbeitet hat, war es für ihn ein Leichtes, an die Sachen heranzukommen, auch an die Medikamente.«

»Und wie ist deine Einschätzung?«, wollte Bannert wissen.

»Objektiv betrachtet ist das für mich ein klarer Suizid. Zumindest finde ich keine Hinweise auf eine Fremdeinwirkung und Fremdspuren ebenfalls nicht. Scheint für mich alles plausibel.«

»Hm, okay«, brummte Bannert.

»Das muss ich dir noch zeigen«, sagte Kieferle, als er sich zur Leiche hinunterbeugte und einen der erschlafften Arme anhob.

»Was ist das denn?«, rief Bannert überrascht aus, als er den Penis des Mannes sah.

»Das, Chef, ist eine sogenannte Schwarzwurst. Schon gut! Spaß beiseite«, lenkte er ein, als er Bannerts wenig amüsierten Gesichtsausdruck bemerkte.

»Ich bin ziemlich sicher, dass der kleine Mistkerl hier unser Leichenschänder aus der Pathologie ist.«

»Was macht dich so sicher?«

»Nun ja. Ich habe den Schambereich der Toten in der Pathologie mit Silbernitratpaste behandelt. Das Silbernitrat führt zu Hautverätzungen, die sich nach zwei bis drei Stunden in einer Schwarzfärbung der Haut zeigen. Und unser Kleiner hier hatte ganz sicher Kontakt zu ihr. Schau!«

Kieferle schob seinen Daumen zwischen Weltes Lippen und öffnete dessen Mund. Bannert musste etwas in die Knie gehen, um zu sehen, was Kieferle meinte. Weltes Zungenspitze war ebenfalls schwarz gefärbt.

»Widerlich! Glaubst du, er hat sich deswegen umgebracht? Weil er sich dadurch in die Enge getrieben fühlte?«

»Keine Ahnung. Das herauszufinden ist dein Job.« Kieferle schulterte seine Taschen.

»Ich empfehle mich!«, verkündete der Kriminaltechniker, jetzt völlig ernst.

»Der Bestatter ist bereits unterwegs. Ach, und Marius! Ich würde es zu schätzen wissen, mal wieder ein freies Wochenende mit meiner Frau und den Kindern genießen zu können.«

Kieferles verbaler Seitenhieb traf Bannert unerwartet, und sogleich fühlte er sich mies und niedergeschlagen.

»Ich verstehe, Karsten. Ich verspreche dir, dich nicht zu behelligen, wenn es nicht sein muss!«

Doch Kieferle war schon verschwunden, noch ehe Bannert seinen Satz beendet hatte.

»Au weh!«, dachte Bannert. Nicht zum ersten Mal wurde ihm bewusst, dass er seinen Leuten in den letzten Wochen schier Übermenschliches abverlangt hatte. Heißer Zorn begann in ihm zu brodeln. Burgers Weigerung, ihm mehr Personal zur Verfügung zu stellen, würde sich nun rächen. Seine Mannschaft war am Ende ihrer Kräfte. Die Motivation, nicht nur Kieferles, war auf ein beängstigendes Niveau gefallen.

Burger erneut um mehr Personal zu bitten war aussichtslos, und anstehende Arbeiten umzuverteilen war nur bedingt bis gar nicht möglich. Sascha Winkler, der Neue im KT-Team, kam ihm in den Sinn. Bannert beschloss, Sascha mehr in die Pflicht zu nehmen, um Kieferle die nächste Zeit zu entlasten. Schließlich war Kieferle voll des Lobes über ihn. Dass die Mannschaft noch nicht gemeutert hatte, war nur dem Umstand geschuldet, dass jeder aus dem Team ein hohes Maß an Pflichtbewusstsein besaß. Alle wollten den Killer endlich dingfest machen, den bestialischen Mörder seiner gerechten Strafe zuführen, um die Welt ein klein wenig sicherer zu machen. Bannert wischte die trüben Gedanken beiseite und ermahnte sich selbst, jetzt endlich konzentriert weiterzuarbeiten.

Das Badezimmer war altmodisch, wirkte aber sauber und ordentlich. Das Badschränkchen über dem Waschbecken beherbergte die für einen Männerhaushalt üblichen Utensilien. Eine Tube erregte jedoch seine Aufmerksamkeit.

Bannert war überrascht, dass Kieferle die Gleitcreme nicht entdeckt und für Vergleichszwecke asserviert hatte.

»Vielleicht auch ein Symptom der Überarbeitung«, ging es Bannert durch den Kopf.

Mit der behandschuhten Hand packte er die Tube mit spitzen Fingern in einen Beutel, den er umständlich aus der Jackentasche friemelte.

»Marius! Kommst du mal?«, rief Hagedorn quer durch den Flur.

Bannert erreichte Hagedorn mit wenigen großen Schritten und sah ihn fragend an.

»Was ist, Falk?«

Hagedorn starrte geistesabwesend auf eine Wand vor ihm.

Bannert folgte seinem Blick, ließ ihn über das tapezierte Mauerwerk wandern, ohne zu wissen, wonach er suchen sollte.

»Zur Linken des Flurs liegen das Wohnzimmer und die Küche. Zur Rechten eine Art Gästezimmer, eine Rumpelkammer mit allerlei Unrat und das Badezimmer. Richtig?«

Bannert starrte Hagedorn ratlos an.

»Ja, ich denke schon. Worauf willst du hinaus, Falk?«

»Ich war in beiden Räumen«, deutete Hagedorn mit dem Finger.

»Und irgendwie scheint mir, dass der Zwischenraum zwischen den beiden Räumen schmaler ist, als er vom Flur aus scheint. Dazwischen fehlen gut und gern ein bis eineinhalb Meter.«

»Falk, ich kann dir nicht folgen.« Bannert war kurz davor, die Geduld zu verlieren.

»Was ich meine, ist, dass zwischen den beiden Zimmern ein Hohlraum sein muss. Ich würde vermuten, es ist ein verborgener Kellerabgang.«

Bannert verdrehte die Augen.

»Ich glaube, du hast zu viel Indiana Jones geschaut, ehrlich!«

Hagedorn überging Bannerts Frotzelei geflissentlich und begann mit der Faust gegen die Wand klopfend daran entlangzurollen. Die Wand klang hohl und hölzern.

An einer Stelle, an der Bannert nichts Besonderes ausmachen konnte, blieb Hagedorn plötzlich stehen. Erst als er näher trat, erkannte er, dass das, was er zunächst für den Stoß einer Tapete gehalten hatte, ein winziger Schlitz war.

Hagedorn nahm etwas Abstand von der Wand und ließ seinen Rollstuhl voll dagegenkrachen. Eine Tür, offenbar durch einen Federmechanismus gehalten, sprang klickend auf.

»Aha! Zu viel Indiana Jones, ja?« Hagedorn warf ihm einen vorwurfsvollen Blick zu. »Nach dir«, meinte er, als er die Tür aufgestoßen hatte. »Da musst du alleine runter!«

Bannert zwängte sich, da Hagedorn sich nicht bemüßigt fühlte, auch nur einen Zentimeter zur Seite zu rollen, an dessen Gefährt vorbei. Tatsächlich lag vor ihm ein schmaler hölzerner Treppenabgang, der zu seinem

Ende hin eine Neunzig-Grad-Biegung nach links vollzog. Er tastete nach dem Lichtschalter, woraufhin im Untergeschoss flackernd und brummend mehrere Neonröhren ansprangen. Hagedorn war anzusehen, wie gerne er mitgekommen wäre. Langsam stieg Bannert die Stufen hinunter.

Um sich nicht zu stoßen, war er gezwungen, den Kopf einzuziehen, erst im unteren Drittel gewann der Gang an Höhe, sodass er aufrecht gehen konnte.

Routinemäßig öffnete er den Sicherungsknopf seines Pistolenholsters. Die Waffe zu ziehen, schien ihm jedoch überflüssig.

Am Treppenabsatz angekommen, blieb er wie angewurzelt stehen. Hin- und hergerissen zwischen Faszination und Ekel wanderte sein Blick über die unzähligen Phiolen und Glaskolben, die dort fein säuberlich aufgereiht in einem Regal standen. Drei größere, runde Gefäße, die er entdeckte, ließen ihm das Blut in den Adern stocken.

In jedem schwammen, bis zum Rand mit Formalin gefüllt, die abgeschnittenen Brüste, Skalpe, Vulven und die Uteri mehrerer Frauen.

Nils Welte war ihr Killer!

53. Kapitel

Jagdhütte

Mühelos, als würde er ein lästiges Insekt verscheuchen, hatte er ihren Angriff abgewehrt und sie mit einem präzisen Faustschlag gegen die Schläfe ausgeknockt. Sie hatte ihren Geiselnehmer gründlich unterschätzt, und das ärgerte sie. Ohne einen Gegenstand, den sie als Waffe hätte benutzen können, war sie ihm unterlegen. Welche Technik er angewandt hatte, wusste sie nicht, aber er schien kampferfahren.

Blind tastete sie sich auf der Suche nach einem losen Gegenstand durch den Raum. Ihre Pritsche hatte keine Beine, sie war eine in sich geschlossene, aus Holz gezimmerte Kiste, die Schrauben tief ins Holz versenkt. Nach einer gefühlten Stunde erfolglosen Suchens sank sie resigniert auf die Pritsche. Die Kabelbinder an Händen und Füßen hatten die Haut darunter aufgescheuert.

Mit geschlossenen Augen lag sie nun auf dem Rü cken und überdachte ihre Optionen. Es war ein Fehler gewesen, den Mann frontal in Kopfhöhe anzugreifen. Unter sportlichen Gesichtspunkten mochte das zwar fair gewesen sein, aber es ging hier nicht um Fairness. Es ging um ihr Überleben. Warum hatte sie ihn nicht einfach in die Eier getreten? Ihn gebissen, gekratzt oder mit den Fingern in die Augen gestochen?

In ihrem Kopf herrschte Chaos, und der Schmerz war mit Wucht zurückgekommen, hämmerte in den Schläfen.

Was hatte der Mann damit gemeint, als er sagte, sie sei nur wegen ihres Vaters hier? Er hatte auch keine Zweifel daran gelassen, dass er ihren Vater kannte. Ihr Vater war ein alter Brummbär, das wusste sie. Mit seiner direkten Art stieß er nicht immer auf Gegenliebe. Viele hatten mit seiner Art ein Problem. Aber sie konnte sich nicht vorstellen, dass er im zivilen Leben derartige Feinde hatte, die tatsächlich seine Tochter entführen würden. Es musste etwas mit seiner Zeit beim Landeskriminalamt zu tun haben. Oder damit, was er gerade tat, schoss es ihr durch den Kopf.

Die wunde Haut an den Handgelenken brannte wie Feuer. Mit der Zunge befeuchtete sie die Stellen, an denen das harte Plastik in die Haut schnitt, was das Brennen etwas linderte.

Wieder trieben Bildfetzen durch ihren Geist, auf die sie sich keinen Reim machen konnte. Alles, woran sie sich erinnern konnte, war ihr Zimmer in der WG in München. Irgendwann war sie von dort mit dem Zug irgendwohin gefahren. Aber wohin? Und wann war das gewesen? Sie wusste, wer sie war, aber die Erinnerung an die letzten Tage schien wie weggefegt zu sein. Sie war in einer großen Stadt gewesen. Aber zu welchem Zweck? Inständig hoffte sie, dass ihr Entführer recht behalten möge und ihr Kurzzeitgedächtnis zurückkäme und damit die Erinnerungen der letzten Tage. Bitter lachte sie auf. »Als würde das eine Rolle spielen. Schau lieber, dass du am Leben bleibst, dumme Kuh!«, ermahnte sie sich.

Noch war sie am Leben, und sie dachte nicht daran aufzugeben!

54. Kapitel

Polizeipräsidium

»Burger hat was?«

Hagedorn glaubte seinen Ohren nicht zu trauen.

»Eine Pressekonferenz einberufen«, bestätigte Bannert kleinlaut.

»Das ist doch ein Witz! Wir haben noch nicht einmal alle Spuren ausgewertet. Das ganze Gerümpel aus Weltes Haus muss doch erst untersucht und ausgewertet werden.«

»Herrgott noch eins!«, schrie Bannert ungehalten. »Mir musst du das nicht sagen! Burger ist davon überzeugt, dass Welte unser Killer ist. Wenn du glaubst, du kannst ihn aufhalten, dann roll mit deiner Karre gefälligst in sein Büro und sag ihm das. Der Mann ist total irre und dazu noch völlig beratungsresistent. Also hör auf, mich anzupissen, Falk!«

Hagedorn saß aufrecht in seinem Rollstuhl und starrte Bannert mit aufgerissenen Augen an.

»Na endlich!«, frohlockte er. »Bannert kann ja auch anders!«

Bannerts Ausbruch hatte es schlagartig ruhig werden lassen im Soko-Raum. Zwei Dutzend Augenpaare waren auf ihn geheftet.

»Haltet hier nicht Maulaffen feil, sondern legt los! Ihr wisst, was ihr zu tun habt. Ich will Ergebnisse, und zwar pronto! Um zwanzig Uhr ist die Pressekonferenz.

Liefert mir Beweise dafür, dass Welte tatsächlich der

Serienkiller ist. In einer Stunde treffen wir uns wieder hier! Hopp,hopp!«

Bannert erschrak über sich selbst, aber niemand schien sich zu beschweren, und das emsige Treiben, das daraufhin losbrach, beruhigte ihn etwas.

Er wandte sich Hagedorn zu.

»Auf ein Wort, Falk.«

Hagedorn folgte dem im Laufschritt davoneilenden Bannert in dessen Büro. Gewappnet für eine ordentliche Standpauke, gab Hagedorn der Bürotür einen ordentlichen Schubs, damit sie ins Schloss fiel, und sah Bannert erwartungsvoll an, der wider Erwarten wesentlich sanfter als noch vor wenigen Augenblicken fortfuhr:

»Tut mir leid, Falk. In dem ganzen Trubel habe ich völlig vergessen, dir zu sagen, dass die Handyortung deiner Tochter negativ verlaufen ist. Offenbar ist das Handy ausgeschaltet, es sendet kein Signal.«

Hagedorn schluckte schwer.

»Danke dir trotzdem! Karina ist ein toughes Mädchen. Ich bin sicher, es geht ihr gut. Wahrscheinlich ist nur ihr Akku leergelaufen.« Bannert war sich ob Hagedorns Zuversicht nicht sicher.

Er ließ sich schwer in den Bürosessel hinter seinem Schreibtisch fallen.

»Was denkst du, Falk, haben wir ihn?«

»Möglich!«, brummte er.

»Was heißt denn jetzt *möglich?*«

»Die Beweislage ist erdrückend, keine Frage!«

»Okay, fassen wir zusammen«, hob Bannert an. »Erstens: Wir haben die Leichenteile der Opfer und darüber hinaus noch jede Menge mehr an Souvenirs. Zweitens …« Bannert hob nach dem Zeigefinger nun auch den Mittelfinger. »Es gibt jede Menge Videomaterial, das zeigt, wie er die Frauen zerstückelt. Drittens: Sein Haus lag abgeschieden, sodass er die Taten ungestört hätte begehen können. Ich könnte die Aufzählung beliebig fortführen, aber ich denke, wir haben das Schwein.«

Träge schüttelte Hagedorn seinen massigen Schädel.

»So gerne ich dir zustimmen würde, Marius, ich bin dennoch nicht überzeugt, dass Welte unser Mann ist.«

»Ach ja? Und warum nicht?«

»Weil er nicht der Typ dazu ist! Er passt einfach nicht!«

Bannert lachte laut auf.

»Sorry, Falk! Das reicht mir nicht.«

»Sieh mal, Marius. Der Typ ist viel zu unorganisiert. Welte war ein Chaot. Hast du gesehen, was der für einen Saustall zu Hause hatte?«, gab Hagedorn zu bedenken.

»Welte war ein kleiner, mieser Leichenficker, der viele Jahre einfach nur Glück hatte, nicht erwischt zu werden. Aber seine Bude sagt mir, dass der Kerl unstrukturiert und unorganisiert war. Zugegeben, er hatte alle Möglichkeiten in der Klinik an die Tatmittel zu kommen. Und dennoch passt er einfach nicht als Täter.« Hagedorn fuhr mit seinem Rollstuhl etwas näher an Bannerts Schreibtisch. »Und es gibt noch einen weiteren Punkt, der uns Aufschluss geben kann, ob Welte als Täter infrage kommt. Ich konnte dir bislang noch gar nicht erzählen, dass Professor Strasser angerufen hatte, kurz nachdem du heute Morgen mit Kollegin Buday aufgebrochen warst.«

Bannert schaute überrascht auf. »Ach, was wollte er?«

»Unser Besuch hat ihm wohl keine Ruhe gelassen. Ihn hat die Frage der Narkotisierung beschäftigt, weshalb er eine Röntgenuntersuchung an dem letzten Opfer durchgeführt hat. In der Luftröhre hatte sich eine Faser eines Röntgenkontrollstreifens festgesetzt.«

Bannert hob resigniert die Hände.

»Was ist dieser Röntgenkontrollstreifen?«

»Das war mir selbst auch nicht bekannt. Die bei operativen Eingriffen verwendeten Tupfer und Kompressen sind, damit sie im Patienten nicht versehentlich zurückbleiben, mit einem eingewebten Röntgenkontrollstreifen versehen. Jeder Tupfer, jedes medizinische Instrument, jeder Nagel, jede Nadel und jeder Faden müssen während der OP in eine Zählkarte eingetragen werden. Am Schluss findet eine Gesamtkontrolle statt und eben eine Röntgenkontrolle. Würde ein solcher Tupfer im Körper zurückbleiben, würde man das auf dem Röntgenbild deutlich sehen.«

»Ja, und?«, drängte Bannert.

»Nina Lehr, das letzte Opfer, war vermutlich mit einer solchen Kompresse, die mit Narkosemittel getränkt war, betäubt worden. Als ihr die über Mund und Nase gedrückt wurde, hat sie offenbar eine Faser davon eingeatmet. Worauf ich hinauswill, ist, dass wir klären müssen, ob Welte auch Zugriff auf solche speziellen Kompressen hatte.«

Hagedorn sah Bannert erwartungsvoll an.

Bannert blies schwer die Luft aus.

»Dein Einwand ist sicherlich berechtigt. Doch viel wichtiger scheint mir jetzt die Aufarbeitung der Spuren zu sein, die wir bei Welte gefunden haben. Und«, Bannert zögerte, »wir müssen Burger irgendwie davon überzeugen, mit der Pressekonferenz noch zu warten.«

Hagedorn stimmte Bannert widerwillig zu.

Bannert entnahm seiner Schublade eine Schachtel und drückte aus dem Blister die letzte verbliebene Kopfschmerztablette.

»Lass uns zurückgehen in den Soko-Raum«, schlug

er vor, bevor er die Tablette mit einem Schluck seines schal gewordenen Kaffees hinunterwürgte.

Es herrschte hektisches Treiben, als Bannert und Hagedorn in den Soko-Raum zurückkamen. Telefonate wurden geführt, Drucker spien stapelweise Papier aus, es wurde diskutiert und beraten.

Bannerts Blick schweifte über die Pinnwand am Ende des Raumes, die über und über mit Bildern der Opfer und nun mit den neuesten Bildern von Weltes Haus bepflastert war. Obwohl nur ein kleiner Teil der gefertigten Aufnahmen dort hing, rief deren Anblick das blanke Entsetzen hervor.

In säuberlich verkorkten Glaskolben hatte Welte Körperteile von über vierzig Menschen in Formalin konserviert. Zungen, Brustwarzen, Ohrläppchen, Finger, Klitorides, Schamlippen. Bannert war einiges gewöhnt, aber ihm lief ein Schauer über den Rücken. Laut einer ersten Einschätzung der Kriminaltechniker schienen die Körperteile allesamt postmortal entfernt worden zu sein, weshalb er annahm, dass das Weltes Souvenirs der geschändeten Leichen waren. Es würde schier unmöglich sein, die dazugehörigen Leichen zu finden.

Viele wären kremiert oder schon lange bestattet. Ob es zwingend notwendig war, eine Leiche wegen eines fehlenden Fingers oder Ohrläppchens zu exhumieren, wagte Bannert zu bezweifeln. Ganz abgesehen davon, was man damit den Hinterbliebenen antat.

Eine Ausnahme bildeten die drei großen Glasgefäße, aus denen die Kriminaltechniker die Skalpe, Brüste, Vulven und Gebärmütter mindestens dreier Frauen gefischt hatten. Mit Gewissheit konnte man nur sagen, dass die Skalpe drei Frauen gehört hatten.

Ob die Brüste, Vulven und Uteri genetisch zu den drei Skalpen passten oder es sich dabei tatsächlich um unterschiedliche Teile aller fünf Opfer handelte, würde erst die humangenetische Untersuchung ans Tageslicht bringen.

Hagedorn war beinahe lautlos neben Bannert gerollt und betrachtete stirnrunzelnd die jüngsten Aufnahmen.

»Es fehlen Teile«, bemerkte er trocken.

»Genau das macht mich stutzig«, erwiderte Bannert. »Anhand der Opfer sollten in den Gläsern zwei Vulven, zwei Uteri und ein Paar Brüste mehr sein. Warum sind sie nicht da? Was hat er mit ihnen gemacht?«, sinnierte Bannert.

Hagedorn starrte mit geneigtem Kopf gebannt auf die Bilder.

»Ich glaub's nicht!«, flüsterte Hagedorn und rollte noch näher an die Bilderwand heran.

»Was?«, fragte Bannert.

»Ich weiß jetzt, warum der Täter wählerisch war bei seinen Trophäen.«

Bannert trat neben Hagedorn und sah erwartungsvoll auf ihn herab.

»Er hat den Opfern nur entfernt, was absolut makellos war. Siehst du?« Hagedorn deutete mit dem Finger auf eines der Opferbilder.

»Opfer drei und vier hat er den Skalp belassen. Ich hatte angenommen, dass es die Länge der Haare war, der Schnitt oder das Styling. Ich ging davon aus, dass er einen ganz bestimmten Opfertypus bevorzugte. Schnell, gib mir mal die Obduktionsberichte!«

Bannert wandte sich einem freien PC zu. Mit wenigen Mausklicks hatte er die Obduktionsberichte der Leichen auf dem Schirm.

»Hier … weiblicher Leichnam, geschätztes Alter zweiundzwanzig bis fünfundzwanzig Jahre, eins zweiundsiebzig groß, ektomorpher Körperbau«, zitierte Hagedorn aus dem Bericht.

»Da! Haar, schulterlang, gefärbt …« Hagedorn tippte mit dem Finger auf den Bildschirm.

»Zeig mir den Bericht vom Opfer Hertz!«

Bannert vergrößerte das Dokument.

»Hier dasselbe, siehst du?!«

»Du hast recht!«, pflichtete ihm Bannert bei. »Haar, schwarz gefärbt.«

»Jetzt leg mal die Berichte von Opfer Nummer zwei und dem letzten auf den Schirm«, bat Hagedorn.

»Genau! Hier steht es«, vermeldete Hagedorn und hämmerte mit dem Zeigefinger auf den Bildschirm ein.

»Nathalie Eckhartz hatte ein Klitorispiercing und Nina Lehr gepiercte Brustwarzen. Deshalb hatte er ihnen die Vulva, beziehungsweise die Brüste nicht abgenommen.

Wie die Haare waren sie nicht makellos. Er mag weder gefärbte Haare noch Intimpiercings.«

»Was das Fehlen der anderen Teile in den Gläsern immer noch nicht erklärt«, gab Bannert zu bedenken.

»Richtig«, musste Hagedorn eingestehen.

»Ich kann dir im Augenblick auch nicht sagen, wieso. Vielleicht hat irgendetwas damit nicht gestimmt, entsprach nicht seinen Vorstellungen. Genauso wenig, wie ich dir sagen kann, was er mit den Körperteilen angestellt hat.«

»Glaubst du, er hat sie …« Bannert schluckte schwer.

»Gegessen meinst du?«, beendete Hagedorn den Satz.

»Hm«, nickte Bannert.

»Nein, das glaube ich nicht. Ich meine, ich will es nicht gänzlich ausschließen, aber dann würde es keinen

Sinn ergeben, die anderen Teile in Formalin einzulegen. Sie wurden dadurch für den Verzehr unbrauchbar.«

»Bei Nathalie Eckhartz, dem zweiten Opfer, konnten wir einen sexuellen Missbrauch ausschließen. Was wir für die anderen Opfer noch nicht sagen können«, sinnierte Bannert.

»Wenn er die anderen nicht vergewaltigt hat, was ist dann seine Motivation gewesen?«, fragte er an Hagedorn gewandt.

»Ich bin nicht sicher. Da er die makelbehafteten Körperteile verschmäht hat, war er möglicherweise auf der Jagd nach Trophäen. Ich meine, schau dir Weltes Sammlung an. Von jeder weiblichen Leiche, an der er sich je vergangen hat, behielt er ein Stück. Eine Trophäe, ein Souvenir.«

Hagedorn sah sich suchend auf dem Schreibtisch um, bis er fand, wonach er suchte.

»Hier in der Asservatenliste steht, dass ein Glas mit einer Zunge darin in seiner Sammlung unbeschriftet blieb. Warum? Könnte es nicht sein, dass er die Zunge der jungen Frau aus der Pathologie abgeschnitten hat und einfach noch nicht dazu gekommen war, es zu beschriften? Und warum hat er die drei großen Gläser nicht beschriftet?

Auch wenn Welte ein Schlamper gewesen sein mag, das schien ihm wichtig gewesen zu sein.«

Nachdenklich überflog Bannert die Liste, die Hagedorn immer noch in den Händen hielt.

»Was uns zu der eigentlich wichtigen Frage bringt. Warum hat Welte Selbstmord begangen?«, knurrte Hagedorn.

»Weil wir ihn am Arsch hatten?«, insistierte Bannert.

»Aber von der Kameraüberwachung hat er sehr wahrscheinlich nichts mitbekommen«, fuhr Bannert fort.

»Als sich jedoch nach und nach sein Penis und seine Zunge schwarz zu färben begonnen haben, dürfte ihm klar geworden sein, dass man ihm eine Falle gestellt hatte. Es wäre quasi nur noch eine Frage der Zeit gewesen, bis die Polizei bei ihm vor der Tür gestanden hätte. Sagtest du nicht, Zahnert hätte ihm mit Entlassung gedroht?«

»Richtig, Marius. Zumindest hat er mir das so gesagt.«

»Also, wenn das keine ausreichende Motivlage ist, sich das Leben zu nehmen! Die fristlose Entlassung, das Gerede in der Klinik, gesellschaftliche Ächtung. Welte wäre erledigt gewesen. Und da er keinen anderen Ausweg sah, hat er sich die Pulsadern aufgemacht.«

»So einfach?«, mokierte sich Hagedorn.

»Ja! So einfach, Falk!«

Hagedorn fuhr sich mit der Hand schabend über das unrasierte Kinn.

»Ist dir mal in den Sinn gekommen, dass Welte einen Komplizen gehabt haben könnte? Oder er Mitläufer oder Mitwisser war?«

Bannert sank erschöpft auf einen der Stühle und sah Hagedorn ungläubig an.

»Nein, ist es mir nicht, Falk!«

Bannert war so unendlich genervt. Nach all den Monaten intensivster Ermittlungsarbeit, der unermüdlichen Jagd nach dem Schwein, klammerte sich der Hauptkommissar an die Hoffnung, mit Welte endlich den Täter erwischt und unschädlich gemacht zu haben.

Wenngleich tot durch eigene Hand, aber immerhin unschädlich. Bannert war müde und erschöpft, und so ging es der gesamten Mannschaft. So wie er, wollten alle den Fall endlich abschließen. Und dann warf Hagedorn mit himmelschreiender Selbstgefälligkeit ständig neue

Fragen in den Raum, stellte ketzerische Thesen auf, stellte unverrückbar geglaubte Fakten infrage, die Bannert zwar zermürbten, aber auch berechtigte Zweifel säten. Hagedorn hatte recht. Die bisherige Beweislast gegen Welte war erdrückend. Und es wäre ein Leichtes gewesen, den Fall abzuschließen und der Staatsanwaltschaft zu präsentieren, die ihn einstellen würde, schon deshalb, weil Welte posthum nicht mehr angeklagt werden konnte. Dennoch würden bei Bannert immer Zweifel bestehen bleiben, ob Welte tatsächlich der grausame Trophäenjäger war oder doch nur der kleine, miese Leichenficker, wie Hagedorn ihn zu bezeichnen pflegte. Wenngleich Burgers Motive andere waren, so konnte Bannert ein Stück weit nachvollziehen, warum er die Pressekonferenz angesetzt hatte. Nicht nur er persönlich hatte in den letzten Monaten unter enormem Druck gestanden. Burger, der Präsident und die gesamte Kriminalpolizei waren dem Druck der Öffentlichkeit und der Medien ausgesetzt gewesen, die natürlich zu Recht die rasche Aufklärung der Morde forderten.

Welte mochte ein missratener, verkommener Mistkerl gewesen sein, aber ihm Morde anzulasten, die er vielleicht nicht begangen hatte, schien Bannert falsch. Vor allem deshalb, weil der richtige Täter dann weiter frei herumlief und sich neue Opfer suchen konnte. Sollte man Welte die Taten zweifelsfrei nachweisen können – gut! Aber wenn Hagedorn mit seiner Vermutung recht haben sollte, dass Welte Komplizen oder Mitwisser hatte und tatsächlich nur ein Bauernopfer war, konnte und durfte es nicht sein, dass ein anderer damit davonkam.

Es war der beschwerlichere Weg, aber Bannert war bereit, ihn zu gehen.

»Wo willst du hin?«, erkundigte sich Hagedorn verwundert, als Bannert aufstob.

»Burger daran hindern, seine scheiß Pressekonferenz abzuhalten!«

»Was ist mit der Besprechung?«

»Fangt ohne mich an«, rief Bannert im Hinauseilen.

»Herzlichen Dank, Kollege Bannert!«, grollte Hagedorn leise.

55. Kapitel

Jagdhütte

Tonlos flimmerte der lokale Nachrichtensender über den Flachbildschirm vor ihm. Der Life-Ticker am unteren Bildrand kündigte in Dauerschleife die bevorstehende gemeinsame Pressekonferenz des Polizeipräsidiums und der Staatsanwaltschaft an. Ein kleinerer Monitor daneben gab das Bild aus dem Gefängniskasten wider. Karina schien zu schlafen. Zumindest vermutete er das, weil sie reglos auf der Pritsche lag. Mit der Pfeiltaste zoomte er mittels Kamera in ihr Gesicht. Tatsächlich, sie hatte die Augen geschlossen.

Sie hatte Mittel zum Zweck sein sollen. Ein Druckmittel, falls Hagedorn keine Ruhe gäbe. Doch das war, bevor ihm die geniale Idee mit Welte gekommen war. Es war leicht gewesen, über Hagedorn alles Wissenswerte in Erfahrung zu bringen. In einem Artikel der lokalen Zeitungen über Hagedorns Unfall wurde auch seine Tochter erwähnt. Das Künstler-Portfolio, das er im Internet von ihr fand, enthielt beinahe ihren kompletten Lebenslauf, die Bilder darin, fand er, wurden ihrer wahren Schönheit nicht gerecht.

Mit dem Tod des Pathologiehelfers sollte auch seine Geschichte zu Ende gehen. Obwohl er die Trophäen gerne behalten hätte, war es unabdingbar gewesen, sie Welte unterzujubeln. Zumindest einen Teil davon. Von einigen Dingen konnte und wollte er sich einfach nicht trennen. Um keinen Preis!

Den Penner in seinem Haus zu überrumpeln, ihn bewegungsunfähig zu machen und ihn zu töten, war ein Kinderspiel gewesen. Schwieriger gestalteten sich die Manipulationen an dessen PC. Das Aufspielen der Videodateien, die Chatverläufe, das Installieren der App auf dessen Handy. Er achtete sehr darauf, dass er die Zeitstempel entsprechend änderte, wann diese oder jene Datei hochgeladen oder verändert wurde. Spätestens die Auswertung der Festplatte von Weltes PC, davon war er überzeugt, würde keine Zweifel mehr offenlassen, dass Welte der gesuchte Serienkiller war.

Er sollte eigentlich ruhiger und gefasster sein. Schließlich würden die Medien in wenigen Minuten die Ergreifung des Serienmörders verkünden. Damit wäre er aus dem Schneider. Niemand würde ihn jemals verdächtigen, geschweige denn, ihm etwas Belastbares nachweisen können. Karina würde er unerkannt freilassen, obwohl er sich zu gerne ihrer Schönheit bemächtigt hätte. Warum spürte er dann diese Unruhe?

Nicht zum ersten Mal, seit er sie nackt gesehen und minutiös untersucht hatte, träumte er davon, sich mit ihrer noch warmen Scham und ihren Brüsten zu bedecken, sich, die Haare zurückstreifend, darin zu räkeln. Unzählige Fotos hatte er von ihr geschossen, die er, wie all die anderen Dateien, tief auf der Festplatte seines Rechners vergraben und mit einem Passwort geschützt hatte.

Er warf einen Blick hinüber zum Regal und ein Lächeln umspielte seine Lippen. Er könnte sie erneut betäuben und von ihrer Scham und den Brüsten eine Alginat-Abformung machen, wie er es bei den anderen getan hatte. Die Positivreproduktionen, die er mit Alabaster-Gips gegossen hatte, standen hübsch aufgereiht im Regal. Die Negative hatte er wohlverwahrt. Irgendwann würde er darauf zurückgreifen. Obwohl, wenn er es recht bedachte, reichte keines seiner bisherigen Modelle an die Perfektion von Karina heran.

Die anderen waren schön, keine Frage, aber Karina war perfekt! Ohne jeden Makel!

Es bestand keine Eile. Darüber konnte er sich später noch Gedanken machen.

Er wandte sich dem Monitor zu und stellte den Ton lauter: Die Pressekonferenz hatte begonnen.

56. Kapitel

Polizeipräsidium Konstanz

»Wo kommst du denn jetzt her?«, wollte Hagedorn wissen, als Bannert eine Stunde nach Beendigung der Pressekonferenz schief grinsend im Soko-Raum einlief.

»Ich war spazieren!«, hickste Bannert.

»Sag mal, hast du etwa einen im Tee?«

»I wo! Ich doch nicht«, dementierte Bannert deutlich verwaschen.

Hagedorn schüttelte verständnislos den Kopf, verkniff sich jedoch den bissigen Kommentar, der ihm auf den Lippen lag.

»Wo sind denn die anderen alle hin?«, wollte Bannert wissen.

Im Soko-Raum sah es aus wie auf dem Schlachtfeld. Als wäre zwischen all den Aktenstapeln, Spurenbeuteln, Ordnern, halb leeren Kaffeetassen und Pizzaschachteln eine Bombe explodiert.

Bannert wischte sich unbeholfen über die Stirn.

»Hm, sag schon«, lallte er.

»Die Mannschaft war fertig, ausgelaugt und am Rande der Erschöpfung, deshalb habe ich alle nach Hause geschickt«, erklärte Hagedorn.

»Gut so, Falk! Sehr gut! Das hast du prima gemacht. Du bist zwar ein ungehobelter, grobschlächtiger Mistkerl, aber weißt du was? Ich kann dich richtig gut leiden.«

»Ja, ja. Schon gut!«, knurrte Hagedorn.

»Los, lass uns was essen gehen. Ich habe Hunger, und dich müssen wir wieder nüchtern bekommen.«

Eine gute Stunde später, nach einem reichhaltigen Essen und drei Tassen Kaffee, fühlte sich Bannert besser. Es war eine miserable Idee gewesen, nach dem Streit mit Burger in die nächste Kneipe zu eilen und fünf Gläser Whiskey zu kippen.

»Also, du hast gesagt, dass Burger sich strikt weigerte, die Pressekonferenz abzusagen. Wie ging es dann weiter?«, drängte Hagedorn.

»Der Kerl wollte allen Ernstes, dass ich die Details über den Fall und unseren Fund in Weltes Haus selbst präsentiere, was ich natürlich abgelehnt habe. Ich sagte ihm, dass es begründete Zweifel gebe, mit Welte den richtigen Täter gefasst zu haben, und dass es noch zu früh sei, damit an die Öffentlichkeit zu gehen.«

»Davon wollte er natürlich nichts hören«, mutmaßte Hagedorn.

»Pff, natürlich nicht. Wo denkst du hin!«, bestätigte Bannert.

»Aber jetzt kommt das Beste!«

Hagedorn lauschte gespannt.

»Burger hat mich mit sofortiger Wirkung meiner Aufgaben entbunden!«

»Das ist ein Scherz! Oder? Du nimmst mich auf den Arm?«

»Neiiiiin! Todernst! Seit, hm …« Bannert sah theatralisch auf seine Armbanduhr. »… knapp drei Stunden bin ich nicht mehr Leiter der Soko.«

»Weil du dich geweigert hast, an der Pressekonferenz teilzunehmen?«

»Jupp!«

»Und wer leitet den Laden jetzt?«, erkundigte sich Hagedorn, obwohl er die Antwort zu ahnen schien.

»Wer schon? Burger höchstpersönlich!«

Minutenlang herrschte Schweigen zwischen ihnen. Hagedorn löffelte lustlos den Schaum aus seinem Latte-macchiato-Glas, während er Bannert unablässig von der Seite musterte.

»Und? Machen wir weiter, oder willst du aufhören?«

»Spinnst du?«, empörte sich Bannert. »Auf jeden Fall machen wir weiter! Ich bin zwar noch nicht gänzlich von deiner Theorie überzeugt, aber wenn du, wenn *wir* diese Theorie beweisen könnten, wäre das das Karriere-Aus für Burger.«

Hagedorn blies erleichtert die Luft aus. »Gut! Das wollte ich hören.«

Mit spitzen Fingern zog Hagedorn eine Visitenkarte aus der Brusttasche seines Hemdes, entsperrte sein Smartphone und wählte die Nummer, die er von der Karte ablas.

»Dann bringen wir mal ein bisschen Bewegung in die Sache«, grinste er.

57. Kapitel

Jagdhütte

»Du verdammter Scheißkerl!«, brüllte er. Wütend stapfte er durch den Raum, wild gegen alles tretend und schlagend, was sich ihm in den Weg stellte.

»Warum kannst du mich nicht einfach in Ruhe lassen?«

Die Ellbogen auf dem blanken Chrom des Sektionstisches, der mittig im Raum aufgestellt war, aufgestützt, verschränkte er die Finger im Nacken. Sein Atem ging stoßweise, als hätte er gerade einen Langstreckenlauf beendet.

»Ich habe euch alles geliefert, um den kleinen Mistkerl zu überführen. Ihr habt doch alle Beweise, um den Fall abzuschließen«, hauchte er mit tonloser Stimme.

Er richtete sich auf und stürzte zurück zum Schreibtisch, um die Radiomeldung ein weiteres Mal abzuspielen. Vielleicht hatte er sich verhört oder die Nachricht einfach nur missverstanden.

»… Guten Abend, an dieser Stelle eine kurze Unterbrechung des laufenden Programms für eine aktuelle Meldung zum Trophäenjäger-Fall. Wie wir eben aus sicherer Quelle erfuhren, scheint es, entgegen den Pressestatements der Staatsanwaltschaft und des Leiters der Kriminalpolizei, nicht gesichert, dass Nils W. aus Konstanz, der seit Monaten gesuchte Frauenmörder ist.

Die seit der Pressekonferenz bekannt gewordenen

Details brachten ihm seitens der Medien den Namen Trophäenjäger ein. Wir berichteten live aus der Pressekonferenz.

Unter Berufung auf eine vertrauliche Quelle kann nicht ausgeschlossen werden, dass Nils W. die Taten mutmaßlich mit einem Komplizen verübt haben könnte. Es werde in alle Richtungen weiterermittelt, um die Taten lückenlos aufzuklären, hieß es.

Tja, da dürfte die Sonderkommission unter der Leitung des Kriminaldirektors Burger etwas voreilig ihre Schlüsse gezogen haben.

Damit zurück zum Programm …«

Rasend vor Zorn schleuderte er die kabellose Maus quer durch den Raum, wo sie an der gegenüberliegenden Wand in tausend Teile zerbarst.

Flackernd und unstet ging sein Blick ins Leere.

»Die Quelle, von der der Moderator sprach – das kann nur Hagedorn gewesen sein, der dem Lokalsender den Tipp gegeben hat«, murmelte er leise vor sich hin. »Bannert ist raus. Klar, jeder aus dem Team könnte den Medien einen Hinweis gegeben haben. Aber nein, es muss Hagedorn gewesen sein.«

Er wandte sich dem Überwachungsmonitor zu und tippte mit dem Finger darauf.

»Zum Glück habe ich ja dich! Vielleicht wird dein alter Herr ja vernünftig, wenn ich ihm eine kleine Botschaft zukommen lasse.« Ein hämisches Grinsen spielte um seine Mundwinkel.

58. Kapitel

Konstanz – Brauhaus

»Das wird Burger gar nicht gefallen, dass du ihn derart diskreditierst«, schmunzelte Bannert.

»Was soll's«, grinste Hagedorn verschmitzt. »Ich bin weder ein Mitglied seiner Soko, noch hat er Disziplinargewalt über mich. Ich bin schließlich nur Berater!«

»Ich nehme an, dass du das die längste Zeit gewesen bist«, merkte Bannert an. »Burger wird keine Zeit verschwendet haben, um den Staatsanwalt vor oder nach der Pressekonferenz davon zu überzeugen, dass deine Dienste nicht mehr vonnöten sind.«

»Shit!«, stieß Hagedorn lachend hervor. »Dann arbeite ich ja jetzt für lau! Aber soll ich dir was sagen? Wenn es Burger das Genick bricht, ist es mir das wert!«

Bannert orderte zwei weitere Latte macchiato.

»Ich denke, ich bin jetzt wieder aufnahmefähig. Bring mich mal auf den neuesten Stand.«

Bannert zückte Notizbuch und Kugelschreiber und wartete gespannt auf Hagedorns Zusammenfassung.

Hagedorn sammelte sich einen Moment und begann dann zu erzählen.

»Am besten, ich fange damit an, was deine Leute über Welte selbst herausgefunden haben. Nils Hendrik Welte, sechsundzwanzig Jahre alt, geboren in Travemünde.

Nachdem er im Alter von fünf zur Vollwaise wurde, hat man ihn von einer Pflegefamilie zur nächsten weitergereicht. Im Alter von zwölf bis fünfzehn Jahren gab es mehrere Selbstmordversuche, Drogenabstürze, Alkoholmissbrauch et cetera et cetera. Dazwischen war er immer wieder in stationär psychologischer Behandlung. Die Hintergründe sind aber noch unklar, da deine Kollegen die Krankenakten noch nicht einsehen konnten. Der Tod seiner Eltern ist ebenfalls noch nicht beleuchtet.«

Bannert notierte sich stichpunktartig Hagedorns Ausführungen.

»Wann und wie ist er dann nach Baden-Württemberg gekommen?«

»Ebenfalls noch ungeklärt. Sein Hausarzt hielt sich da sehr bedeckt, berief sich auf seine ärztliche Schweigepflicht. Er hat lediglich gesagt, dass Welte einige Jahre in einer Therapiegruppe im Allgäu gelebt haben soll.

Während der Zeit und danach hat er mehrere Ausbildungen abgebrochen. Erst eine Frisörlehre, dann die Ausbildung zum Bäcker und Koch und so weiter. Laut seinen Zeugnissen hat er die Mittlere Reife nachgeholt und direkt ein soziales Jahr angeschlossen, aus dem er frühzeitig entlassen worden ist. Danach folgte eine kurze Episode als Krankentransportfahrer bei der Johanniter-Unfallhilfe. Dann verliert sich seine berufliche Spur, bis er schließlich als Pathologiehelfer an Zahnerts Klinik Anstellung fand.«

»Was ist bekannt über sein soziales Umfeld?«

Hagedorn lachte gallig auf.

»Nichts! Es gab keines! Er scheint weder Verwandte noch Bekannte zu haben. Und Freunde schon gar nicht. Dazu komme ich aber gleich noch.«

»Wem gehörte das Haus, in dem Welte wohnte?«, unterbrach ihn Bannert.

»Deine Finanzermittler sind da schon dran. Laut Grundbuchamt ist er eingetragener Eigentümer. Aber wie er an die Hütte gekommen ist und wie er sie bezahlt hat, ist noch nicht bekannt. Möglicherweise, so die Vermutung einer deiner Leute, durch Erbschleicherei.«

»Okay. Was hat die IT-Auswertung und Sichtung der Videodateien ergeben?«

»Ja, jetzt wird es interessant«, bemerkte Hagedorn.

»Abgesehen davon, dass die Aufnahmen abartig sind, zeigen sie im Wesentlichen nur, wie er den Frauen die Geschlechtsorgane und Haare samt Schädelschwarte entfernt.

Ich habe mir einige Sequenzen angeschaut. Sie lassen kaum Rückschlüsse auf die Umgebung oder den Urheber zu. Was die Metadaten der Videofiles angeht, scheinen sie zeitlich zu den Morden zu passen. Welte besaß mehrere Kameras und unzählige Speicherkarten, die alle erst untersucht werden müssen. Erfolgversprechender wird die Auswertung seiner Internetaktivitäten sein. Die IT-Leute konnten Welte dem Darknet-Account einer Nekrophilisten-Plattform zuordnen. Die dort getauschten Inhalte gehen schon sehr in die Nekrosadismus-Szene. Mit einer Gruppe von zwölf bis fünfzehn Usern schien Welte sich intensiv ausgetauscht zu haben. Ich hege große Hoffnungen, dass wir über die User mögliche Hinweise auf den Mittäter, wenn es ihn denn gab, erhalten.«

Der Kaffee wurde serviert. Bannert leckte sich den Milchschaum von der Oberlippe, nachdem er einen großen Schluck von seinem Latte macchiato genommen hatte.

»Hat die Spurenauswertung schon etwas ergeben?«

»Noch nicht sehr viel«, bedauerte Hagedorn.

»Der DNA-Abgleich mit den Leichenteilen wird noch eine Weile dauern, aber das weißt du ja.«

»Ach ja«, fuhr Hagedorn fort, »unter den sichergestellten Schuhen Weltes befand sich ein Paar grobstolliger Gummistiefel. Dein KT-Jüngling – wie war doch gleich sein Name? – meinte, dass das Profil mit dem Abdruckmuster aus dem Schilffeld identisch sei. Das LKA wollte sich da noch nicht festlegen, da die Vergleiche noch nicht abgeschlossen sind. Was sie jedoch festgestellt haben, ist, dass die Spuren aus dem Schilf darauf schließen lassen, dass der Spurenleger eine Art Gehfehler, vielleicht ein verkürztes Bein, haben könnte.«

»Sehr gut!«, lobte Bannert. »Das wird die Obduktion klären, ob Welte als Spurenleger im Schilf infrage kommt. Aber mal ehrlich, Falk. Du hast den Typen gesehen. Glaubst du, dass der schmächtige Kerl die Leichen über solch lange Distanzen zum Leichenfundort geschleppt hat?«

»Ich denke, wir glauben das Gleiche«, erwiderte Hagedorn.

»Sind wir denn mit der Viktimologie schon weiter?«

Hagedorn verneinte kopfschüttelnd, während er die letzten Reste seines Latte macchiato austrank.

»Ich brauch jetzt was Stärkeres«, sprach er, nach der Kellnerin winkend. »Was ist mit dir?«

»Nein! Ich bleibe besser bei Kaffee«, lehnte Bannert lächelnd ab. »Ich hatte meine tägliche Dosis Ethanol heute schon.«

Hagedorn nickte und nahm sein Smartphone vom Tisch auf, das brummend den Eingang einer Mitteilung signalisierte. Sein Blick verfinsterte sich schlagartig, und scheppernd fiel sein Latte-Glas zu Boden.

»Verfluchte Scheiße!«, murmelte er und reichte Bannert das Smartphone.

59. Kapitel

Jagdhütte

Trotz der quälenden Angst war es ihr gelungen, etwas zu schlafen. Wenngleich sie sich nicht merklich erholt fühlte, waren die Kopfschmerzen ein wenig abgeklungen. Was sie so panikartig aus dem Schlaf aufschrecken ließ, wusste sie nicht mehr. Ihr Mund fühlte sich ausgedörrt an. Die aufgeplatzte Unterlippe brannte. Erst als sie die Lippe betasteten wollte, begriff sie, dass sie immer noch gefesselt war. Sogleich setzte das Brennen der wund gescheuerten Haut ein.

»Halloooo!«, schrie Karina. »Hören Sie mich? Kann ich bitte ein Glas Wasser haben? Außerdem muss ich mal!«

Angestrengt horchte sie in die Dunkelheit hinein. Nichts! Nicht das leiseste Geräusch.

»Hey! Sind Sie da? Hallo?«

Karina schwang die Beine über den Pritschenrand und nahm eine sitzende Position ein. Wenn sie die Beine zusammenkniff würde es schon irgendwie gehen.

Sie führte die gefesselten Hände zum Mund und suchte mit Zunge und Lippen eine Stelle, die genügend Raum bot, um an dem Plastik zu nagen, das ihre Handgelenke fest zusammenschnürte. Sie begann an einer Stelle zu lecken und zu saugen. Vielleicht würde der warme Speichel das Plastik weicher, dehnbarer machen. Dann zerrte sie mit den Vorderzähnen daran. Es konnte gelingen, sie würde es schaffen, den dicken Kabelbinder durchzubeißen, aber es würde Stunden dauern. Stunden, die sie vielleicht nicht mehr hatte.

»Lass das!«, erklang eine dumpfe Stimme aus einem Lautsprecher, der irgendwo über ihr in die Decke montiert war.

Karina erschrak zu Tode. Er beobachtete sie also.

»Bitte«, flehte sie. »Ich habe Durst, und ich muss aufs Klo.«

Es kam keine Reaktion. »Soll ich etwa hier in eine Ecke pinkeln?«, schrie sie wütend.

»Wollen Sie mich dabei beobachten, Sie …?« Sie verkniff sich gerade noch die Beleidigungen, die ihr auf der Zunge lagen.

Summend und stotternd flackerte eine Neonröhre unter der Decke auf, die den engen Kasten in grelles Licht zu tauchen begann. Blinzelnd kämpfte Karina gegen die Helligkeit, an die sich die Augen erst gewöhnen mussten.

Als die Tür elektrisch zurückglitt, zeichnete sich die Silhouette des Mannes in der Öffnung ab. Selbst wenn sie gewollt hätte, wäre ein Angriff sinnlos gewesen, da ihre Augen tränten und den Blick verschleierten.

Rasch trat er einen Schritt auf sie zu und schob sie auf der Pritsche nach hinten, bis sie mit dem Rücken gegen die Wand prallte. Seine Hand packte sie grob an der Kehle und presste ihren Oberkörper fest an die Wand; sie fürchtete schon, dass er sie nun erwürgen würde. Noch bevor sie sich dagegen zur Wehr setzen konnte, stieß etwas klackernd gegen ihre untere Zahnreihe. Gierig trank sie das Wasser, das er ihr an die Lippen geführt hatte.

Nachdem sie das Glas geleert hatte, lockerte er langsam seinen Griff und erhob sich wachsam, bereit zuzuschlagen, falls sie in Erwägung zog, ihn wieder anzugreifen. Wortlos platzierte er einen Eimer neben der Pritsche und reichte ihr eine zur Hälfte benutzte Rolle Toilettenpapier.

»Halt still!«, befahl er, als er mit ihrem Handy ein Bild von ihr schoss.

Er wandte sich zum Gehen, als Karina ihn leise, beinahe flüsternd, ansprach: »Was wollen Sie von mir?«

Langsam drehte er sich um und sah sie direkt an.

In dem Augenblick begriff Karina, dass der Kerl sie töten würde. Er hatte sich ihr zu erkennen gegeben, und nun würde sie ihn identifizieren können.

Sie presste sich die Hand auf den Mund, um den Schrei zu ersticken, der ihr entgleiten wollte.

»Sie werden mich töten, nicht wahr?«, brach es schluchzend aus ihr heraus.

Stoisch sah er mit seinen durchdringenden blauen Augen auf sie herab.

»Darüber habe ich noch nicht entschieden«, antwortete er ruhig. »Das hängt ganz von deinem alten Herrn ab, ob du lebst oder stirbst.«

Karina glaubte ihm kein Wort.

60. Kapitel

Polizeipräsidium

Gebannt schauten Bannert und Hagedorn dem IT-Spezialisten über die Schulter, als er die Daten aus Hagedorns Handy auf den Rechner zu übertragen begann.

»Zuerst spiegle ich den Inhalt deines Handys«, erklärte er.

Hagedorn hatte keine Ahnung, wovon der junge Kollege sprach, beobachtete aber fasziniert, mit welcher Leichtigkeit und Routine er durch Programme, Verzeichnisse und Dateiordner klickte.

»Et voilà! Da ist die Nachricht.«

Auf dem Monitor erschien eine großformatige Aufnahme seiner Tochter die folgende Bildunterschrift trug:

Stellen Sie Ihre Ermittlungen ein!
Lassen Sie es gut sein, oder Ihre Tochter wird dafür büßen!

Hagedorn würgte mühsam den Kloß in seinem Hals hinunter. Karina sah schrecklich mitgenommen aus. Die rechte Gesichtshälfte war rot geschwollen, die Unterlippe blutig aufgeplatzt, die Haare klebten glanzlos und strähnig am Kopf. Bis auf das Höschen, das sie trug, war sie nackt.

»Kannst du herausfinden, wo das Handy sich befand, als die Nachricht verschickt wurde?«, brach Bannert das Schweigen.

»Hm, leider nein. Die SMS trägt zwar Karinas Nummer als Absender, aber verschickt wurde sie über ein sogenanntes Gateway; Internetdienste, die es ermöglichen, anonyme SMS zu versenden.«

»Das heißt, er hat sich gar nicht die Mühe gemacht, Karinas Nummer zu unterdrücken?«, hakte Hagedorn unsicher nach.

»Richtig! Wenn er das gewollt hätte, wäre dir irgendeine unbekannte Nummer angezeigt worden. Ich nehme an, er wollte, dass du ganz genau weißt, von wem die Nachricht kommt.«

»Eine Rückverfolgung ist also unmöglich?«

»Ja! Das heißt doch, vielleicht! Wenn er die Aufnahme mit ihrem Handy gefertigt hat, muss er das Bild ja irgendwie auf seinen PC oder sein eigenes Handy bekommen haben. Im günstigsten Fall hat er die Nachricht via GSM-Netz an sich weitergeleitet, entweder als SMS oder E-Mail. Was bedeuten würde, dass ihr Handy, zumindest kurzfristig, in einer Funkzelle eingeloggt gewesen sein müsste.«

»Und im ungünstigsten Fall?«, wollte Hagedorn wissen.

»Hat er es via Bluetooth oder Datenkabel übertragen, ohne dass ihr Handy dazu aktiv gewesen sein muss, oder über eine WLAN-Verbindung.«

»Wäre es möglich, auf die SMS zu antworten?«

»Klar«, entgegnete der junge Mann. »Aber die Nachricht würde ihr dann nur auf das Handy zugestellt, nicht über den Gatewaydienst.«

»Das heißt, ich habe keine Möglichkeit, dem Entführer zu antworten, wenn er Karinas Handy ausgeschaltet hat«, erkundigte sich Hagedorn.

»Ich fürchte nicht!«

»Ich danke dir, Mike, dass du so spät noch gekommen bist« Bannert klopfte dem jungen Mann anerkennend auf die Schulter.

»Gern geschehen!«

Gedankenverloren stopfte Hagedorn sein Handy in die Brusttasche, verließ das Büro und rollte den Gang hinunter.

Als Bannert wenige Minuten später nachfolgte, fand er Hagedorn im Soko-Raum, die Ellbogen auf den Armlehnen seines Rollstuhls aufgestützt, sinnierend die Pinnwände betrachtend.

»Falk? Ist alles in Ordnung? Wie fühlst du dich?« Bannert zog sich einen Bürostuhl heran und nahm neben ihm Platz.

»Wie soll ich mich schon fühlen?«, blaffte Hagedorn.

»Wenn ich mich nicht von dir hätte überreden lassen, euch bei dem Fall zu unterstützen, wäre Karina jetzt nicht in Gefahr.«

Bannert senkte betroffen den Kopf.

»Entschuldige, das war nicht fair. Du trägst genauso wenig Schuld daran wie ich«, versuchte Hagedorn ihn wieder zu beschwichtigen.

Trotzdem fühlte sich Bannert schlecht. Ohnmächtig und hilflos. Eine Ortung ihres Handys war aussichtslos, und auch sonst hatten sie keinerlei Anhaltspunkte, die sie auf die Spur ihres Entführers oder ihres Aufenthaltsortes geführt hätte. Seine Forderung war eindeutig und unmissverständlich. Weitere Ansprachen oder Kontaktaufnahmen würde es nicht geben, zumindest rechnete Bannert nicht damit.

»Was machen Sie denn hier?«, riss Burgers überraschte Stimme ihn aus seinen Gedanken.

»Sie sind raus, Bannert. Sie haben mit dem Fall nichts

mehr zu tun. Ich will Sie hier drinnen auch nicht mehr sehen.«

Burger warf Hagedorn einen hasserfüllten Blick zu.

»Und dich auch nicht, Falk! Die Staatsanwaltschaft Konstanz bedankt sich für deine Dienste, aber die werden nun nicht mehr benötigt. Dein Beraterhonorar, bis gestern vierundzwanzig Uhr, kannst du der Staatsanwaltschaft in Rechnung stellen. Und jetzt raus hier!«

Hagedorn betätigte wortlos den Steuerungshebel seines Rollstuhls, der sich surrend in Bewegung setzte, und schickte sich an, Burgers Aufforderung nachzukommen. Als er auf dessen Höhe angelangt war, vollzog er einen Schlenker und quetschte Burger an dessen Beinen gegen die Wand. Blitzschnell richtete sich Hagedorn auf und umklammerte mit einer Hand Burgers Kehle und drückte kraftvoll zu. Burger röchelte.

»Du mieser kleiner Drecksack!«, zischte ihn Hagedorn an. »Du irrer Profilneurotiker! Du konntest es ja nicht erwarten, dich den Medien zu präsentieren. Damit hast du meine Tochter in Gefahr gebracht!«

Burger sah Hilfe suchend zu Bannert, der den Teufel tat, ihm zu Hilfe zu eilen. Stattdessen verschränkte Bannert die Arme vor der Brust und genoss das Schauspiel.

Burger hatte Hagedorns Handgelenk mit beiden Händen umfasst und versuchte es abzuschütteln. Doch je mehr er sich wehrte, desto kräftiger schloss sich Hagedorns Pranke um seine Kehle.

»Du konntest nicht abwarten, bis die Ermittlungen abgeschlossen sind, nicht wahr?! Mit deinem blinden Aktionismus hast du uns einen entscheidenden taktischen Vorteil genommen. Sollte meiner Tochter etwas zustoßen, schwöre ich bei Gott, dir das Gleiche angedeihen zu lassen wie ihr. Hast du mich verstanden?«

Hustend und würgend brach Burger in die Knie, als

Hagedorn seinen Griff löste. Ohne ihm weitere Beachtung zu schenken, wendete Hagedorn und rollte aus dem Soko-Raum.

Röchelnd und Hilfe suchend tastete Burgers Hand nach Bannert, der diese rüde beiseitewischte und sardonisch auf ihn hinabblickte.

»Sie sind ein Arschloch, Burger!«

Bannert eilte in sein Büro, um seine Jacke zu holen, und lief dann Hagedorn hinterher. Er erwischte ihn gerade noch, als der aus dem Gebäude auf den Vorplatz rollte.

»Wenn die Umstände nicht so dramatisch wären, würde ich deine Aktion jetzt feiern.«

Bannert war klar, dass Hagedorn vor Sorge um seine Tochter schier durchdrehen musste, und doch konnte er ihm überraschenderweise ein kleines Lächeln abringen.

»Was machen wir jetzt?«, fragte Bannert.

Hagedorn legte den Kopf in den Nacken und sah in den Nachthimmel hinauf.

»Ehrlich? Ich weiß es nicht, Marius. Ich habe keine Ahnung!«

»Befolgen wir seine Anweisung und stellen die weiteren Ermittlungen ein«, schlug Bannert vor.

»Und du denkst, er lässt Karina dann laufen? Ja? Glaubst du das wirklich?«

Hagedorn schüttelte ungläubig den Kopf.

Bannert, der den Kopf fröstelnd zwischen die Schultern zog, erwiderte: »Ich weiß es doch auch nicht.«

»Und wie sollte ich ihn wissen lassen, dass ich mich zurückziehe?«

»So, wie du ihn hast wissen lassen, dass du nicht glaubst, dass Welte der Täter ist. Wende dich erneut an den Lokalsender. Der Sender soll vermelden, wir hätten falschgelegen und die Auswertung der vorliegenden Spuren habe bestätigt, dass Welte definitiv der Trophäenjäger war.«

»Verdammte Scheiße!«, fluchte Hagedorn herzhaft. »Es ist alles meine Schuld. Karina wäre jetzt nicht in Gefahr, wenn ich mein Maul gehalten hätte.«

»Du konntest nicht ahnen, dass er sich deiner Tochter bemächtigen würde.«

Hagedorn knetete nachdenklich sein Ohrläppchen.

»Da kommt mir gerade in den Sinn – woher weiß der Trophäenjäger eigentlich, dass ich mit von der Partie bin? Ich bin erst seit wenigen Tagen in Konstanz, nur deine Leute wussten, dass du mich als Berater hinzugezogen hast. Und dann diese sonderbare Botschaft. *Lassen Sie es gut sein!* – Lassen Sie es gut sein? Was ist das denn für eine Formulierung? Erst neulich habe ich den Satz schon einmal gehört, ich komme nur nicht drauf wo.«

»Stimmt!«, pflichtete ihm Bannert bei. »Außerdem hat die Botschaft beinahe etwas Entschuldigendes, als wollte er damit sagen, dass er Karina im Grunde nichts antun möchte, sofern er nicht dazu gezwungen ist.«

»So könnte man es zwar auch verstehen«, widersprach Hagedorn. »Aber ich lese daraus viel eher eine selbstgefällige Arroganz, eine überheblich belehrende Art, als würde man ein ungehöriges Kind tadeln.«

»Hm, vielleicht hast du recht, Falk.«

»Sei's drum. Ich bin trotz allem unschlüssig, ob es klug ist, schon jetzt eine entsprechende Erklärung an die Medien rauszugeben«, erwiderte Hagedorn. »Wenn wir ihn jetzt wissen lassen, dass wir die Ermittlungen einstellen und den Fall abschließen, warum sollte er Karina laufen lassen und damit sein Druckmittel aus der Hand geben? Welche Garantie hätte er, dass wir, sobald Karina in Sicherheit ist, die Ermittlungen nicht wieder aufnehmen?«

»Keine«, gab Bannert kleinlaut zu.

»Du siehst das Dilemma, in dem wir stecken? Ich glaube eben nicht, dass er Karina freilässt. Ganz egal wie ich mich, wie *wir* uns entscheiden. Nein! Der Kerl wartet auf eine Antwort. Aber ganz gleich, wie die Antwort lautet, Karinas Schicksal wäre damit besiegelt.«

Bannert fingerte ein zerfleddertes Papiertaschentuch aus der Seitentasche seines Parkas, das er umständlich entfaltete.

»Du denkst, es ist eine persönliche Angelegenheit, habe ich recht?«, erklang es dumpf, als Bannert sich die Nase wischte.

»Natürlich ist das persönlich. Um sein Ziel zu erreichen, hätte er jeden anderen aus der Soko unter Druck setzen können. Dich, Burger, Kieferle, meinetwegen den Präsidenten.«

»Mag sein«, musste Bannert zugeben, »aber vor dir scheint er Angst zu haben. Du scheinst die einzig potenzielle Gefahr für ihn darzustellen.«

»Oder er kennt mich und möchte mir einfach nur schaden, hast du daran schon mal gedacht?«, warf Hagedorn ein.

Bannert zuckte entmutigt mit den Schultern.

»Was machen wir jetzt?«

»Ich weiß nicht, was du jetzt tust, Marius. Aber ich muss jetzt erst auf mein Hotelzimmer, mich sauber machen. Ich habe mir in die Hose gepisst.«

Erneut war er von Hagedorns Direktheit peinlich berührt.

»Schau nicht so dumm, manchmal spüre ich es

nicht«, kommentierte Hagedorn Bannerts verlegenen Gesichtsausdruck.

»Sorry!«, erwiderte Bannert knapp. »Dann geh ich auch geschwind nach Hause, nehme eine Dusche und esse eine Kleinigkeit.«

»Mach das! Ich ruf dich nachher an!«, rief Hagedorn über seine Schulter, während er sich bereits mit Höchstgeschwindigkeit entfernte.

61. Kapitel

Zwanzig Jahre früher

Die Arme gierig nach ihm ausgestreckt, schreitet die konturlose Figur unaufhaltsam auf ihn zu – danach trachtend, die knochigen Hände an seinen Hals zu legen und ihn zu erwürgen.

Der Mund, eine grausam entstellte Fratze, ein faustgroßes Loch bloß, durch das er durch den Schädel hindurchblicken kann. Zahnlos grinst sie ihm mit dunklen, ausdruckslosen Augen entgegen. Erst als die Erscheinung nahe ist, nimmt das verzerrte Gesicht Gestalt an. ER ist es. Sein Vater, das Scheusal, das Monster, das den Tod verdient hatte wie niemand jemals vor ihm. Unfähig, sich zu rühren, bleibt er wie angewurzelt stehen. Erst als sich die kalten Finger um seine Kehle schließen, erwacht er aus der Starre. Schnell und hart schnüren sie ihm die Luft ab. Nach Atem röchelnd gelingt es ihm kaum mehr, die Arme zu heben, und doch bringt er es irgendwie zustande. Verzweifelt tasten seine Finger nach einem Angriffspunkt im Gesicht des Monsters und finden schließlich die Augenhöhlen. Die Nägel seiner Daumen bohren sich tief in dessen Augen. Ploppend bricht der Widerstand, als zerdrückte er eine Geleebohne zwischen seinen Fingern. Blut, Augenwasser und Gewebe quillt glitschig, warm, seitlich daraus hervor. Aus dem Loch, das einmal der Mund gewesen ist, erklingt ein grauenvolles Schmerzensgebrüll. Der Griff um seinen Hals lockert sich dennoch nicht, und ihm wird schwarz vor Augen. Strauchelnd fallen sie zur Seite. Fallen, fallen endlos tief, ohne aufzuschlagen.

Schwer atmend und schweißüberströmt wacht er auf und wischt sich angewidert über die Stellen, die sein Vater eben noch berührt hat.

Nur langsam kommt er zur Ruhe. Als sein Blick auf die Leuchtziffern des Radioweckers fällt, fährt er wie vom Blitz getroffen auf und stürmt fluchend ins Bad. Heute ist der Tag seiner Prüfung. Nachdem er bereits zweimal durchs Physikum gefallen ist, ist das jetzt seine letzte Chance zu bestehen, und ausgerechnet heute muss er verschlafen.

»Verflucht!«, murmelt er.

Die Durchfallquote im Physikum liegt an der Uni Erlangen mit knapp zehn Prozent weit unter dem Bundesdurchschnitt, dennoch hat er es geschafft, zu den 9,2 Prozent zu gehören, die das Physikum versemmeln. Und das gleich zweimal in Folge. Egal! Er wird sein Bestes geben. Für den Fall, dass er wieder nicht besteht, hat er sich schon vor Monaten einen Alternativplan zurechtgelegt. Eigentlich hat es sich vielmehr so ergeben. Das Mädchen, mit dem er seit sieben Monaten zusammen ist, eine Medizinstudentin aus seinem Semester, ist zärtlich, liebevoll und in jeder Beziehung unterwürfig und hingebungsvoll. Regelrecht verfallen ist sie ihm.

Obwohl sie sehr attraktiv ist, übt sie kaum sexuelle Anziehung auf ihn aus.

Stärker denn je fühlt er sich zu Männern hingezogen, ohne je mit einem intim geworden zu sein. Oft denkt er darüber nach, die Beziehung zu beenden, aber ihre Eltern sind reich, sagenhaft reich. Ihr Vater ist Gründer und Mehrheitseigner einer großen Technologiefirma, die sowohl elektronische Teile für die heimische Kfz-Industrie als auch für internationale Großkonzerne produziert. Erst bei seinem letzten Besuch prahlte ihr Vater beim Abendessen damit, einen Rüstungsauftrag in Millionenhöhe an Land gezogen zu haben. Ihre Eltern haben einen Narren an ihm gefressen, warum soll er das nicht zu seinem Vorteil nutzen? Wenn er es richtig anstellt, kann er sich ins gemachte Bett legen. Obwohl er seinen Vater abgrundtief gehasst hat, ist ihm doch ein Ausspruch von ihm im Gedächtnis geblieben. *Für arme Eltern kann man nichts, aber für arme Schwiegereltern schon.*

Sein Plan vom Leben ist ein völlig anderer gewesen, aber warum nicht seine Vorteile daraus ziehen? Er sieht gut aus, sie ist verrückt nach ihm, und ihre Eltern akzeptieren ihn vorbehaltlos. Doch er würde gezwungen sein, ein Doppelleben zu führen, eine Lüge zu leben.

62. Kapitel

Polizeipräsidium

Getrieben von innerer Unruhe und Sorge, tigerte Bannert im Soko-Raum auf und ab. Es war kurz vor acht Uhr. Mehr als fünf Stunden war es nun her, dass sie sich getrennt hatten. Wie vereinbart war Bannert nach Hause gefahren, hatte eine heiße Dusche genommen, sich mit einem Sandwich gestärkt und dann auf Hagedorns Anruf gewartet. Hagedorn hatte ihm in einem kurzen Gespräch mitgeteilt, dass er warten müsse, bis die Batterie seines Rollstuhls vollständig geladen sei, er dann noch etwas überprüfen wolle, spätestens aber gegen sieben Uhr wieder auf der Dienststelle sei.

Trotz Hagedorns Kauzigkeit hielt Bannert ihn für einen Menschen, der sich an vereinbarte Zeiten hielt oder zumindest anrief, wenn er sich verspäten würde. Doch auch fast eine Stunde später war er nicht im Präsidium aufgetaucht.

Alle Versuche, Hagedorn auf dem Handy zu erreichen, endeten in der Sprachmailbox seines Anbieters, weshalb er sich einen Dienstwagen schnappte, in die Innenstadt fuhr und zu Hagedorns Hotel eilte.

Der Nachtportier hatte einen schlaftrunkenen Eindruck gemacht, als Bannert geklingelt, sich als Kriminalbeamter ausgewiesen und nach Hagedorn erkundigt hatte.

Natürlich beschwor er, dass er Hagedorn das Hotel nicht habe verlassen sehen. Was sonst sollte er sagen?

Bannert nahm nicht an, dass es dem Nachtportier gestattet war zu schlafen. Nur mit Nachdruck war der Portier schließlich bereit, Bannert die General-Keycard auszuhändigen, damit er nach Hagedorn sehen konnte.

Das Angebot, ihn zu begleiten, hatte der Portier dankend ausgeschlagen.

Bannert fand Hagedorns Zimmer verlassen vor. Die noch spürbar schwüle Luft im Bad ließ darauf schließen, dass er sich geduscht hatte. Über dem Heizkörper hing seine Hose, die er offenbar ausgewaschen und zum Trocknen aufgehängt hatte. Egal wie oft er sich um die eigene Achse drehte und das Zimmer inspizierte, alles schien völlig normal zu sein, nichts, was seinen Argwohn erregt hätte.

Hagedorns Jacke und sein Handy fehlten.

Auf dem Schreibtisch stand, halb unter einem benutzten Handtuch verborgen, Hagedorns Laptop. Bannert durchquerte den Raum und klappte ihn auf. Verwundert bemerkte er, dass er sogleich arbeitsfähig war. Er hätte vermutet, dass Hagedorn das Gerät zumindest mit einer Passworteingabe im Startbildschirm vor unautorisiertem Zugriff geschützt hätte.

Die Festplatte enthielt nur wenige Dateiordner. Entweder hatte Hagedorn den Laptop noch nicht sehr lange, oder er stand mit derlei Technologie generell auf Kriegsfuß. Abgesehen von ein paar älteren Bildern, auf denen Hagedorn mit Kollegen oder mit einer Teenagerin mit Zöpfen abgebildet war, fand sich nur wenig Persönliches darauf.

Seine Aufmerksamkeit fiel auf einen Dateiordner, der mit dem Namen *Burger* überschrieben war.

Bannert öffnete ihn. Unzählige Dokumente waren, ohne erkennbares System, darin abgelegt. Korrespondenz zwischen Hagedorn und Burger, Burger und dem

Innenministerium, Zeitungsausschnitte, Gutachten, sogar Auszüge aus Burgers Personalakte befanden sich darin, offensichtlich alles Material Hagedorns Dienstunfall betreffend.

Als er den Ordner bereits wieder schließen wollte, fiel sein Blick auf ein PDF-Dokument mit der Bezeichnung *Profil*. Bannert war neugierig und öffnete es. Es handelte sich um eine handgeschriebene Liste, auf der Stichpunkte notiert waren.

- *Schizo-paranoid-narzisstisch*
- *Empathielos, pathologische Selbstüberschätzung*
- *Übersteigertes Verlangen nach Anerkennung*
- *Passiv-aggressiv*
- *Übersteigerte Kritikempfindlichkeit*
- *Äußerst manipulativ!!!*
- *Pathologischer Kontrollzwang*
- *Bindungsunfähigkeit*
- *Alibi?*
- *Abwesenheit bei besonderen Lagen?!*
- *Einmischungen in Marius' Ermittlungen?!*

Bannert glaubte nicht, was er da las. Brachte Hagedorn Burger ernstlich mit dem Trophäenjäger in Verbindung? War das möglich? Welche Beweise hatte Hagedorn?

Bannert zückte sein Handy und fotografierte die Liste ab, ehe er den Deckel des Laptops zuklappte und das Hotelzimmer verließ.

Hinter was war Hagedorn nur her? So abstrus Hagedorns These auch sein mochte, schien doch alles irgendwie einen Sinn zu ergeben.

Monatelang hatte Burger ihn ausgebremst, zusätzliches Personal verweigert, Ermittlungen behindert oder für unnötig erachtet.

Zweifellos besaß Burger auch das nötige forensische Wissen, um Spuren zu vermeiden oder zu beseitigen. Als Leiter der Kripo saß er natürlich immer an der Quelle, um zu wissen, wie weit die Ermittlungen gediehen waren, wie dicht man ihm auf den Fersen war. Aber welchen Sinn hätte es, Hagedorns Tochter zu entführen? Burger hatte dafür gesorgt, dass Hagedorn entlassen war. Aber was war bei dem Mann schon normal? Wie hatte Hagedorn vermerkt? Schizoid-paranoid? Burger war irre, und der Killer war es auch. Eine Gemeinsamkeit, die nicht wegzudiskutieren war.

Auf dem Weg zurück zum Präsidium unternahm er zwei weitere Anrufversuche. Vergeblich. Bannert fing an, sich ernsthaft Sorgen zu machen.

Wie er Burger mit seinem Verdacht gegenübertreten sollte, wusste er nicht. Ohne handfeste Beweise würde er ihn weder seines Amtes entheben noch verhaften lassen können. Ein paar seiner Leute waren so loyal, dass sie auch ohne Burgers Erlaubnis gemeinsam mit ihm nach Hagedorn und dessen Tochter fahnden würden. Fünf, so überschlug er, würden genügen. Das und nichts anderes hatte nun oberste Priorität. Burger würde er im Auge behalten. Sollte Hagedorns Annahme zutreffen und Burger tatsächlich hinter den grausamen Morden, Karinas Entführung und jetzt auch noch Hagedorns Verschwinden stecken, würde er vielleicht einen entscheidenden Fehler begehen. Krampfhaft überlegte er, wen er für die besonders heikle Aufgabe verpflichten könnte.

Mit quietschenden Reifen kam Bannerts Dienstwagen vor dem Gebäude zum Stehen. Da er keinen Nerv hatte, auf den Lift zu warten, stürzte er die Treppe hinauf und eilte mehr rennend als gehend zum Soko-Raum.

Er hatte es geahnt. Burger hielt, selbstverliebt, wie er war, eine Ansprache und brachte wortgewandt zum Ausdruck, wie stolz er doch auf jeden Einzelnen aus der Sonderkommission sei und was für hervorragende Arbeit jeder von ihnen geleistet habe. Unerwähnt ließ er in dem Zusammenhang auch nicht, welche Führungsleistung durch ihn selbst hierbei zum Tragen gekommen sei.

»Du heuchlerischer Sack Scheiße«, flüsterte Bannert und ging frustriert zu seinem Büro. Er würde wohl oder übel warten müssen, bis Burger mit seiner Laudatio an sich selbst geendet hatte, bevor er mit den richtigen Leuten sprechen konnte.

Kaum dass er hinter dem Schreibtisch Platz genommen hatte, hob er überrascht den Kopf, als Karsten Kieferle, gefolgt von Sascha Winkler, dem vielversprechenden jungen KT-Talent, Nathalia Buday, Justus Köber und Mike, dem IT-Forensiker aus dem Team, sein Büro betraten.

Verschwörerisch schob Karsten die Tür ins Schloss, als alle im Raum irgendwo Platz gefunden hatten.

»Stimmt es, dass man dich abgesägt hat?«, hob Karsten an.

»Das ist richtig«, bestätigte Bannert. »Ihr seid jetzt Burger unterstellt.«

Kieferle verdrehte die Augen zur Decke und kommentierte es mit einem undefinierbaren Grunzen.

Bannert sah in die betroffenen Gesichter der Anwesenden.

»Wenn ihr schon hier seid …«, fing er an.

»Ihr habt sicher schon mitbekommen, dass Hagedorns Tochter entführt worden ist?«

»Ja, das haben wir«, ergriff Justus Köber das Wort, »und ich habe nicht den Eindruck, dass Burger der Suche nach ihr oberste Priorität einräumt.«

Bannert stieß ein Seufzen aus, als er sich vom Schreibtisch abstieß und sich erhob.

»Es ist noch schlimmer. Hagedorn ist ebenfalls verschwunden.«

Sascha und Nathalia tauschten erschrockene Blicke aus.

»Was genau hat Burger bereits in die Wege geleitet, Karsten?«

»Na ja. Die Standardmaßnahmen halt. Funkzellendaten, Zeugen-, Nachbarschaftsbefragungen, so was.«

»Okay. Ihr müsst mir helfen!«, bat Bannert. »Burger darf aber auf keinen Fall etwas davon mitbekommen. Kann ich auf euch zählen?!«

Einhelliges Nicken war die Antwort.

»Nathalia, Sascha«, sprach Bannert die beiden an, dem nicht entgangen war, dass zwischen ihnen etwas zu laufen schien.

»Ihr geht bitte in Hagedorns Hotel. Sofern Burger da nicht schon jemanden hinbeordert hat, will ich, dass ihr mit der Direktion Kontakt aufnehmt. Vielleicht ist es möglich die Daten, wann jemand das Hotel betreten oder verlassen hat, über das Schließsystem auszulesen. Der Portier versicherte mir, dass es, außer an der Tiefgarageneinfahrt, keine Kameraüberwachung gebe. Checkt bitte die nähere Umgebung. Geschäfte, Kioske, Bahnhofshalle, Busse, Taxen, völlig gleich – vielleicht hat jemand den Bahnhofsvorplatz oder den Eingangsbereich zum Hotel aufgezeichnet.«

»Wird gemacht!« Nathalia kritzelte einige Notizen in ein Büchlein.

»Ach ja! Besorgt mir Hagedorns Laptop aus seinem Zimmer, und bringt das Ding schnellstmöglich zu Mike. Ich möchte wissen, ob Hagedorn damit im Internet war und was er gemacht hat. Browserverläufe, Chatprotokolle, E-Mail-Verkehr, Sucherverläufe, einfach alles. Klar?

Mike«, sprach Bannert dann, trat auf den jungen Mann zu und sah ihn durchdringend ans. »Von dir möchte ich, dass du herauszufinden versuchst, wann Karina Hagedorns Handy und auch das von Falk zuletzt aktiv gewesen sind, und vor allem im Bereich welcher Funkmasten. Vielleicht bekommen wir so zumindest einen Anhaltspunkt über ihren Aufenthaltsort.

Und …«, Bannert zögerte, »ich will, dass du Burgers Handy anzapfst.«

Mike sah irritiert auf.

»Burgers Handy? Warum?«

»Besser, wenn du das nicht weißt, glaub mir! Schaffst du das?«

»Nicht auf legalem Wege«, grinste Mike. »Aber ich habe sicher noch irgendwo einen alten Gerichtsbeschluss. Den kann ich frisieren und dem LKA und den Providern schicken, damit wir eine Schaltung seines Handys bekommen.«

»Gut, mach das! Und unter alles, was du verschickst, setzt du meinen Namen, hast du verstanden?«

»Ich verstehe«, nickte Mike zustimmend.

»Was können wir tun?«, erkundigte sich Karsten, auf sich und Justus Köber zeigend.

»Justus, dich möchte ich bitten, die Taxizentralen abzuklappern. Vielleicht ist Hagedorn heute Nacht mit einem Rollstuhltaxi abgeholt worden. Frag bitte auch den städtischen Busbetrieb ab, ob sich ein Busfahrer vielleicht an einen Fahrgast in einem monströsen Rollstuhl erinnern kann. Wenn du damit durch bist, gehst du Mike bei der Auswertung der Funkzellendaten zur Hand.

Karsten«, fuhr er an Kieferle gewandt fort, »ich nehme an, Burger hat dir aufgetragen, die Spurenauswertung weiter zu forcieren.«

»Richtig!«, nickte Kieferle.

»Und genau das wirst du auch tun. Versuch mal, ob du beim LKA etwas Druck ausüben kannst wegen des Schrittgutachtens der Schuhspuren aus dem Schilf. Ich muss genau wissen, was das für ein Gehfehler sein soll, von dem das Labor sprach.

Ach!«, setzte Bannert noch hinterher, »schneide die Gummistiefel auf, die ihr bei Welte gesichert habt. Ich muss wissen, ob sich darin tatsächlich Weltes DNA befindet oder ob man sie ihm untergejubelt hat.«

Zuversichtlich und mit einem Gefühl des Stolzes und der Rührung ließ er den Blick über die eingeschworene Runde schweifen. Ihm war bewusst, was er da von ihnen verlangte. Jeder Einzelne von ihnen hatte viel zu verlieren. Sei es eine noch junge, vielversprechende Karriere oder die Pensionsansprüche aus vierzig hart erarbeiteten Dienstjahren.

»Ich danke euch sehr!«

63. Kapitel

Konstanz – wenige Stunden zuvor

In Hagedorns Schädel brummte es wie in einem Bienenstock. Seine Zunge klebte trocken am Gaumen. Er hatte einen bitter-galligen Geschmack im Mund. Es fiel ihm schwer, sich zu bewegen. Seine Schultern, Arme und Hände fühlten sich genauso taub und leblos wie seine Beine an. Schmatzend versuchte er Speichel zu sammeln, um seine Lippen ein wenig befeuchten zu können; was ihm nur leidlich gelang. Jemand hatte seine Hände an die Armlehnen seines Rollstuhls gefesselt. Seine Augen waren mit einem dunklen Tuch verbunden. Wenn er den Kopf in den Nacken legte, zeichnete sich am unteren Rand ein schmaler Streifen Tageslicht ab. Er wusste weder, wo er war, noch, wie spät es war, aber er vermutete, dass er mehrere Stunden ohne Bewusstsein gewesen sein musste.

Da er ohnehin nichts sehen konnte, schloss er die Augen und konzentrierte sich auf seine anderen Sinne. Langsam sog er die Luft durch die Nase ein. Der Duft nach altem oder lange gelagertem Holz vermischte sich mit dem Geruch verbrannten Holzes. Und noch etwas mischte sich darunter, das er nicht richtig zuordnen konnte. Nicht der typisch modrige Mief, der alten Häusern anhaftete, sondern eher muffig, wie ein leidlich belüfteter oder schlecht beheizter Raum. Hagedorn assoziierte sofort eine Erinnerung aus seiner Kindheit damit, als er als Zwölfjähriger mit auf einen Skiausflug durfte.

In der Skihütte hatte es ähnlich gerochen, als sie dort angekommen waren. Der Geruch war erst verflogen, nachdem sie kräftig durchgelüftet und die Holzöfen befeuert hatten.

Noch andere Düfte konnte er ausmachen. Der fast unmerkliche Geruch nach Pinselreiniger, Holzleim oder Desinfektionsmittel, ganz sicher war er sich nicht, irritierte ihn, da er in keinster Weise zu den sonst vorherrschenden Düften zu passen schien. Er konnte ebenso gut in einer Schreinerei eingesperrt sein, ging es ihm durch den Kopf.

Sosehr er sich auch konzentrierte, hörte er außer seinen eigenen Atemgeräuschen keine weiteren Laute. Kurz glaubte er das Zwitschern von Vögeln vernommen zu haben, was zusammen mit seinen olfaktorischen Eindrücken eher den Schluss zuließ, dass er irgendwo in einer Hütte, vielleicht einer Scheune oder einem Jagdhaus, gefangen gehalten wurde. Er schnalzte mehrmals mit der Zunge, um sich, so hoffte er, gleich einer Fledermaus, einen Eindruck seiner Umgebung zu machen. Dass es keinerlei Widerhall gab und das Geräusch sich sogleich verlor, bestätigte seine Vermutung, dass er sich nicht in einem Kellerraum befand, sondern vielmehr in einem durchschnittlich großen Raum, dessen Wände und Decken mit Holzpaneelen oder Gipskartonplatten verkleidet sein mochten.

Die Fesseln begannen unangenehm in sein Fleisch zu schneiden. Wenn er mit den Fingern die Armlehne umklammerte und die Schaumstofffüllung darunter ein wenig zusammenpresste, ließ der Druck nach, was den Schmerz spürbar linderte. Erneut legte er seinen Kopf in den Nacken, in der Hoffnung, durch den winzigen Spalt etwas mehr von seiner Umgebung erhaschen zu können. Es hatte keinen Sinn.

Zornig hieb er mit dem Kopf gegen die Nackenstütze seines Rollstuhls. Wie hatte er nur so dumm sein können? Warum hatte er Bannert nicht mit einbezogen?

Einer vagen Spur folgend war er schon früh, gerade als es anfing zu dämmern, zu Zahnerts Haus gefahren. Eigentlich war es nicht mal eine richtige Spur, auf die er gestoßen war, mehr eine Ungereimtheit, die er geklärt wissen wollte.

Die Chance, Zahnert noch zu Hause anzutreffen, bevor der in die Klinik, auf den Golfplatz oder sonst wohin fuhr, schien ihm am größten, wenn er ihn noch beim Frühstück erwischte.

Als er an dessen Villa angekommen war, hatte hinter einigen Fenstern bereits Licht gebrannt. Da er nicht klingeln wollte, wartete er an der Straßenecke und beobachtete das Haus. Wie erwartet, musste er auch nicht lange warten, bis die Haustüre geöffnet wurde und sich gleichzeitig wie von Geisterhand das doppelte Garagentor hob.

»Guten Morgen, Herr Zahnert!«

Zahnert war zu Tode erschrocken, als Hagedorn plötzlich mit dem Rollstuhl hinter ihm in der Garage stand.

Zahnert hatte das Gesicht verzogen und keinen Hehl daraus gemacht, wie unerfreulich der morgendliche Überfall war.

»Was wollen Sie denn hier?«, empörte er sich.

»Können Sie nicht, wie jeder normale Mensch auch, einen Termin vereinbaren oder mich in der Klinik aufsuchen?«

»Ich werde Sie nicht lange aufhalten«, versprach Hagedorn und kam gleich zur Sache.

»Ihre Frau hatte mir gegenüber erwähnt, dass Sie sich an der Uni in Erlangen kennengelernt haben?!«

»Das ist korrekt. Und, weiter?«

»Sie haben dort Betriebswirtschaft studiert?«

»Das ist nicht ganz richtig«, erwiderte Zahnert genervt.

»Ich habe Wirtschaftswissenschaften studiert und später noch Health Business Administration belegt. War's das?«

Zahnerts Wagen entriegelte sich blinkend.

»Ich habe zwar keine Ahnung, was genau das ist, aber es klingt unheimlich wichtig«, sagte Hagedorn provozierend.

»Hören Sie …«, setzte Zahnert an.

»Ihre Frau hatte gar nicht erwähnt, dass Sie fünf Semester Medizin studiert haben«, unterbrach ihn Hagedorn erneut.

Zahnert schien für einen Moment die Fassung zu verlieren.

»Hören Sie, Hagedorn«, fuhr er fort, als er sich gefangen hatte, »ich bin Ihr Frage-und-Antwort-Spiel leid. Ich muss darauf nicht antworten. Sie wissen das genauso gut wie ich.«

Zahnert hatte die Fahrertür geöffnet und schickte sich an einzusteigen.

»Tja, dann werden wir uns wohl auf dem Präsidium wiedersehen. Es gäbe da noch einige Fragen zu klären. Zum Beispiel, in welcher Beziehung Sie zu Nils Welte standen, warum Sie für ihn gebürgt und warum Sie ihn eingestellt haben. Und was mich brennend interessiert: Wann und warum Sie Ihren Namen geändert haben.«

Hagedorn ließ den Rollstuhl auf der Stelle wenden.

»Horrido, Herr Zahnert, ich lasse Ihnen heute noch eine Vorladung zukommen«, schloss Hagedorn und winkte zum Abschied mit dem Mittelfinger, wie er es schon bei ihrer letzten Begegnung getan hatte.

Hagedorn war kaum zwei Meter gefahren, als ihn etwas hart am Hinterkopf traf. Dann hatte er das Bewusstsein verloren.

Sich wegen seines Alleingangs Vorwürfe zu machen, brachte ihn nicht weiter. Mit geschlossenen Augen horchte er in die ihn umhüllende Stille. Ein diffuser Schmerz begann sich hinter seiner Stirn auszubreiten, was es ihm schwer machte, sich zu konzentrieren. Hagedorn vermutete, dass ihm Zahnert eine saubere Gehirnerschütterung verpasst hatte. Er nahm sich fest vor, sich auch dafür bei ihm zu revanchieren, sobald er nur die Gelegenheit dazu bekam.

64. Kapitel

Polizeipräsidium

Angespannt warf Bannert immer wieder einen kontrollierenden Blick auf seine Armbanduhr, als könnte er dadurch irgendetwas beschleunigen. Seine »Getreuen«, wie er sie im Stillen getauft hatte, waren schon seit einer Stunde unterwegs. Fieberhaft erwartete er die ersten Ergebnisse. Burger patrouillierte bereits den ganzen Morgen den Gang auf und ab, als wollte er kontrollieren, was Bannert trieb. Nichts! Unter den wachsamen Argusaugen des leitenden Obernarzissten Burger war er zur Untätigkeit verdammt.

Nathalia und Sascha waren die Ersten, die von ihrer Mission zurückkamen und einen verstohlenen Blick den Gang hoch und runter warfen, bevor sie Bannerts Büro betraten und die Tür schlossen.

Brennend vor Neugier sprang Bannert auf.

»Habt ihr was?«, drängte er.

Die beiden warfen sich einen verschwörerischen Blick zu.

»Ihr seid süß, ihr zwei. Aber jetzt raus damit!«

»Allerdings haben wir was.« Sascha zückte seinen Notizblock.

»Hagedorn hat das Hotel etwa zwei Stunden, nachdem er es betreten hatte, wieder verlassen. Das war so gegen fünf Uhr dreißig.«

»Gegenüber dem Hotel haben wir tatsächlich einen Andenkenladen ausgemacht, dessen Verkaufsraumüberwachung Teile des Bahnhofsvorplatzes mit aufzeichnet«, fuhr Nathalia fort.

»Die Aufzeichnung ist zwar sehr undeutlich, aber man sieht darauf einen Mann im Rollstuhl, der dort eine Weile verharrte, rauchte und ein Telefongespräch führte. So viele Rollstuhlfahrer werden um die Zeit nicht in Konstanz unterwegs gewesen sein, sodass ich davon ausgehe, dass es Falk war.«

»Und dann?«

»Hat er sich Richtung Rheinbrücke entfernt. Danach verliert sich seine Spur.«

»Taxen und Busse, alle negativ«, ergänzte Nathalia.

»Falks Laptop?«, fragte er an Sascha gewandt.

»Liegt schon seit zwanzig Minuten bei Mike.«

»Hervorragend!«, lobte Bannert sie.

»Ich schlage vor, ihr geht wieder zur Soko zurück, ehe Burger misstrauisch wird. Haltet euch aber zur Verfügung. Ich melde mich via WhatsApp.«

Damit entließ er sie.

Bannert wartete, bis die meisten Kollegen der Soko, einschließlich Burger, zur Kaffeepause in die Kantine gegangen waren, bevor er Mike aufsuchte.

Bannert sah sich genötigt, ihn zu bremsen, als sich Mike in Erklärungen technischer Raffinessen der Funkzellentriangulation verlor.

»Mike! Mike, komm auf den Punkt! Was hast du?«

»Ja, schon gut! Laut des Providers war Karinas Handy heute Nacht gegen ein Uhr für kurze Zeit aktiv. Sie war in zwei Funkzellen eingeloggt.

Über den Abstrahlwinkel der Funkmasten konnte ich das Gebiet auf etwa diesen Radius eingrenzen.«

Mike vergrößerte einen Kartenausschnitt, der mit einem roten Kreis markiert war.

»Shit!«, maulte Bannert. »Das ist ein ziemlich großes Gebiet.«

»Und zudem ziemlich stark bewaldet. Wird nicht einfach sein, dort etwas zu finden«, gab Mike zu bedenken.

»Lass das meine Sorge sein. Was ist mit Falks Handy?«

»Genau!«

Mike verkleinerte den Kartenausschnitt und wechselte das Programm.

»Falks Handy war bis heute Morgen aktiv eingebucht. Im Stadtgebiet gibt es jedoch zu viele Funkmasten, als dass ich seine Position genauer eingrenzen könnte. Er scheint sich stadtauswärts bewegt zu haben. Die letzten verlässlichen Daten stammen irgendwo aus dem Bereich der Klinik. Seit sieben Uhr vierzehn ist sein Handy deaktiviert.«

»Was soll das heißen, deaktiviert?«

Mike sah Bannert schulterzuckend an.

»So, wie ich es sage. Es ist aus!«

»Scheiße!«, fluchte Bannert. »Was ist mit Burgers Handy? Konntest du die Schaltung veranlassen?«

»Läuft!«, erwiderte Mike. »Je nachdem wie schnell die beim LKA zu Potte kommen, müsste in dreißig Minuten die Telefonüberwachung stehen.«

Bannert klopfte ihm anerkennend auf die Schulter.

»Bleib dran! Wir kommunizieren via WhatsApp.

Ich bin mir nicht sicher, aber ich glaube, Burger scheint Lunte gerochen zu haben. Und gib mir Bescheid, wenn du Falks Laptop untersucht hast.«

Bannert stürzte aus Mikes Büro, noch ehe der etwas erwidern konnte.

65. Kapitel

Jagdhütte

Hagedorns Brummschädel war in einen Zustand permanenten Pochens in seinen Schläfen übergegangen. Er saß in einem hochlehnigen Rollstuhl, dessen rostige Patina vermuten ließ, dass er schon einige Jahrzehnte in Gebrauch war. Ein Relikt aus den Vierzigern oder Fünfzigern, das Zahnert aus dem Klinikbestand haben mochte. Keiner der alten Rollstühle, die aus Holz gefertigt waren und an Opas Schaukelstuhl erinnerten, sondern ein metallenes Konstrukt, wie man es für den klinischen Bereich eingesetzt hatte.

Seine Hände waren mit Kabelbindern straff an die noch mit Rindsleder überzogenen Armstützen gefesselt. Das spröde und rissige Leder kratzte an seiner Haut.

Sein Hinterkopf fühlte sich geschwollen an. Gerne hätte er die Stelle betastet. Als er vorsichtig den Hinterkopf an der Rückenlehne rieb, glaubte er etwas Feuchtes auf seiner Kopfhaut zu spüren. Offenbar hatte ihm Zahnert eine Platzwunde verpasst, deren Schmerz von seinen hämmernden Kopfschmerzen überlagert zu werden schien.

Wann genau hatte er noch mal das Hotel verlassen? War das um fünf? Oder sechs? Unsicher, ob er seinem Zeitgefühl trauen konnte schätzte er, dass es mindestens neun oder zehn Uhr sein musste, vielleicht auch später.

Zahnert hatte ihn so hart niedergeschlagen, dass er

keine Erinnerung daran hatte, wann oder wie er hierher transportiert worden war.

Seinen Rollstuhl würde Zahnert in der Garage zurückgelassen, ihn in seinen Wagen gehievt und in sein Gefängnis geschleift haben, was eine weitere Frage aufwarf.

Wenngleich Zahnerts schlanke, hochgewachsene Gestalt nicht den Eindruck erweckte, schien er doch über enorme Kraft zu verfügen. Den leblosen Körper einer schlanken Frau zu tragen war etwas anderes als die erschlafften hundert Kilo eines querschnittsgelähmten Mannes, dessen Beine teigig und nutzlos an ihm baumelten, als wären sie ein lästiges Anhängsel. Bar jedweder eigenen Reflexe, die Muskeln völlig atrophiert, taugten seine Beine nicht mal als Widerlager, um den Körper besser fassen, sich irgendwo gegenstemmen zu können. Aus seiner aktiven Zeit als Gewichtheber wusste Hagedorn, wie schwer zwei Zentner sein konnten. Zahnert musste ungeheure Kräfte haben – oder Hilfe, schoss es ihm durch den Kopf.

Entmutigt legte er den Kopf in den Nacken und blies die Luft aus seinen Lungen.

»Schöne Scheiße«, murmelte er.

Bannert war ein ausgezeichneter Kriminalist mit hinreichend Erfahrung im operativen Ermittlungsbereich. Auf ihn setzte er all seine Hoffnung.

Wenn jemand ihn und Karina finden könnte, dann waren es Bannert und sein Team. Er hoffte nur, dass ihm das rechtzeitig gelang.

Hagedorn hob ruckartig den Kopf in den Nacken. Hatte er eben Schritte vernommen?

Kein Zweifel, jemand näherte sich. Ein schweres Schloss wurde entriegelt, und eine Tür öffnete sich beinahe geräuschlos. Ein leichter Windhauch traf Hagedorns Gesicht.

Er widerstand dem Impuls, zu fragen, wer da sei, da er es bereits ahnte.

»Zahnert, Sie Drecksack! Was haben Sie mit meiner Tochter gemacht?«

»Hagedorn, Sie sind eine Pest!«, spie ihm Zahnert schwer atmend entgegen. »Haben Sie mal daran gedacht, der Welt einen Gefallen zu tun und abzutreten?«

Hagedorn lachte ihn aus.

»Der Gedanke ist mir das ein oder andere Mal in den Sinn gekommen. Sie haben recht.«

»Ihre unflätige und ungehobelte Art ist eine Beleidigung für jeden kultivierten Menschen. Allein Ihre physische Präsenz ist ein Affront.«

»Wo ist meine Tochter?«, wiederholte Hagedorn seine Frage. »Lebt sie?«

Zahnert kicherte leise. »Ja, sie lebt. Noch!«, fügte er an.

Das zu hören hatte Hagedorn zutiefst gehofft. Dann war noch nicht alles verloren. Es bestand also noch Hoffnung. Seine Gedanken, wie er Zeit schinden könnte, überschlugen sich.

»Aber wenn sie stirbt, Hagedorn, werden Sie Zeuge sein. Das bin ich Ihnen schuldig!«

66. Kapitel

Polizeipräsidium

Bannert hatte den ganzen Vormittag am Telefon zugebracht, dennoch beschlich ihn das ungute Gefühl, keinen Schritt vorangekommen zu sein. Um den Hubschrauber zu bekommen, war er gezwungen gewesen, dem Führungs- und Lagezentrum eine hanebüchene Geschichte und letztlich einen mit Burgers gefälschter Unterschrift versehenen Einsatzbefehl zu präsentieren.

Bedauerlicherweise hatte sich der Hubschraubereinsatz wegen eines Banküberfalls in einem anderen Landkreis verzögert. Der von Mike bezeichnete Bereich umfasste einen Radius von annähernd drei Kilometern. Je nachdem, wie dicht bewaldet der Bereich war, würde auch die Hubschrauberbesatzung nicht viel erkennen können. Der Einsatz einer Infrarotkamera war immerhin eine Option.

Die Suche mit Man-Trailer-Hunden, so wurde ihm gesagt, wäre kaum aussichtsreicher, da man keinen Ausgangspunkt habe, an dem die Hunde mit der Suche beginnen könnten.

Bannert lehnte sich im Bürosessel zurück und massierte sich den Nacken.

Wie viel Zeit würde ihnen noch bleiben, Hagedorn und dessen Tochter zu finden? Wie Hagedorn richtig vermutet hatte, waren keine Forderungen eingegangen, und der Trophäenjäger würde sein Druckmittel auch nicht mehr aus der Hand geben. Das wiederum bedeutete, dass Bannerts schlimmste Befürchtungen Realität wurden, nämlich dass ihr Schicksal bereits besiegelt war. Der Trophäenjäger würde sie beide töten.

Bannert tippte eine kurze Nachricht in die WhatsApp-Gruppe, die er eingerichtet hatte.

»Treffen in 15 Minuten in der Rheinterrasse!«

Da niemand so richtig Appetit zu haben schien, beschränkte sich jeder auf ein heißes Getränk. Bannerts Stimmung war gedrückt, da ihm langsam die Ideen ausgingen.

»Wann, sagtest du, kommt der Hubschrauber?«, erkundigte sich Kieferle, um das Gespräch wieder in Gang zu bringen.

»Man hat ihn mir für dreizehn Uhr zugesagt. Wenn die Kollegen im Anflug sind, werden sie vermutlich einen ortskundigen Kollegen an Bord nehmen wollen. Es wäre mir lieb, Karsten, wenn du das machen würdest, da du dich in der Gegend am besten auskennst.«

»Natürlich!«, stimmte Kieferle zu. »Ehe ich das vergesse! Das abschließende Gutachten zu den Laufspuren im Schilf müsste heute noch kommen. Ich habe mir Weltes Gummistiefel vorgenommen und einige Proben vom Innenfutter entnommen. Das Päckchen ist bereits per Kurier auf dem Weg ins Labor.«

Bannert brachte ein gequältes Lächeln zustande. »Danke dir!«

»Was ist los, Marius?«, erkundigte sich Köber.

»Ach!«, schnaubte Bannert. »Uns läuft die Zeit davon, und wir haben nicht die Ressourcen, um die Suche voranzutreiben. Und soll ich euch noch was sagen?«

Bannert machte eine kurze Pause.

»Ich bin am Ende mit meinem Latein! Wenn ihr also

noch irgendwelche Ideen auf Lager habt, dann wäre jetzt die Zeit, damit rauszukommen.«

Bannerts Blick streifte ratlose Gesichter.

»Mike, wie weit bist du mit Falks Laptop?«

»Ich bin leider noch nicht dazu gekommen, da Burger mich die ganze Zeit mit anderen Dingen belagert.«

»Okay. Mach's einfach so schnell wie möglich«, bat ihn Bannert. »Und gib mir Bescheid, falls sich auf Burgers Handy was tut.«

Bannert übernahm die Rechnung, und gemeinsam gingen sie den kurzen Fußweg zum Präsidium zurück. Er selbst verzog sich in sein Büro, während die anderen in den Soko-Raum zurückmussten.

Gerade als er die telefonische Mitteilung des FLZ bekam, dass der Hubschrauber im Anflug sei und in zwanzig Minuten in Konstanz eintreffe, flog Bannerts Bürotür auf.

»Bannert!«, schrie Burger, im Schlepptau zwei uniformierte Beamte. »Dieses Mal sind Sie zu weit gegangen.«

Bannert gab sein Bestes, eine Unschuldsmiene aufzusetzen.

»Haben Sie gedacht, ich würde es nicht mitbekommen, dass Sie einen Hubschrauber angefordert haben?«

Burger tobte, und sein Gesicht war mit den für ihn typischen roten Zornesflecken durchzogen.

»Und dass Sie auf einem Einsatzbefehl meine Unterschrift gefälscht haben, schlägt dem Fass den Boden aus. Dafür werden Sie sich verantworten müssen.«

Nichts, was Bannert hätte erwidern können, hätte die Situation besser gemacht.

»Nun, ich habe getan, was ich in Anbetracht der Lage für notwendig erachtet habe«, versuchte er sich zu erklären.

»Richtig! So wie Sie es immer getan haben. Aber damit ist jetzt Schluss! Ich suspendiere Sie hiermit vom Dienst. Sie händigen mir unverzüglich Ihren Dienstausweis, Ihre Marke und Ihre Waffe aus. Danach bringen die beiden Kollegen Sie hier raus. Sie haben bis auf weiteres Hausverbot, und wehe, ich sehe Sie hier noch mal wieder, bevor …«

»Bevor was, Herr Burger?«, erklang eine strenge Stimme hinter ihm.

Der Polizeipräsident stand mit vor der Brust verschränkten Armen hinter Burger, flankiert von Karsten Kieferle und Justus Köber. Kieferle konnte sich nur mit Mühe ein Grinsen verkneifen.

»Nach allem, was mir Kollege Kieferle berichtet hat, sollten gerade Sie den Mund nicht so voll nehmen, Burger«, fuhr er nach einer kurzen Pause fort. »In Anbetracht der gegen Sie im Raum stehenden Vorwürfe wegen Strafvereitelung, Geheimnisverrats und der Verletzung einiger anderer Dienstvorschriften entbinde ich Sie hiermit all Ihrer Aufgaben. Wie Sie es Kollege Bannert schon so schön dargelegt haben, erkläre ich Sie hiermit zur persona non grata und untersage Ihnen jeglichen Zutritt zu allen Dienstgebäuden des Landes Baden-Württemberg.«

Bannert hatte einen Menschen noch nie so schnell die Gesichtsfarbe wechseln sehen wie Burger.

Auf ein Zeichen des Präsidenten ergriffen die beiden Streifenbeamten Burger rechts und links am Arm. Unter wüsten Beschimpfungen an Bannerts Adresse wurde er strampelnd und wütend davongezerrt.

Bannert war irritiert und warf Kieferle und Köber einen fragenden Blick zu.

»Herr Bannert«, nahm der Präsident das Wort wieder auf, »ich übertrage Ihnen die vorläufige Leitung der Kriminalpolizei. Natürlich nur, bis wir die Stelle wieder besetzen können. Kollege Kieferle hat mich umfassend informiert, und ich weiß über die Lage Bescheid. Ich möchte, dass Sie alle Ressourcen einsetzen, die erforderlich sind, um den Kollegen Hagedorn und seine Tochter zu finden.«

Der Präsident deutete mit dem Kopf in Kieferles Richtung.

»Karsten wird als Schnittstelle zwischen uns fungieren, sodass ich jederzeit informiert bin. Falls es irgendwo Probleme oder Widerstände gibt, lassen Sie es mich wissen.«

Damit trat der Polizeipräsident ab und verschwand den Korridor hinunter.

Bannert verstand immer noch nicht, was da eben vor sich gegangen war. Ungläubig deutete Bannert dem Präsidenten hinterher und sah Kieferle fragend an.

»Karsten? Echt jetzt?«

Ein Lächeln, wie er es an Kieferle noch nie beobachtet hatte, machte sich in dessen Gesicht breit.

»Wir segeln zusammen!«, gluckste Kieferle.

67. Kapitel

Jagdhütte

Grob riss Zahnert Hagedorn die Binde von den Augen. Hagedorn blinzelte, gewöhnte sich jedoch schnell an das diffuse Licht, das durch ein kleines Fenster hereinfiel.

Zahnert nahm ihm gegenüber auf einem niedrigen Hocker Platz und sah ihn ausdruckslos an.

»Sie wissen, dass es aus ist?«, ergriff Hagedorn das Wort.

Zahnert knetete sich die Hände und schien zu überlegen.

»Ja! Und genau deswegen habe ich auch nichts mehr zu verlieren.«

»Was wird aus Ihrer Frau, Ihren bezaubernden Töchtern?«, appellierte Hagedorn an ihn.

Zahnert lachte abschätzig auf.

»Sie wissen nicht das Geringste von mir, Hagedorn. Sie glauben mich zu kennen? Gar nichts wissen Sie«, spuckte er ihm entgegen.

Da Zahnert nicht auf seine Töchter einging, überkam ihn ein Verdacht.

»Sie sind Ihnen gleichgültig, nicht wahr?«

Zahnert schürzte die Lippen, als er Hagedorn direkt in die Augen sah.

»So könnte man es ausdrücken. Auf die eine oder andere Art waren sie für mich immer nur Mittel zum Zweck.«

»Ich verstehe«, erwiderte Hagedorn und senkte zustimmend den Kopf. »Ihre Frau, weil sie reich und angesehen ist, und Ihre Kinder, weil sie Ihnen eine wunderbare Legende verschaffen, um Ihre eigene Homosexualität zu kaschieren.«

»Oh, ich bin mitnichten schwul, Hagedorn«, dementierte Zahnert.

Hagedorn fiel es wie Schuppen von den Augen. Dass ihm das nicht früher eingefallen war, ärgerte ihn maßlos, zumal es bei der Profilerstellung des Killers durchaus neue Ermittlungsperspektiven eröffnet hätte.

»Jetzt wird mir einiges klar. Sie sind transsexuell.«

Zahnert unternahm keine Anstalten zu dementieren, weshalb Hagedorn annahm, voll ins Schwarze getroffen zu haben.

»Wieso haben Sie keine genitalangleichenden Schritte unternommen?«, wollte Hagedorn wissen. »Wieso das Doppelleben, die Maskerade?«

Zahnert richtete sich kerzengerade auf und blitzte ihn feindselig an.

»Was soll das werden, Hagedorn, hm? Glauben Sie, mich therapieren zu müssen? Vergessen Sie's!«, schnaubte Zahnert, erhob sich und wandte sich der Tür zu.

»Sagen Sie mir wenigstens, warum die Mädchen sterben mussten«, forderte Hagedorn, obwohl er die Antwort darauf zu kennen glaubte. Es war ein kläglicher Versuch, das Gespräch in Gang zu halten, um Bannert und letztlich sich und Karina mehr Zeit zu verschaffen.

»Was war Ihre Motivation? Was hat Sie getrieben? Zorn, Hass oder gar Neid auf das, was Ihnen verwehrt bleiben würde? Die Titten und die Muschi, die Sie nie haben würden?« Hagedorn war klar, dass er blind schoss, in der Hoffnung, eine treffende Reaktion bei Zahnert zu provozieren.

Zahnert hielt, Hagedorn den Rücken zugewandt, für

einige Sekunden inne. Stumm schüttelte er den Kopf und griff nach der Klinke.

»Sie werden es mit eigenen Augen sehen, Hagedorn. Gedulden Sie sich! Und, um es auf Ihre Art auszudrücken …«

Zahnert verließ den Raum und winkte Hagedorn mit dem Mittelfinger über die linke Schulter zum Abschied.

Zornig riss Hagedorn an seinen Fesseln, als die Tür krachend ins Schloss gefallen war. Hilfe suchend sah er sich im Raum nach einem scharfen Gegenstand oder Werkzeug um, mit dem er seine Fesseln hätte zerschneiden können. Doch selbst wenn es etwas gegeben hätte, wäre es ihm unmöglich gewesen, es zu erreichen.

Etwas anderes fiel ihm jedoch auf. Die Armlehne war nur mit einer einzelnen Imbusschraube an der metallenen Strebe befestigt. Da die Armlehne an sich keinen starken Belastungen ausgesetzt war, hielten die damaligen Entwickler das offenbar für ausreichend. Die Plastikfessel begann schmerzhaft in seine Haut zu schneiden, als er seinen Arm zu drehen und zu winden begann. Mit aller Kraft hielt er dabei mit den Fingern die Armstütze umklammert. Nur wenn es ihm gelänge, die Befestigung zu lösen, könnte er die Fessel darüber abstreifen.

Obwohl die Halterung sich nicht im Geringsten zu rühren schien, rüttelte und drehte Hagedorn, den Schmerz unterdrückend, verbissen weiter.

68. Kapitel

Jagdhütte

In Anbetracht der Gefahr, in der sie schwebte, kam es ihr beinahe lächerlich vor, aber sie konnte sich nicht erinnern, wann sie sich zuletzt so geschämt hatte. Obwohl sie der Kamera den Rücken zugewandt hatte, war es ihr unangenehm gewesen, ihr Höschen runterzulassen und sich in den Eimer, den er ihr dagelassen hatte, zu erleichtern. Das erniedrigte sie mehr als die Nacktheit. Schon während der Schauspielschule war es Teil der Ausbildung, dass die Klasse sich nackt begegnen sollte, um ihre Hemmungen abzubauen. Sie sollten einen natürlichen Umgang mit ihrer Nacktheit erlernen, um beim Spielen die nötige Professionalität an den Tag zu legen. Aber vor laufender Kamera in einen Eimer zu pinkeln war zu viel. Auf der anderen Seite war die Alternative, sich einzunässen, auch nicht viel besser.

Karina hatte sich, so gut es ging, mit den immer noch gefesselten Händen abgewischt und das Höschen hochgezogen. Tastend, um nicht darüber zu stolpern, hatte sie den Eimer vorsichtig in eine Ecke geschoben. Kurz war ihr der Gedanke gekommen, ob sie ihm dessen Inhalt entgegenschütten sollte, sobald das miese Stück Scheiße den Kopf hereinstreckte.

Ihre Lippe brannte höllisch, und ihre Finger begannen unangenehm zu kribbeln. Und sie vermisste ihren Vater. Sie hatte es ihm oft nicht leicht gemacht. Gerade in einer Zeit, die für sie beide schwer gewesen war.

Schließlich musste er sich auch erst an die Rolle des alleinerziehenden Vaters gewöhnen.

Erschwerend kam hinzu, dass sie sich sehr ähnlich waren, beide denselben Dickkopf besaßen. Wofür sie ihm sehr dankbar war: Er hatte sie nie verhätschelt oder verwöhnt, wenngleich sie sein einziges Kind war. Schon früh hatte er sie zur Selbstständigkeit erzogen, ließ ihr alle Spiel- und Freiräume, die sie gerne bis an ihre Grenzen ausreizte.

Karina seufzte schwer. Über zwei Jahre hatten sie kaum ein Wort miteinander gewechselt, so vieles stand unausgesprochen zwischen ihnen. Nun würde sie vielleicht nie mehr die Chance haben, ihm all das zu sagen, was ihr auf der Seele brannte. Ihm zu sagen, wie dankbar sie war und wie sehr sie ihn liebte.

Sie ließ ihren Tränen freien Lauf. In all dem Gefühlschaos, das sie in den vergangenen Tagen durchlebt hatte, war Trauer das vorherrschende Gefühl. Trauer, ihren Vater vielleicht nie wiederzusehen.

Der Elektroantrieb ließ sie erschrocken zusammenzucken, als er sich leise brummend in Bewegung setzte und die Wand zurückzugleiten begann.

Ruckartig setzte sie sich auf und presste sich, die Beine angezogen, an die Wand.

War es jetzt so weit? Würde er sie jetzt holen und töten?

Ihr Körper begann unkontrolliert zu zittern, als sich eine Gestalt durch die Öffnung schälte.

Die Kontur, die sich im Lichtkreis abzuzeichnen begann, war jedoch kleiner, schmaler. Die Erkenntnis traf sie mit der Wucht eines herandonnernden Schnellzugs.

»Sie?«, japste Karina.

69. Kapitel

Polizeipräsidium

Irritiert huschte Burgers Blick zwischen Bannert und Köber hin und her.

»Warum halten Sie mich hier fest?«, erkundigte er sich ungläubig. Bannert hatte darauf verzichtet, ihm Handschellen anzulegen, und doch schien es Burger extrem unangenehm zu sein, in dem engen Vernehmungszimmer eingesperrt zu sein.

Justus Köber lehnte hinter Burger am Fenstersims, während Bannert sich ihm schräg gegenüber halb auf die Tischkante setzte.

Noch ehe die Kollegen Burger vor die Tür des Polizeipräsidiums gesetzt hatten, war Bannert dem Präsidenten nachgeeilt und hatte ihn in aller Kürze über Hagedorns Verdacht informiert.

Ohne handfeste Beweise lehnte er eine Festnahme Burgers ab, erklärte sich aber damit einverstanden, dass er befragt wurde. Mit einem scharfen Pfiff hatte er die Streifenkollegen anhalten können und ihnen aufgetragen, Burger unverzüglich ins Vernehmungszimmer zu bringen, was die beiden schadenfroh grinsend getan hatten.

»Wo sind Falk und Karina Hagedorn?«, kam Bannert direkt zur Sache.

»Was fragen Sie mich das?«, echauffierte sich Burger und verschränkte trotzig die Arme vor der Brust.

Bannert nickte gutmütig, da er mit der Reaktion gerechnet hatte.

»Sie haben mir die letzten Jahre zur Hölle gemacht, Burger«, fuhr er ruhig fort, »und so ungern ich es sehen würde, Sie Ihren Kopf aus der Schlinge ziehen zu sehen, muss ich Sie dennoch darüber aufklären, dass es sich durchaus positiv für Sie auswirken kann, wenn Sie kooperieren und uns den Aufenthaltsort der Hagedorns verraten.«

»Was soll das werden?«, grinste Burger überheblich. »Eine kleine Auffrischungsstunde in Sachen Rechtstheorie? Sparen Sie sich das! Ich werde mit Ihnen nicht reden. Abgesehen davon, dass ich nicht die leiseste Ahnung habe, worüber Sie faseln, geschweige denn, was Sie mir vorwerfen. Außerdem würde ich gerade Ihnen, Bannert, nichts, aber überhaupt nichts sagen. Und jetzt will ich meinen Anwalt sprechen!«

Die Arme immer noch vor der Brust verschränkt, lehnte er sich im Stuhl zurück, schlug die Beine übereinander und ließ keinen Zweifel offen, dass Sie von ihm nicht mehr erfahren würden.

Grübelnd beobachtete Bannert Burgers übertriebene Geste, als sein Blick dessen Schuhe streifte.

»Lass ihn mit seinem Anwalt telefonieren, und sag mir Bescheid, falls er doch irgendwelche Angaben machen möchte«, sagte Bannert an Köber gewandt und stürzte aus dem Raum.

70. Kapitel

Jagdhütte

Angstschweiß perlte von Hagedorns Stirn und tropfte auf seine breite Brust, die sich schwer atmend hob und senkte. Er hatte die letzten Minuten so heftig an seinen Fesseln gezerrt, dass ein dünnes Rinnsal Blut aus den aufgeriebenen Hautstellen sickerte.

Zahnert hatte ihn geholt; hatte ihn geholt, um dem letzten Schauspiel beizuwohnen. Hagedorn hätte ihm gerne sein hämisches Grinsen aus der Visage geprügelt, jedoch war ihm der Atem gestockt, als er ihn mit quietschenden Rädern in den Raum gerollt und so positioniert hatte, dass er alles würde mit ansehen müssen.

Nackt und bloß lag Karina, die Beine leicht abgespreizt, auf einem Sektionstisch, den Kopf auf einer gummierten Nackenstütze ruhend. Es war ein auf Hochglanz polierter Chromstahltisch, der auf einem säulenartigen Mittelfuß stand.

An dessen Ende befanden sich ein Waschbecken mit Ablauf und eine Brause mit einem circa zwei Meter langen Spiralschlauch. Viele Male hatte Hagedorn diese Art Tische schon gesehen und wusste genau, was auf ihnen gemacht wurde. Es war ein Sektionstisch.

Karina rührte sich nicht. Zahnert hatte ihr in die rechte Armbeuge einen peripheren Venenkatheter gelegt und ihr darüber ein Beruhigungsmittel verabreicht, vermutete Hagedorn.

Prüfend umrundete Zahnert den Tisch und korrigierte dessen Höhe, indem er mehrmals auf eines von zwei Pedalen am Sockel trat. Pumpend hob der Tisch sich um wenige Zentimeter.

»So! Dann kann es ja gleich losgehen«, klatschte Zahnert begeistert die Hände zusammen.

»Dann will ich mich mal vorbereiten. Und dass Sie mir ja nicht weglaufen, Hagedorn.« Zahnert kicherte, als hätte er einen gelungenen Scherz gemacht.

»Bitte! Ich bitte Sie, nein, ich flehe Sie an, Zahnert, lassen Sie sie in Ruhe.«

Zahnert schenkte ihm keinerlei Beachtung und zeigte auch sonst keine Reaktion auf Hagedorns Flehen, als er wortlos aus dem Raum ging und Hagedorn und dessen Tochter sich selbst überließ.

Hagedorn begann den Oberkörper vor- und zurückzuschwingen, in der Hoffnung, die Trägheit würde ihm so viel Schwung verleihen, sodass er näher an den Tisch rollen würde. Der klapprige Rollstuhl bewegte sich im Rhythmus seiner Bewegungen jedoch nur wenige Millimeter hin und her.

»Karina«, flüsterte er. »Prinzessin, hörst du mich?«

Tief in ihrem Unterbewusstsein schien sie seine Stimme zu hören, denn er vernahm deutlich ein kehliges Brummen vom Sektionstisch.

»Karina, du musst aufwachen! Hörst du!?«, wiederholte er diesmal etwas lauter.

Langsam neigte sich ihr Kopf in seine Richtung, und ihre Augen öffneten sich einen Spaltbreit.

»So ist es gut, Karina! Mach die Augen auf!«, forderte er nachdrücklich.

Glasig, die Pupillen auf Stecknadelgröße verengt, starrte sie durch ihn hindurch. Er vermutete, dass Zahnert ihr eine Dosis Thiopental oder Propofol verabreicht hatte.

Wieder ließ sie ein kehliges Brummen ertönen. Ihr Mund bewegte sich, als versuchte sie irgendein Wort zu formen, was ihr nicht über die Lippen kommen wollte.

»Was, Prinzessin? Was möchtest du mir sagen?«, flüsterte Hagedorn. Sie murmelte etwas Unverständliches, und es verlangte ihr alle Mühe ab.

Bevor sich ihre Augen schlossen, glaubte er so etwas wie ein gemurmeltes »Mutter« verstanden zu haben.

Was mochte sie damit gemeint haben? Hagedorn war sich nicht einmal sicher, ob er das gehauchte Wort überhaupt richtig verstanden hatte.

Sein Blick huschte panikartig durch den Raum, als er vor der Tür Schritte vernahm.

Der fensterlose, deckenhoch geflieste Kellerraum bot außer der Tür keine Fluchtmöglichkeiten. Ein an einer Wand stehender verchromter Rollcontainer mit mehreren Schubladen war der einzige bewegliche Einrichtungsgegenstand darin. Die Vorstellung, dass der Raum von Zahnert nur zu einem einzigen Zweck eingerichtet worden war, ließ ihn gallig aufstoßen.

»Let the show begin!«, trällerte Zahnert, als er schwungvoll den Raum betrat.

Wäre die Situation nicht so grotesk gewesen, wäre Hagedorn in schallendes Gelächter ausgebrochen.

Zahnert war bis auf eine dünne, durchsichtige Plastikschürze, die er sich um den Hals gelegt und an den Hüften umgebunden hatte, nackt.

Sein Haar war streng zurückgegelt und klebte pomadig feucht am Schädel. Zielstrebig näherte sich Zahnert dem Tisch und trat an den ermatteten Körper Karinas heran.

Zärtlich glitten seine Finger durch ihr frisch gewaschenes Haar, das seidig und glänzend über die Kante des Tisches fiel.

»Fass sie nicht an, du Drecksack!«, zischte Hagedorn wütend an seinen Fesseln zerrend, als Zahnerts Finger über ihr Dekolleté glitten.

»Wenn du ihr was antust, töte ich dich eigenhändig.«

Zahnert senkte den Kopf und schenkte ihm einen mitleidigen Blick.

»Ach ja?«

»Zahnert, hören Sie«, sprach Hagedorn mit zittriger, aber deutlich ruhigerer Stimme weiter, »Sie hätten mit den Morden an den fünf jungen Frauen vielleicht davonkommen können, aber mit unserer Entführung haben Sie einen schweren Fehler begangen. Bannert wird Sie jagen und finden. So oder so werden Sie sich für Ihre Taten verantworten müssen.

Weder gewinnen noch verlieren Sie etwas, wenn Sie uns gehen lassen, vielleicht hält man Ihnen bei Gericht sogar tätige Reue zugute.«

»Sie haben den jungen Nils vergessen«, antwortete Zahnert emotionslos. »Aber Sie müssen zugeben, dass ich das schon sehr gut eingefädelt hatte mit dem Jungen.«

Hagedorns Einschätzung war richtig gewesen. Zahnert war im Inneren ein zutiefst verunsicherter Mensch.

Wie alle Narzissten heischte er permanent nach Bestätigung und Anerkennung, Lob und Zuneigung.

»Das war verdammt gut gemacht, Zahnert. Dafür gebührt Ihnen allergrößte Anerkennung.«

»Und dennoch sind Sie auf mich gekommen. Was war mein Fehler? Wo habe ich versagt?«

Hagedorn zögerte mit der Antwort, aber er musste ihn in Gesprächslaune halten.

»Es war Ihre SMS! Das heißt weniger die Nachricht, vielmehr was Sie neulich zu Ihrer Frau sagten. Ich konnte mich nur nicht gleich daran erinnern.«

Zahnert zog die Stirn kraus und schien krampfhaft zu überlegen.

»Etwas, was ich zu meiner Frau gesagt habe?«, fragte er erstaunt.

»Als ich vorgestern bei Ihnen war, hat Sie Ihre Frau an der Tür abgepasst und Ihnen etwas zugeraunt, was ich nicht verstehen konnte, aber Sie antworteten ihr: ›Lass gut sein, Schatz, ich kümmere mich um den Herrn.‹

Es war genauso, ähm, prägnant wie in Ihrer Nachricht an mich«, sagte Hagedorn und vermied die eigentlichen Worte, die ihm auf den Lippen lagen – herablassend und bevormundend.

Zahnert nickte verständnisvoll.

»Tja, man kann halt eben nicht aus seiner Haut. Nicht wahr? Und dann haben Sie natürlich angefangen weiterzurecherchieren und tief in meiner Vergangenheit gegraben.«

»Natürlich«, bestätigte Hagedorn nickend, »wobei ich gestehen muss, dass ich vor Ihrer Studienzeit in Erlangen kaum etwas über Sie in Erfahrung bringen konnte. An der Uni hatten Sie sich unter dem Namen Gernot Zahnert eingeschrieben. Leichtsinnig war nur, dass Sie sich mit einem Abiturzeugnis vom Würzburger Friedrich-Koenig-Gymnasium dort beworben hatten, ausgestellt auf den Namen Zahnert. Einen Gernot Zahnert hat es dort aber nie gegeben. Aber in Ihrem Jahrgang kannte man einen Gernot Bramstetter, der allerdings nur als sehr mittelmäßiger Schüler bekannt war und dessen Notendurchschnitt weit vom Numerus clausus entfernt gewesen ist. Warum Sie Ihren Namen änderten, habe ich noch nicht verstanden. Egal, aber noch hellhöriger wurde ich«, fuhr Hagedorn nach einer kurzen Pause fort, »als ich herausfand, dass Sie fünf Semester Medizin studiert hatten. Während der Zeit haben Sie so viele Kenntnisse gewonnen, die für Ihre bemerkenswerte Arbeit unabdingbar waren.«

Hagedorn kämpfte den Brechreiz nieder, der ihm angesichts der Lobhudelei die Speiseröhre emporzubrodeln drohte.

»Sie finden bemerkenswert, was ich mache?«, erkundigte sich Zahnert unsicher.

»Absolut«!, lobte Hagedorn. »Sie arbeiten sehr präzise und waren über die Maßen gründlich bei der Spurenbeseitigung.«

»Dann dürfen Sie jetzt Zeuge meines Meisterwerks werden«, seufzte Zahnert selbstverliebt und wandte sich erneut Hagedorns Tochter zu.

»Halt, warten Sie!«, bat Hagedorn vergeblich.

Barfuß watschelte Zahnert zum Rollcontainer und zog ihn näher an den Sektionstisch heran, öffnete eine der oberen Schubladen und entnahm ihr eine Beatmungsmaske, deren Innenseite mit einer Kompresse ausgekleidet war. Nachdem er die Maske über Karinas Mund und Nase gestülpt hatte, träufelte er aus einem Glasröhrchen einige Tropfen einer klaren Flüssigkeit durch das Ventil der Maske und wartete, bis sie das Narkosegas eingeatmet hatte.

»Zahnert, ich flehe Sie an!«, flüsterte Hagedorn verzweifelt.

Als er glaubte, dass es genug war, entfernte Zahnert die Maske und legte sie in die Schublade zurück. Konzentriert fühlte er ihren Puls, ehe er sich umdrehte und dem Rollcontainer ein Paar schwarzer Gummihandschuhe entnahm, die er sich schnalzend überstreifte.

Als Hagedorn das Skalpell in Zahnerts Hand aufblitzen sah, wurde ihm schlecht.

»Tun Sie das nicht, Zahnert!«

Hagedorn brüllte und schrie aus Leibeskräften, als Zahnert die Klinge des medizinischen Stahls in Karinas Stirn presste und einer imaginären Linie bis zur Schläfe folgend den Schnitt weiter bis hinter ihr linkes Ohr führte.

»Sie verdammte Drecksau!«, schrie Hagedorn und riss dabei, ohne auf die Schmerzen zu achten, an seinen Fesseln.

Zahnert wiederholte den Schnitt auf der gegenüberliegenden Seite und führte ihn in ihrem Nacken, unterhalb des Haaransatzes, zu Ende, legte das Skalpell zur Seite und atmete tief ein.

Hagedorns Brüllen erfüllte den Raum und schien niemals wieder zu verhallen, als Zahnert seiner Tochter mit einem kräftigen Ruck, der begleitet wurde von einem widerlichen Ratschen, die Kopfhaut vom Schädel riss.

Hagedorn wand sich im Rollstuhl, schlug mit dem Kopf immer wieder gegen die Nackenstütze, riss und zerrte an den Armlehnen, bis er glaubte, seine Muskeln würden zerreißen. Erschöpft sank sein Kopf auf die Brust. Er schluchzte, Tränen und Rotz liefen über seine Oberlippe.

»Du elendes Scheusal«, presste Hagedorn hinter zusammengebissenen Zähnen hervor.

Mit einer theatralischen Geste, als würde er sich ein Gewand um die Schulter legen, setzte sich Zahnert Karinas Haut auf den Kopf. Sorgsam presste er sie sich gegen den Schädel, rückte hier etwas, zupfte dort ein wenig, bis er glaubte, dass nun alles perfekt säße. Kokett strich er sich eine von Karinas Haarsträhnen hinters Ohr und lächelte Hagedorn mit einem irren Grinsen an. Zahnert schien völlig entrückt zu sein. Sein Gesicht strahlte, seine Augen leuchteten, und er schien eine Glückseligkeit zu empfinden, wie man sie nur von kleinen Kindern kannte, wenn ihnen ein Herzenswunsch erfüllt wird.

Hagedorns Muskeln und Arme schmerzten. Die Kabelbinder hatten sich zu beiden Seiten tief in das Fleisch seiner Unterarme geschnitten. Blut tropfte auf den Boden, wo sich bereits eine beachtliche Pfütze gebildet hatte.

Zahnert würde nicht aufhören, das wusste er. Tief einatmend schloss er die Augen und begann die Unterarmmuskeln anzuspannen. Die Armlehne mit aller Kraft umklammernd, drehte und wand er seinen Arm, so weit es ihm möglich war.

»Komm schon!«, flehte er gedanklich. »Das Scheißteil ist alt und rostig.«

Die Zähne fest zusammengebissen verstärkte er seine Bemühungen, versuchte hierbei seinen rechten und stärkeren Arm anzuwinkeln.

Zahnert war völlig ruhig, beachtete ihn gar nicht, als er das Skalpell wieder aufnahm und langsam den Sektionstisch umrundete, um auf dessen andere Seite zu gelangen.

Hagedorn knurrte wie ein tollwütiges Tier, das in ein wütendes Schnauben und ein Brüllen überging, als er, alle Kräfte aufbietend, wild an den Armlehnen riss.

Zahnert würde nur in geringem Abstand an ihm vorbeigehen. Mit der Wut der Verzweiflung fasste er einen Entschluss.

Sein ganzes Körpergewicht nach vorn katapultierend stürzte er Zahnert samt dem Rollstuhl entgegen. Hagedorn prallte hart mit der Schulter gegen dessen Hüfte, riss ihn von den Beinen und fiel krachend mit dem Stuhl zur Seite. Als etwas mit einem Knall riss, dachte er zunächst, dass er sich etwas gebrochen hätte oder eine Sehne abgerissen wäre, stellte aber zu seiner Verwunderung fest, dass sein rechter Arm frei war. Immer noch die Armstütze umklammernd sah er, dass daraus ein gut zwanzig Zentimeter langes, geborstenes Metallrohr ragte.

Zahnert rappelte sich überrascht auf und wollte sich Karinas Haare zurechtrücken. Hagedorn erkannte seine Chance, holte weit aus und hieb Zahnert das Metallrohr durch den Schenkel.

Zahnert heulte auf, ein lang gezogenes Jaulen, das an einen Kojoten erinnerte. Hagedorn schien eine Arterie getroffen zu haben, da ein rhythmisch pumpender Blutstrahl aus der Wunde schoss, als er das Rohr aus dessen Fleisch zog.

»Du verdammter Bastard!«, brüllte Hagedorn. »Jetzt mach ich dich fertig!«

Erneut holte er weit aus, in der Absicht, ihm das scharfkantige Metallrohr durchs Herz zu treiben, wenn er nur nah genug an ihn herankäme.

Plötzlich flog die Tür auf, und eine Frau kam kreischend hereingestürmt.

Für den Bruchteil einer Sekunde stand sie nur da und versuchte die Situation zu begreifen.

»Gernot, nein!«, schrie sie, als sie ihn sah.

Aufgeregt fummelte sie in der Tasche ihrer Schürze herum, bis sie daraus eine Pistole zutage förderte.

»Dafür werde ich dich töten, du Scheißkerl!«, schrie sie, als sie mit erhobener Waffe und zittrigen Händen auf Hagedorn feuerte. Das Projektil verfehlte sein Gesicht nur um wenige Millimeter, schlug in die Bodenfliese ein, wo es abgelenkt und mit einem pfeifenden Geräusch irgendwo in die Wand fuhr.

Die Pistole hielt sie mit beiden Händen krampfhaft umklammert, während sie näher auf Hagedorn zurat, auf ihn anlegte und erneut den Zeigefinger am Abzug krümmte. Zwei ohrenbetäubende, schnell aufeinanderfolgende Explosionen zerrissen die Luft.

Im selben Augenblick trieb etwas Glühendes und Stechendes in Hagedorns rechte Schulter, und er glaubte, jemand würde ihm den Arm herausreißen.

Wie in Zeitlupe fror die Frau in der Bewegung ein. Das linke Augenlid hing etwas herunter, während das andere Auge erstaunt aufgerissen war. Langsam, wie ein gefällter Baum, der sich zu neigen begann, fiel sie ihm entgegen – in der Stirn ein klaffender, gähnender Krater, den das Projektil gerissen hatte, als es ihren Schädel durchschlug.

Die Frau war bereits tot, als sie mit einem Seufzer fiel und mit voller Wucht auf Hagedorn landete, der vergeblich versuchte, den Aufprall mit dem freien, unverletzten Arm zu mildern.

Zahnert neben ihm heulte wimmernd und presste die blutverschmierten Hände auf das Loch in seinem Schenkel.

»Nein! Mutter!«, hörte er Zahnert schluchzen, dann verlor er das Bewusstsein.

71. Kapitel

Konstanz – Klinik

Flatternd öffneten sich Hagedorns Augenlider.

Ein Zittern ging durch seinen Körper, als er das Bewusstsein erlangte.

»Karina«, krächzte er. »Wo ist meine Tochter?«

»Pscht, alles gut mein Freund. Sie ist in Sicherheit«, beruhigte ihn Bannert, der neben ihm saß.

Erst jetzt schien Hagedorn Bannerts Anwesenheit zu registrieren. Er blickte an sich herab und sah, dass seine Handgelenke dick bandagiert waren, eine Nadel steckte in seiner Armbeuge, die den Inhalt aus zwei großen Infusionsflaschen in seinen Blutkreislauf träufelte.

Als er sich aufzusetzen versuchte, verzog er schmerzverzerrt das Gesicht.

»Wo ist sie?«, wollte er wissen.

»Sie ist noch im OP. Aber sie wird wieder«, fügte Bannert rasch hinzu, der Hagedorns besorgten Gesichtsausdruck bemerkte.

Hagedorn leckte sich die Lippen und sah sich schmatzend um.

»Kann mir mal jemand ein Glas Wasser besorgen? Ich sterbe vor Durst.«

Bannert sah fragend zu Nathalia Buday, die sich bereits anschickte, das Zimmer zu verlassen, um eine Schwester zu suchen.

»Was ist eigentlich passiert?«, erkundigte sich Hagedorn.

»Wo fange ich an?«, hob Bannert an und kratzte sich das Kinn. »Du wurdest angeschossen!«

»Das weiß ich noch, du Kasper«, versuchte Hagedorn ein Grinsen.

»Schlimm?«

»Wie man's nimmt«, antwortete Bannert knapp. »Angeschossen zu werden ist immer schlimm, aber du hattest viel Glück im Unglück. Das Projektil hat deine Schulter unterhalb des Schlüsselbeins sauber durchschlagen, ohne größeren Schaden anzurichten.«

Bannert räusperte sich.

»Eigentlich wollte ich damit beginnen, dir ordentlich die Leviten zu lesen. Du bist ein alter Sturkopf, Falk. Wenn du mir gesagt hättest, was du vorhast, wärst du gar nicht in diese Situation gekommen.«

»Hör auf, mich zu belehren«, murrte Hagedorn. »Erzähl mir lieber, wie ihr uns gefunden habt.«

»Nun, nachdem du nicht, wie verabredet, im Präsidium aufgetaucht bist, habe ich nach dir gesucht. Auf deinem Laptop habe ich deine Notizen zu Burger gefunden. Ich konnte fast nicht glauben, was da stand, ehrlich. Natürlich haben wir ihn dann unter die Lupe genommen und sein Handy überwacht. Wir haben zwei Telefonate aufgezeichnet, in denen er Zahnert vom Stand der Ermittlungen berichtet hat. Nichts, was einen dringenden Tatverdacht gegen Burger erhärtet hätte, will ich anmerken. Dennoch haben wir ihn festgenommen und ihn befragt.

Kannst du dich an das Schrittgutachten erinnern vom LKA?«, fuhr Bannert nach einer kurzen Pause fort.

»Klar«, bestätigte Hagedorn mit leiser Stimme.

»Als wir Zahnert das erste Mal in der Klinik getroffen haben, war ich von seinen teuren Schuhen fasziniert. Irgendetwas daran war anders, ich konnte mir aber nicht erklären, was es war. Erst als Burger im Verhör trotzig die Beine übereinanderschlug und ich seine Schuhe betrachtete, fiel es mir auf. Zahnerts Schuhe sind eine Spezialanfertigung. Wir konnten relativ schnell verifizieren, dass er aufgrund einer Verkürzung und Schiefstellung seines Sprunggelenks bei einem örtlichen Sanitätshaus seine Alltagsschuhe fertigen lässt. Die Ferragamo-Schuhe, die er an dem Tag trug, sind ebenfalls eine Sonderanfertigung und haben rechtsseitig einen deutlich höheren Absatz. Das war's, was mich irritiert hat. Das Sanitätshaus hat uns den Modellabdruck seines Fußes zur Verfügung gestellt. Das LKA konnte ziemlich schnell bestätigen, dass Zahnert der Spurenleger im Schilf gewesen sein muss, da die Gummistiefel ganz normale Absätze besaßen und sich dadurch im Morast seine Schiefstellung deutlich abgezeichnet hatte.«

»Okay! Aber wie habt ihr uns gefunden?«, drängte Hagedorn.

»Das war schon etwas komplizierter«, sagte Bannert grinsend.

»Mike, unser IT-Crack, konnte mittels einer Software die letzten Koordinaten, die Karinas Handy gesendet hatte, auf ein Waldgebiet von etwa eineinhalb Quadratkilometer eingrenzen. Nachdem zwei Hubschrauber mit Wärmebildkameras das Gebiet, leider ohne Erfolg, mehrfach überflogen hatten, ließen wir die Gegend absuchen, hauptsächlich die Gebäude, die man aus dem Hubschrauber ausgemacht hatte.

Nach ein paar Bauernhöfen und leer stehenden Scheunen sind wir letztlich auf die Jagdhütte gestoßen. Den Rest weißt du ja.«

Nathalia Buday betrat leise das Zimmer mit einer Flasche Mineralwasser. Nachdem sie ein Glas eingeschenkt hatte, reichte sie es Hagedorn, der in kleinen Schlucken daraus trank.

»Wer war eigentlich die Frau, die auf mich losging und die ihr erschossen habt?«

»Zahnerts Mutter.«

»Nicht Nils Welte war Zahnerts Komplize, sondern die eigene Mutter?«, rief Hagedorn erstaunt aus, woraufhin er sich verschluckte und einen Hustenanfall bekam, was ihn schmerzhaft zusammenzucken ließ.

»Sie hat ihm die Frauen gebracht.«

»Du machst Witze«, keuchte Hagedorn.

Bannert schüttelte vehement den Kopf.

»Keineswegs! Sagt dir *Give me a lift* etwas?«

Nun war es an Hagedorn, den Kopf zu schütteln.

»Das ist so eine Handy-App, mit der man Mitfahrgelegenheiten anbieten oder auch suchen kann.«

»Richtig«, brummte Hagedorn heiser. »Ich glaube Karina hat solche Mitfahrgelegenheiten auch genutzt. Nur wusste ich nicht, wie genau das funktioniert.«

»Es ist so, dass man sich in der App mit einem Profil anmelden muss. Ein paar persönliche Daten, und meistens ist auch ein Bild desjenigen hinterlegt. Zahnerts Mutter hatte die Mädchen so kennengelernt und bot ihnen eine Mitfahrgelegenheit an.« Bannert zeichnete Gänsefüßchen in die Luft.

»Sie hat die Frauen dann irgendwo aufgegabelt, ist mit ihnen ins Gespräch gekommen und hat sie entsprechend ausgefragt. Wenn sie glaubte, ein geeignetes Opfer gefunden zu haben, hat sie es narkotisiert und in die Jagdhütte gebracht.«

»Ich nehme an, ihr habt in der Jagdhütte jede Menge Beweismaterial gefunden. Obwohl ich eigentlich schon vermute, was er mit den Körperteilen angestellt hat. Was genau hat er mit ihnen gemacht?«

Bannert schüttelte angewidert den Kopf.

»Mike konnte relativ schnell die wirklich interessanten Ordner auf Zahnerts Rechner knacken. Abscheuliches Bild- und Videomaterial – einfach krank!

Auf den Videos sieht man, wie er sich die Haare, Brüste und Scham anlegt, sich auf einem Bett damit räkelt, sich selbst streichelt, quasi damit spielt.«

»Lass mich raten! Seine Mutter war die Kamerafrau, die alles fotografiert und aufgenommen hat?«

»Du sagst es, Falk!«

»Vernehmen konntest du ihn vermutlich noch nicht!«

»Nein, leider! Wir mussten ihn ins Gefängniskrankenhaus nach Hohenasperg verlegen. Du hast ihn ordentlich erwischt. Er hat ziemlich viel Blut verloren. Sobald er wieder auf dem Damm ist, wird er vor Gericht gestellt.«

»Ich hoffe sehr«, lenkte Hagedorn ein, »dass ich noch die Gelegenheit bekomme, mit ihm zu reden. Ich würde gerne mehr über seinen psychischen Zustand, seine Motivation und seine emotionalen Konflikte erfahren.«

Ein Klopfen ließ die drei aufschrecken, und sie wandten den Kopf der Tür zu. Eine junge Krankenschwester öffnete schüchtern lächelnd die Tür und betrat das Krankenzimmer.

»Herr Hagedorn, ich wollte Ihnen nur mitteilen, dass Ihre Tochter aus dem OP gekommen ist. Es geht ihr den Umständen entsprechend gut. Sie wird noch ein bis zwei Stunden von uns in der Aufwachstation beobachtet und dann aufs Zimmer verlegt.«

Hagedorns Augen glänzten vor Erleichterung.

»Vielen Dank!«, flüsterte er, während ihm eine Träne über die Wange kullerte.

72. Kapitel

Drei Monate später

Eisig pfiff der Wind durch die Reihenhaussiedlung in der Nähe von Stuttgart. Es hatte bisher wenig geschneit, aber es war ein ungewöhnlich harter und frostiger Januar. Bannert rieb sich die Hände, als er das Auto umrundete und die Beifahrertür öffnete.

Sie hatten sich seit Hagedorns Entlassung aus der Klinik nicht mehr gesehen. Der leitende Oberstaatsanwalt, der ihren Fall zur Anklage bringen sollte, hatte sehr darauf gedrängt, gleich zu Beginn des neuen Jahres einen Verhandlungstermin anzusetzen. Zahnert, oder besser gesagt seine Anwälte, hatten es immer wieder geschafft, die avisierten Termine zu verschieben. Zahnert sei noch nicht verhandlungsfähig, hieß es. Warum seine Anwälte auf Zeit spielten, entzog sich Bannerts Verständnis. Was versprachen Sie sich davon?

Sie hatten außerdem für heute einen Haftprüfungstermin beantragt, um die Verlegung von der Justizvollzugsanstalt in eine psychiatrische Anstalt zu erwirken. Bannert konnte sich kaum vorstellen, dass der zuständige Haftrichter dem Ansinnen stattgeben würde, zumal ein vorliegendes psychologisches Gutachten keine Schuldminderungsgründe beinhaltete.

Egal wie der Richter sich heute dazu stellen würde, der Staatsanwalt ließ ihn wissen, dass er für Zahnert »lebenslänglich« mit anschließender Sicherungsverwahrung fordern würde, und wenn es das Letzte wäre, was er in seiner langjährigen Karriere täte.

Bannert hatte jede einzelne Vernehmung Zahnerts, die sich überaus zäh gestaltet hatten, selbst geführt. Er war dem Anraten seiner Anwälte gefolgt und hatte sich selbstgefällig und überheblich zu seinen Taten ausgeschwiegen und beharrlich geweigert, Fragen zu den Morden zu beantworten. Über sein Studium, seine Karriere und die gesellschaftliche Stellung, die er sich so mühsam erarbeitet habe, sprach er jedoch gerne und ausgiebig. Auch über seine Kindheit hatte er ausführlich berichtet. Bannert hatte die Schilderungen seiner extremen Gewalterfahrungen durch seinen Vater zunächst als Taktik abgetan, um damit Schuldminderungsgründe geltend zu machen. Er glaubte eine ungefähre Ahnung davon bekommen zu haben, wie tief der Hass gegen seinen Vater gewesen sein musste. Vor allem aber, wie sehr er seine Mutter geliebt hatte – seltene Augenblicke, in denen Bannert das Gefühl hatte, bei Zahnert echte Gefühlsregungen wahrgenommen zu haben, obwohl zwei psychologische Gutachten Zahnert das Fehlen jeglicher Empathie bescheinigten.

Zahnert hatte gelegentlich vage Andeutungen zu den Todesumständen seines Vaters und dem Leiden seiner Mutter gemacht. Bannert war jedoch davon überzeugt, dass der eigene Vater sein erstes Opfer gewesen sein musste. In den Archiven seiner Kollegen in Würzburg hatte er dreißig Jahre alte Aufzeichnungen gefunden, die den Tod seines Vaters als Suizid durch Erschießen deklariert hatten.

Nur beweisen, dass Zahnert damit in Zusammenhang stand, würde Bannert nie können.

Zahnerts Schweigen ließ vieles im Dunkeln, über das

Bannert, Hagedorn und die Soko nur spekulieren konnten. War Zahnerts Affinität zur Medizin seinen nekrosadistischen Neigungen geschuldet? Warum die Namensänderung? Weswegen die Bürgschaft für den kleinen Angestellten Nils Welte? Wo hatte sich seine Mutter all die Jahre aufgehalten, und wie war sie zu seiner Komplizin geworden?

Bannert und Hagedorn waren sich darin einig, dass die Namensänderung von Gernot Bramstetter auf Gernot Zahnert weniger dem Zweck der Fälschung seines Abiturzeugnisses als vielmehr dem Abschluss seiner Vergangenheit diente. Möglicherweise, aber auch hier hatten sie nur Vermutungen anstellen können, diente es der Vermeidung der Stigmatisierung eines saufenden und prügelnden Vaters und Ehemanns, der sich letztlich selbst erschossen hatte.

Zahnerts Bürgschaft für Weltes altes Haus hatte für Bannert keine wesentliche Rolle gespielt. Hagedorn hatte jedoch darauf bestanden, in seinem Abschlussbericht darauf einzugehen. Zahnert, so Hagedorns Ansicht, hatte damit ein Abhängigkeitsverhältnis und einen Sündenbock geschaffen, den er gnadenlos opfern würde, sollte man ihm auf die Spur kommen. Womit Hagedorn recht zu haben schien. Zahnert hatte Welte kaltblütig ermordet.

Bannert musste sich das Lachen verkneifen, als aus dem Inneren des biederen Reihenhäuschens die Tonfolge des Big Bens erklang, sobald er den Klingelknopf betätigte.

Doch dieses Mal drang kein missmutiges Gebrüll aus dem Inneren.

Stattdessen öffnete Hagedorn mit einem breiten Lächeln.

»Hallo, mein Freund«, begrüßte ihn Hagedorn freudestrahlend.

»Hey, du alter Brummbär, du hast abgenommen!«

Hagedorns Lächeln wurde breiter, als ihm Bannerts Begleiterin auffiel, die er an der Hand hielt.

»Darf ich euch bekannt machen? Falk, das ist Julia – Julia, Falk Hagedorn.«

»Einfach nur Jule, bitte«, sagte sie, als sie sich hinabbeugte und ihn herzlich umarmte.

Hagedorn war zunächst etwas überrascht, erwiderte dann jedoch ihre herzliche Umarmung.

Jule konnte nicht sehen, wie Hagedorn Bannert verstohlen zuzwinkerte und lautlos mit den Lippen »FLZ« bildete.

»Du erdrückst mich ja, Jule«, schwindelte Hagedorn. »Kommt doch erst mal rein, legt eure Sachen ab und folgt mir in die Küche.«

Wie schon bei seinem ersten Besuch, sah Bannert Hagedorn mit dem Rolli davonflitzen und in einem Raum am Ende des Flures verschwinden. Er nahm Jules Jacke und hängte sie zusammen mit seiner an die Garderobe.

Bannert war erstaunt, als er den Raum betrat.

Glichen Küche, Ess- und Wohnzimmer beim letzten Besuch noch einer Mullhalde, herrschte nun eine Ordnung und Sauberkeit, die er Hagedorn nicht zugetraut hätte.

Bannert deutete mit dem Daumen in den Raum hinter sich und warf ihm einen ungläubig fragenden Blick zu.

»Oh, ich war das nicht!«, verteidigte sich Hagedorn.

»Hast du dir endlich eine Haushälterin zugelegt?«

»Könnte man so sagen«, schmunzelte Hagedorn. »Nein, Karina ist bei mir eingezogen.«

»Sie ist hier?« Bannert war völlig überrascht. »Wo ist sie denn?«

»Herrgott, bist du ein ungeduldiger Mensch«, neckte ihn Hagedorn, »sie kommt gleich runter. Sie wollte sich noch duschen. Karina kann es kaum erwarten, dich wiederzusehen.«

Bannert warf Jule einen verstohlenen Blick zu und war erleichtert, dass sie offenbar nicht im Geringsten eifersüchtig zu sein schien. Es gab ja auch keinen Grund. Er hatte Karina mehrmals in der Klinik aufgesucht, um sie zu vernehmen. Als sie entlassen wurde, bestand sie darauf, ihn zum Dank zum Essen einzuladen.

»Du wirst deinen Kaffee immer noch schwarz mit Zucker trinken, Marius? Jule, wie magst du deinen?«

»Nur mit ein wenig Milch«, bat Jule.

Hagedorn reichte ihr eine Tasse mit Snoopy-Motiv, als Karina den Raum betrat.

»Marius!« Freudig lief sie auf ihn zu, umarmte und küsste ihn auf beide Wangen.

»Lass dich mal ansehen.« Bannert schob sie auf Armeslänge von sich weg und betrachtete sie eingehend.

Das schwarze Haar war bereits einige Zentimeter nachgewachsen. Sie hatte es zu einer frechen Kurzhaarfrisur gestylt.

An einigen Stellen war die Haut noch narbig und kahl.

»Das ist aber schon sehr schön verheilt«, brachte Bannert anerkennend zum Ausdruck. »Was sagen die Ärzte?«

Karina fuhr sich mit den Fingern durch die Haare und lächelte erleichtert.

»Die plastische Chirurgin in Konstanz hat sehr gute Arbeit geleistet. Sie sagte, dass ich großes Glück hatte, dass die Kopfhaut ohne Abstoßungsreaktion wieder angewachsen ist. Die Stellen hier …« Sie fuhr mit dem Zeigefinger über eine vernarbte Stelle hinter dem Ohr. »… sind einfach nicht so gut verheilt. Anfang Februar wird noch einmal ein Eingriff durchgeführt, bei dem an den kahlen Bereichen Haarfollikel implantiert werden.«

»Dazu drücke ich dir ganz fest die Daumen.«

Jule und Karina kamen schnell ins Gespräch. Sie schienen sich auf Anhieb gut zu verstehen und waren schon nach kurzer Zeit nach oben verschwunden, Hagedorn und ihn in der Küche zurücklassend.

»Wie geht's dir?«, erkundigte sich Bannert, als sie allein waren.

»Gut! Sehr gut, um ehrlich zu sein. Die Schulter und die Handgelenke sind problemlos verheilt.« Hagedorn hob die Arme und ließ Bannert die Narben sehen. »Aber Narben machen ja bekanntlich sexy«, grinste Hagedorn. »Aber erzähl! Wie geht es dir denn? Gut siehst du aus, nicht mehr so abgekämpft.«

»Danke! Es geht mir auch gut.« Bannert machte eine kurze Pause. »Jule tut mir gut.«

»Ganz offensichtlich!«, nickte Hagedorn lächelnd. »Und der neue Job?«

»Tut sein Übriges.« Bannert berichtete in groben Zügen von seiner neuen Arbeit im Stab des Polizeipräsidiums.

»Burgers Stelle ist nach acht Wochen wieder neu besetzt worden. Der Präsident hätte es gern gesehen, wenn ich die Leitung des K1 fortgeführt hätte.

Aber ich wollte was anderes machen, und er hat mir dann die Stelle im Stabsbereich angeboten.«

»Ich freu mich sehr für dich, Marius. Sag mal, was ist aus Burger geworden?«

Bannert kratzte sich an der Augenbraue, als er fortfuhr.

»Na ja. Nachdem alle Vorwürfe ausgeräumt waren, er könnte mit Zahnert unter eine Decke gesteckt haben, musste er sich wegen Strafvereitelung im Amt, Geheimnisverrat und einer Reihe weiterer Dienstvergehen verantworten. Ehrlich, ich habe noch nie erlebt, dass ein Straf- und Disziplinarverfahren gegen einen Polizeibeamten so schnell durchgezogen wurde. Letztlich hat man ihn zu zwei Jahren auf Bewährung verurteilt und aus dem Dienst entlassen. Aber du kennst ja solche Menschen«, schnaubte Bannert.

»Die fallen wie eine Katze immer wieder auf die Beine.«

Hagedorn nickte bestätigend.

»Was ist eigentlich aus deiner Klage gegen das Land geworden?«, erkundigte sich Bannert.

»Wird in zwei Wochen vor dem Verwaltungsgerichtshof verhandelt. Das Innenministerium hat mittlerweile einräumen müssen, dass Burgers Gefahrenanalyse zu meinem Unfall möglicherweise, so haben sie es dort ausgedrückt, fehlerbehaftet sein könnte.«

»Das heißt, die Chancen stehen gut, dass du gewinnst?«

»Mehr als gut! Mein Anwalt meinte, dass das Gericht mit einer neuen Gefährdungsanalyse nur zu dem Schluss kommen kann, dass es ein qualifizierter Dienstunfall war. Mir würde dann die volle Pension zugesprochen.«

»Was mich sehr für dich freuen würde, Falk. Ich wünsche dir viel Erfolg!«

»Ähm, aber zurück zu Burger«, wechselte Hagedorn abrupt das Thema. »Was macht er denn jetzt, nachdem er entlassen wurde?«

»Einem seiner politischen Kontakte hat er es zu verdanken, dass er für eine große Sicherheitsfirma als Berater engagiert wurde. Was oder wen er dort allerdings berät, entzieht sich meinem Verständnis.«

Hagedorn schüttelte verständnislos den Kopf. »Dann sei nur vorsichtig, dass du ihm nicht irgendwo begegnest.

Du weißt ja: Wer die Wahrheit sagt, braucht ein verdammt schnelles Pferd.«

Bannert lachte auf. »Sehr weise gesprochen, mein Freund.«

»Wie sehen denn deine Zukunftspläne aus, Falk?«, fuhr Bannert nach einer kurzen Pause ernster fort.

Hagedorn schien die Frage verlegen zu machen.

»Na ja«, druckste er herum.

»Na los! Raus mit der Sprache«, drängte Bannert. »Falls, aber nur falls ich vor Gericht gewinne, hatte ich mir gedacht, noch einmal die Schulbank zu drücken.

Mein Psychologiestudium wieder aufzunehmen und endlich das Examen zu machen, das ich nach dem Tod meiner Frau aussetzen musste, um mehr für Karina da zu sein.«

»Eine großartige Idee«, grinste Bannert und zog gleichzeitig mit einer kurzen Entschuldigung sein brummendes Handy aus der Tasche. Gut gelaunt nahm er den Anruf entgegen, doch dann wurde er blass.

Epilog

Holpernd bewegt sich der in die Jahre gekommene Gefängnistransporter der Innenstadt entgegen. Die Untersuchungshaft empfindet er seit seiner Verlegung von Asperg nach Stammheim als unmenschliche Zumutung. Er sollte da nicht sein. Nicht er! Eingesperrt mit verkommenen Subjekten, dem gesellschaftlichen Abschaum der Menschheit, die ihn jeden Tag erpressen, sexuell zu nötigen versuchen oder ihn berauben oder bestehlen. Nein, nicht er – er ist anders. Heute würde es enden, seine Anwälte haben es ihm versprochen.

Die Augen geschlossen, genießt er regelrecht die Fahrt in die Innenstadt, wo er in einer halben Stunde dem Richter am Landgericht vorgeführt werden wird. Eine reine Formalität, wie seine Anwälte versprochen haben. Um Kosten zu sparen, verzichtet er auf den Beistand seiner Anwälte. Dazu braucht er sie nicht. Er wird den Richter überzeugen, dass er nicht in einen Knast, sondern in eine psychiatrische Einrichtung gehört. Schließlich ist er kein verkommener Verbrecher, wie sie zu Hunderten in Stammheim rumlungern. Nein, ist er nicht. Seine Kindheit, sein missratener, brutaler Vater hatten schließlich aus ihm gemacht, was er heute ist. Er kann ja gar nichts dafür.

Dass sich seine Frau von ihm abwenden würde, damit hat er gerechnet.

Dass die Anwälte ihres Vaters jedoch all seine Konten ausfindig machen und sperren lassen würden, damit nicht.

Über eine halbe Million Euro, die er beiseitegeschafft hatte, sind eingefroren. Geld, das er jetzt dringend für seine Verteidigung braucht.

Seine Anwälte haben bereits angedeutet, dass sie, wenn kein Geld mehr kommt, nach der Haftprüfung das Mandat niederlegen würden. Sollen sie doch, die Lackaffen! Es gibt ja auch gute Pflichtverteidiger. Alles wird sich finden, davon ist er überzeugt.

Die Hände vor dem Bauch gefesselt, an den Füßen eine Kette, führen sie ihn in trippelnden Schritten in das Büro des Richters, sobald sie am Gerichtsgebäude angekommen sind.

Es ist ein Kinderspiel, den Richter davon zu überzeugen, dass er dringend therapiert werden muss. Im Gefängnis ist er am völlig falschen Ort. Nur fünfzehn Minuten dauert die Anhörung, bis der Richter die sofortige Verlegung in eine forensische Abteilung der Psychiatrie verfügt. Mit einem triumphierenden Lächeln im Gesicht wird er aus dem Büro des Richters den Korridor zurück zum Gefängnistransporter geführt, als sich ihm plötzlich eine zierliche Frau in den Weg stellt. Ihre Haare sind wirr und ihre Augen verquollen. Er sieht sie abschätzig wie ein widerliches Insekt an.

Sie macht keinerlei Anstalten zur Seite zu treten. Sie bleibt vor ihm stehen, schaut ihn nur an, bis sie entschlossen zu sprechen beginnt.

»Mein Name ist Sonja Brandl.«

Die Erkenntnis, dass sie die Mutter seines ersten Opfers ist, kommt zu spät.

Zweimal, dreimal explodieren die Schüsse, die wie Donnerschläge von den Wänden widerhallen.

Die Augen ungläubig aufgerissen, als könnte er nicht fassen, was die Frau sich erlaubt, bricht er in die Knie, schwankt einige Sekunden und schlägt hart auf dem Steinboden auf.

Kaum dass die Echos verklungen sind, richtet sie die Waffe ein letztes Mal, diesmal gegen sich selbst – ein letzter Donnerschlag, dessen trauriges Echo noch viele Jahre durch die Korridore des alten Justizgebäudes nachhallen sollte.

– ENDE –

Danksagung

Die Entstehung eines Buches ist ein spannender, aber immer auch ein langwieriger Prozess, an dem viele Menschen, vom Autor mal abgesehen, beteiligt sind. Ich bin so vielen Menschen aufrichtig dankbar, die mich bei der Entstehung von »IMAGO« unterstützt und mir geholfen haben, sei es bei der Recherche, bei fachlichen Fragen, beim Lektorat oder beim Schreiben selbst.

Ganz besonderer Dank gebührt hierbei Dr. med. Steve Truöl, Facharzt für Psychiatrie & Psychotherapie, der mich von Beginn an in fachlichen Fragen zu den tiefenpsychologischen Aspekten des Gernot Zahnert begleitet und beraten hat. Ferner Dr. Michael Bentele für seine Expertise in medizinischen Fragen. Beide standen mir beinahe zu jeder Tages- und Nachtzeit Rede und Antwort – vielen Dank dafür!

Herzlichen Dank an den Tätowierer meines Vertrauens, Bobby, und das Sanitätshaus Pfänder in Singen, die mich ebenfalls hilfreich unterstützt haben.

Als junger Autor »entdeckt« und gefördert zu werden, ist etwas ganz Besonderes. Mein tief empfundener Dank geht daher an den Verlag Bastei Lübbe und meine Lektorin Rebecca Schaarschmidt, die mich vertrauensvoll begleitet hat und mir die Chance gab, mich weiterzuentwickeln. Last but not least – meiner Frau, die mich davor bewahrt hat, zu verhungern oder zu verdursten, wenn ich mal wieder im Schreibfieber war. Ohne ihre Unterstützung – und ohne die Unterstützung meiner ganzen Familie – könnte ich keine Bücher schreiben. Ich liebe euch!